“混沌之城”系列科幻作品

地狱猎兵

HELL HUNTERS

第二部 上

墨熊◎著

金城出版社
GOLD WALL PRESS
·北京·

图书在版编目（CIP）数据

地狱猎兵．第二部 / 墨熊著．—北京：金城出版社有限公司，2020.6
ISBN 978-7-5155-2111-4

Ⅰ．①地… Ⅱ．①墨… Ⅲ．①幻想小说—中国—当代 Ⅳ．① I247.5

中国版本图书馆CIP数据核字（2020）第244678号

地狱猎兵·第二部

作　　者 墨　熊
责任编辑 张礼文
责任校对 丁洪涛
责任印制 李仕杰
开　　本 880 毫米 × 1230 毫米　1/32
印　　张 13
字　　数 200 千字
版　　次 2020 年 6 月第 1 版
印　　次 2020 年 6 月第 1 次印刷
印　　刷 天津旭丰源印刷有限公司
书　　号 ISBN 978-7-5155-2111-4
定　　价 66.00 元（全二册）

出版发行 **金城出版社有限公司** 北京市朝阳区利泽东二路 3 号　100102
发 行 部 (010) 84254364
编 辑 部 (010) 84250838
总 编 室 (010) 64228516
网　　址 http://www.jccb.com.cn
电子邮箱 jinchengchuban@163.com
法律顾问 北京市安理律师事务所 （电话）18911105819

目录

第一章　旧仇恨

诺兰从未觉得自己像今晚这样暴躁。

他低头看了一眼腕表，时间已近午夜，任务却毫无头绪，想象中的“王师所至，望风披靡”现象并未出现。这些该死的野人，不只是不合作，还百般刁难，连最起码的带路都不愿意。

他不太确定对方聒噪的声音里有多少是虚张声势，但可以确定的是，这些黑帮打手、地头蛇，敢跟荷枪实弹的美国游骑兵叫板，一定已经胸有成竹，做好了万全——自认为万全的准备。暗处的伏兵、小巷中的陷阱、废楼里的枪手，都在等他们送上人头。那些毫无底线的人，可能还会用土制地雷、山寨毒气阻止他们，甚至用小孩子做人肉盾牌……

这些小伎俩，怎么可能与世界上最强大的帝国正规军对抗呢？作为美国统治者伸向蛮荒之地的长枪，游骑兵拥有丰富的对抗野人经验。仅是诺兰亲手枪杀的黑帮打手与匪徒，就比现在他面前这些“黑驼鹿”成员多得多。

双方刚开始对峙时，诺兰便通过腕装电脑下令，让分散在无相城其他地方的游骑兵悄悄向这边集结。那些久经战阵的老兵，无须更多指示与命令，就知道如何在废弃城市中布置阵形，完成包围，或是突破封锁，总之，他们能轻松地将这群乌合之众杀得片甲不留。

“我最后说一次，市中心和商业街受‘黑驼鹿’保护。”打头儿的高大黑人毫无退意，“我不管你们是美国游骑兵还是火星侵略军，都得按这里的法律、规矩办事。你们想进来，就必须放下武器，明白吗？”

“你听着，哥们儿，我现在——”诺兰一边说一边举起手。

AKA 突击步枪突然响起。

虽然诺兰没有看清火光亮起的位置，但射在他防弹衣上的空尖弹头告诉他，偷袭者就在他的对面。

“什么鬼？”刚才还在大声叫骂的阿巴萨同样被枪声惊到，他似乎能感觉到贴着面门飞驰而过的弹头。就在他手忙脚乱、打算诘问到底是哪个傻 ×，没有他的命令就随意开枪时，AICS 突击步枪射出的弹头准确击中他的肩膀，击碎锁骨后，穿体而过。

曹操的枪法确实很好，但显然没有好到她想象中的程度。她这一枪并没能击毙阿巴萨，但接下来的几枪已经向他传递了足够多的信息，让他在剧痛之下含糊地做出“不要开枪”的手势，完全失去效用。

中弹的“黑驼鹿”成员并没有作鸟兽散，反而连滚带爬地朝游骑兵射击。根据众所周知的交战原则，游骑兵不用等诺兰批准，便以精湛的战术动作散开，互相掩护着射击。

被副官拖到一边的诺兰，拔出嵌在防弹衣上的弹头看了看，直觉告诉他哪里好像不对劲儿。但事已至此，前因后果都不再重要，重要的是“活着”与“胜利”。

“启动‘哥特剑’！”诺兰用力拉动枪栓，命令副官，“打爆这些野蛮人！”

此前一直被 AKA 突击步枪打得叮当作响的“哥特剑”，直到接到指令的这一刻，才真正启动。它不再是平时那种低身匍匐或者笨拙爬行的蠢态，而是像报晓的公鸡猛然昂起车头，甩开四肢，以雷霆万钧之势顺着街巷扑过去，背上四个大圆球旋即展开，伸出四条折叠数道的机械臂——

说它们是机械臂也许不合适。它们连着电缆与软管，质地与形状更像熏黑的腿骨，只有顶端确实是机械结构，分别装载四套不算大但杀伤力极强的武器——两挺小口径六管加特林机枪、一门 20 毫米口径航炮、一架能发射多类型榴弹的发射器。

这四条机械臂，加上底盘下的四条机械腿，将“哥特剑”变成一只张牙舞爪的巨型蜘蛛，上面发出可怕的泛红诡异之光，下面发出沉闷的撞击大地之声，疾速向前，将毁灭性的弹雨洒向每个与它持枪相对的人。它不在意攻击目标的种族、肤色、性别和年龄，也不依靠服装、饰品和武器分辨敌友，它就像那些迪米特机工厂生产出来的杀人机器，只对预先设计的程序忠诚。

任何身上没有佩带敌我识别装置的人，在这一刻都成为它的攻击对象。或者准确地说，都是一堆被打上“待停止”标签的数据。

远远赶来增援的“黑驼鹿”打手，暴怒而狂野，却不知道自己要面对什么。

“哥特剑”借助精准的仪器，锁定每个“黑驼鹿”打手的眉心，并确保给他们送去至少三颗弹头。

它通过热成像仪看到了躲在墙后的狙击手，将机械臂拉长伸直，直接越过墙头，拍死躲在墙脚的那些倒霉鬼。

它感应到从楼顶射来的 RPG 火箭弹。对它来说，这可能是唯一有威胁的反击武器。它展开背上第四个圆盖，露出主动式防御武器。那个像刺猬般的半圆球体迅速转动，对着火箭弹袭来的方向，喷射出数百枚梭形金属针，将其引爆。

“哥特剑”的生物感知仪发现了从小巷中拥出的少年。那些少年怀里藏着可能是自制炸弹的爆炸物，一边装作逃命般大吼大叫，一边从后面逼近“哥特剑”。“哥特剑”判定即便杀死那些家伙，也可能无法阻止炸弹爆炸，最好的办法是将他们彻底毁灭。于是，它启动了 20 毫米口径航炮。

游骑兵几乎没有动手，在一两分钟之内，整条街上的“黑鸵鹿”打手便被“哥特剑”清理得一干二净。无论他们事前做了多么精密的部署，在这台先进的杀人机器面前都是如此不堪一击。

它瞬间就把这里化作血流成河的修罗场。

即便是诺兰，也对这种新式杀人武器的杀人效率感到恐惧。他呆立在那里，久久不能言语。

“上尉！”直到副官拍拍他的肩膀，“接下来我们做什么？”

诺兰举起战刀，向前挥了几下：“让‘哥特剑’打头阵，继续向市中心前进，彻底肃清我们的敌人！”

“长官，联合特种作战司令部严禁我们在平民区使用‘哥特剑’。”副官迟疑地说，

“司令部？见鬼去吧！”诺兰不耐烦地吼道，“这里的人，谁都不是平民！这里是战场，懂吗？战场上的事儿，就应该由浴血奋战的士兵决定！”

“卫星地图显示，前面是无相城最繁华的街区。如果让

‘哥特剑’继续前进，肯定会伤及许多无辜的平民，联合国重建委员会因此谴责——”副官还想让诺兰的头脑清醒一下，慎重做出屠城的决定。

诺兰一把抓住副官的肩膀，吼道：“是他们先开枪的，懂吗？这里只有拿枪的暴徒与没有拿枪的暴徒，无论男女老幼。只要我们的手稍微软一点儿，死的就是我们，明白吗？”

“明白！”副官若有所悟地点点头，叹口气，“这里本来就是——地狱嘛。”

“执行命令！如果联合国重建委员会追究下来，让他们找我吧。”诺兰压低嗓门，声音有些沉重。

远处刚刚静默的“哥特剑”再次动起来。这次，它打开第三个圆盖，放出十几架小型无人机。

那些无人机像蜂群一样，嗡鸣着飞向天空，消失在夜幕中。

“前进！”副官指挥十几个游骑兵，冲出已经血流成河的街道。

此时，伯爵与曹操也和游骑兵同向移动，只不过他们步履维艰。他们既要躲避四处逃窜的“黑驼鹿”打手，又要避免和游骑兵接触，同时还得留意空中的无人机。

“停！”曹操突然举手示意。在她前面的路口，四个惊魂未定的“黑驼鹿”打手正在商量什么。

她示意伯爵蹲下，低声说：“等一下，看看那些人往哪儿走。”

“那台机甲……”伯爵心有余悸地回头看了看，“简直是天神下凡啊。”

“欢迎来到2070年，老家伙！”曹操没好气地笑道，“记住我的话，迪米特机工厂很快就会制造出彻底消灭人类的新玩具，比余烬城要快，而且快很多。”

“不，那才不是天神——”伯爵好像和曹操根本不在一个时空，依旧默默地自言自语，“那是恶魔、恶魔！你看到了吗？它用大炮轰炸那些孩子，一下子把他们在我眼前抹掉了！”

“它只是一个杀人机器，怎么能识别大人孩子？”曹操紧紧盯着不远处的四个“黑驼鹿”打手，心里有了摆脱他们的办法，“再者说，这些从小就混黑帮的混蛋，长大后十有八九也会变成黑帮打手，早死早托生，免得以后害人。”

伯爵也是从小混黑帮，他听到这句话自然不高兴：“喂，你知道自己在说什么吗？！他们还是孩子啊。”

就在伯爵扳过曹操的肩膀，阴着脸准备发泄自己的不满时，曹操却讥讽他：“哥们儿，是你开的第一枪啊，你想干吗？想把杀童的罪责揽到自己头上？”

伯爵更生气了：“那是你的主意好吗？”

曹操微微一笑：“你想做好人，别人给你机会吗？如果你想让我帮你分担一些愧疚，抱歉，我做不到。你还记得我刚才说的中国的名人名言，‘宁可我负天下人，不可天下人负我’吗？你想忏悔，可以，前提是你得活着！”

伯爵怒上眉梢，咬牙切齿要发火，一阵莫名的刺痛忽然袭上头顶，像一群蚂蚁在颅内爬行，顺着大脑的沟回绕了半圈戛然停止："中国还有一句名人名言，唯小人与女子难养也！"

曹操面色凝重，右手放在腰间刀鞘上，一动不动。

伯爵慢慢松开手，后退半步："你对我做了什么？"

曹操也松开手，摸摸太阳穴："不知道。我也觉得有些——"她皱皱眉头，"平静。"

对于文盲伯爵来说，"平静"这个词确实太贴切了。几秒钟前喷涌而来、几乎难以遏制的愤怒、焦虑、恐惧，以及面对那些孩子瞬间化为齑粉产生的负罪感，都伴随着偏头痛烟消云散。

他们平静地对视几秒，沉默不语。

那边的"黑驼鹿"打手愈发猖狂，端起手里的长枪短炮，吆喝着原路返回，向游骑兵前进的方向奔去。这次他们的反攻在开始就已经注定失败。他们的一举一动，被暗中盘旋的无人机看得清清楚楚。他们的表情、姿势、所在位置、行进路线和奔跑速率，都被"哥特剑"准确地捕捉到。

"哥特剑"甚至都没有停下，只是把那根连接榴弹发射器的机械臂举起，调整好角度，根据无人机提供的数据，射出一颗罐头瓶大小的榴弹。

爆炸声与惨叫声只持续瞬间，在白雾似的硝烟中，刚才还大呼小叫的"黑驼鹿"打手已经化成大小不一的块状物。

伯爵探头看了一眼远处的惨状："白磷弹？我的天，美国佬疯了吧？”

“这叫有备而来。”曹操放下步话机，“现在有一个好消息一个坏消息，你想先听哪个？”

“能只说好消息吗？”伯爵的视线依旧离不开那些块状物。

“不知道他们用什么办法，似乎逃脱了。”

伯爵扭过头：“坏消息呢？”

曹操犹豫一下，好像不知道怎么说才好：“娜娜的精神状态好像不太正常，我们必须抓紧时间了。”

何塞喘着粗气，一瘸一拐地爬上二楼，守在那里的两个“黑驼鹿”打手试图拦住他，却被他一嗓子镇住了：“阿巴萨命令我们准备一下，马上撤离！”

在“黑驼鹿”里，根本没有人把新来的何塞当回事儿。但他带来阿巴萨的命令，其他人只能认真对待。毕竟在这座城市里，没有人敢假借阿巴萨的名义做事。如果有，结果便是他全家人一起以螺旋式升天。

坐在长桌前的光头老人似乎有些疑虑。他扶了扶厚厚的眼镜，站起身：“什么意思？怎么回事儿？阿巴萨现在在哪儿？”

“没时间解释了。”何塞挥舞着双手，蹒跚着靠近长桌，“美国大兵马上杀过来了，把能带走的东西全部带走，不能带走的全部烧掉。”

“都带走？让谁带走？所有人都被阿巴萨拉出去了。”光头老人无奈地指指身后，“你知道这里有多少货吗？知道它们值多少钱吗？”

“我只是替阿巴萨传话。”何塞焦急地说，“美国大兵的火力太猛了，我们必须潜伏起来，避一避。”

他的话音刚落，另一张桌上的长方形背包突然微微晃动，好像里面有什么东西要破体而出，把帆布包撞得歪歪扭扭。

“怎么回事儿？！”光头老人见状惊叫一声。

其他人的注意力都集中在那个背包上。

光头老人喊道：“你们别动，我来弄。”他小心翼翼地走到背包前，打开中间锁扣，发现排列在支架上的一台“积雨云”无人机脱离挂钩，不断冲击背包。

光头老人好奇地弯下腰，刚要摘下老花镜细看，无人机忽然停止摆动，在支架上原地右旋九十度，把一个貌似枪口的小黑洞对准他。

那确实是枪口。

它的射击威力虽然不大，但足以将光头老人的光头打成菊花。他的脸抽搐几下，像被砍倒的半截木桩直挺挺地向后倒去。

何塞目瞪口呆地愣在原地。另外两个人显然见过世面，毫不犹豫地举起突击步枪一通狂射。眼前顿时火花四溅、叮咚乱响，背包正面被弹头打得千疮百孔。

在他们换弹夹时，守在一楼的两个打手闻声跑上来，齐声问道："发生了什么？谁开的枪？！"

"那个包里可能藏着人。"换弹夹的打手一脸狠相，"现在肯定是挂了。"

"你他妈的逗我玩儿吧？！"问话的打手看了一眼已经完全安静的背包，怒喝，"那里面还能藏着人？！"

"里面有没有人不知道，但肯定有枪，不信你去看看！"换弹夹的打手说。

刚进来的打手向前一步，目光落在何塞脸上："臭小子，你过去看看。"

何塞自知争辩无用，便硬着头皮缓缓地走过去。他猫着腰，也不知道在躲避什么。

屋子里的五双眼睛，直勾勾地盯着背包，偶尔瞄一眼倒在地上的光头老人，完全没有注意楼梯口即将出现的危险。

艾丽举着手枪，第一个走上二楼。她冲身后的阿尔伯特打个手势，指指离楼梯口最近的"黑驼鹿"打手。

阿尔伯特心领神会地点点头。

四个"黑驼鹿"打手，背对楼梯口持枪站立。艾丽只有一把手枪，根本就是以卵击石。端木夜雨觉得她是在赌命，还不如乘此机会撤离。这个想法只在他脑海里闪现一瞬，没等他想出说服他们的理由，艾丽便发起攻击。

艾丽在极短时间内连开四枪，站在门口左侧的两个打手还没反应过来便被爆头而亡。中间的那个打手闻声正要转身，阿尔伯特从后面抓住他的枪身，勒住他的胸口。

唯一反应过来的第四个打手，调转枪口对准艾丽。

情急之下，端木夜雨飞奔过去，撞击他的腰部。虽然没能将那个打手撞倒，但几颗原本飞向艾丽的弹头却飞向天花板。

艾丽没有再给那个打手机会，两颗弹头穿颅而过。

被阿尔伯特控制的打手见状，惊惶地挣扎。

艾丽满脸怒色，大步走到阿尔伯特身旁，低声喝道："我不是让你解决这边的两个人吗？你在干吗？"

"解——解决？让我——解决？"阿尔伯特一脸沮丧，好像说"我没有枪，你看我怀里这位大兄弟怎么解决？"

艾丽摇摇头，抓住打手与阿尔伯特奋力争抢的AKA突击步枪，熟练地卸下上面折叠的刺刀，反手一抹，干脆利落地割开打手的喉咙，然后看都不看，朝身旁一甩，刺刀便飞向被端木夜雨撞倒后即将起身的打手。

刺刀扎进打手的太阳穴，鲜血溅了正要起身的端木夜雨一脸。

端木夜雨感觉脸上黏糊糊的，用手一抹，放到眼前一看，立刻呆若木鸡。

艾丽扫了一眼端木夜雨的尿样，又质问阿尔伯特："作为龙骑兵的军官，背后偷袭两个人，都做不到吗？"

阿尔伯特摇头苦笑："我是龙骑兵文职技术官，根本没有上过战场，更别说杀人。一次偷袭两个人，无论如何——无论是谁都很难做到吧？”他嘀咕道，“除非是杀人不眨眼的恶魔！”

“军人就是以消灭敌人为职业。”不知为什么，在这件事上，艾丽格外较真，“你别给龙骑兵丢人现眼了，立马回家种土豆算了。”

阿尔伯特也开始较真，一本正经地掰扯：“我是文职技术官，我有我的特长，你也有你的短板。你去种土豆试试，估计得赔得底儿掉。”他突然向前一指，“那还有一个活的！”

躺在地上装死的何塞赶忙跪地举起双手：“别——别开枪！我是平民！”

刚把脸擦净的端木夜雨看到何塞，愣了一下：“你不是——”他往前走两步，确定自己没有看错，“何塞？你怎么在这里？”

何塞也认出端木夜雨和艾丽，慌张地避开他们的视线，支吾道：“嗯——是我，我——”

“你也被他们绑架了？”话音未落，端木夜雨突然感觉大脑中像电流经过一般，微微地、针扎似的痛起来，继而耳边响起犹如洪钟般震耳欲聋的警告声，“他出卖了你们！”

“什么？”端木夜雨皱皱眉头，低声问道，“为什么？”

“什么为什么？”阿尔伯特看着自言自语的端木夜雨，又看了看瑟瑟发抖的何塞，“你们认识？”

端木夜雨恍然大悟地微微点头："那个黑帮老大说，他们是为胡安报仇才对我们下手的。"他想了想，"知道胡安怎么死的人，除了花乃子、我和艾丽，只有他了。"

何塞想对此做解释，但放弃了，甚至放下双手："胡安和我是发小，我们一起偷过东西，一起挨过打，一起杀——"他停顿一下，"在圣安地斯，简单地活着，对我们来说都不容易。我的那些儿时伙伴，截至去年只剩下我和胡安。现在圣安地斯越来越不适合居住，于是我和胡安决定到——"

"闭嘴！"艾丽不耐烦地上前一步，冷冷地挥挥手，"我们没有闲工夫听你讲述苦难史。你直接告诉我，你是不是跟'黑驼鹿'讲过，是我们杀害了胡安？"

端木夜雨纠正道："胡安根本不是我们杀的好吗？！"

何塞突然大声嚷道："你们眼睁睁地看着那个婊子杀死胡安，对不对？最后你们还成为余烬城的鹰犬，你们——"

"砰"，不等何塞说完，艾丽便将一颗弹头准确地送入他的额头。

何塞仿佛被突然抽去提线的木偶一般，直挺挺地向后仰倒，啪嗒一声摔倒在地。

"你杀的人还少吗？"艾丽朝何塞啐了一口，挥挥手，"时间紧迫，自己找自己的装备。"

再次惊呆的端木夜雨，还在矫情，指着艾丽的背影，嚷道："你——你怎么杀了他啊？！"

“他？”艾丽突然停下，也不转身，指指另外几具打手的尸体，“他和他们有什么区别吗？”

端木夜雨像失去理智一般，跺脚喊道：“他和他们不一样，他差点儿就成为我们的队友。”

“就是因为他，我们才会被困在这里。这是他亲口承认的，你还狡辩什么？”艾丽转身冷冷地质问端木夜雨，“你的意思是，只许他伤害我们，我们不能伤害他？”

端木夜雨赶紧摆手：“不，我不是这个意思。”偏头疼让他不得不用手摁住左边的太阳穴，“他没有武器，他都说了，他只是平民。”

随着头疼症状减轻，端木夜雨激动的情绪也渐渐平复，理智战胜了感情。他明白，艾丽并没有做错什么，于是嘀咕道：“只是你下手太草率了，他的话还没说完呢。”

艾丽愣了一下，摇头轻叹：“我呢，患有白亡症，君子报仇十年不晚对我不适用。如果我跟谁有仇，只能当场报仇。”

她的最后一句话，把端木夜雨逗乐了。他的笑容中又含着苦涩：“你不是一直在服药治疗嘛，余烬城肯定能治好你的病。”

“这种病，现在没法治。我服用的只是抑制病情发展的药，而且那种药——”艾丽像忽然想起什么，猛地转身奔向自己的背包，拽出斗篷，一番摸索之后，摸出一个没有任何标签的橘红色塑料瓶，摇了两下，确信里面的东西还在，才放心似的长出一口气。

这时候，一直躲在楼道里的娜娜，被阿尔伯特喊上来。

娜娜小心翼翼地向门里挪了几步，确信没有危险后，以超出常人的敏捷身法跳上长桌，两步就跨到她的背包前。

艾丽本想拎起背包递给娜娜，却发现自己一只手根本无法提起来，即便用双手都有些吃力。

“这东西很重啊，看来你没有那么柔弱。”艾丽实在想不出，娜娜背着这么重的包，跟他们徒步走了那么远。

娜娜跪在桌上，呆滞地看着艾丽，几秒后才用力点点头：“谢谢！”

阿尔伯特找到了他的DF-39突击步枪，捧在手里，枪里立即发出熟悉的电子合成音，“使用者身份确认，爱德华·阿尔伯特，东方集团祝你平安幸福”。

像久别重逢的恋人一样，阿尔伯特把黑色的DF-39突击步枪紧紧抱在怀里，狠狠地上下搓揉一番，脸上露出失而复得的满足感：“手里有件像样的家伙儿才踏实。”他突然像惊醒一般，扭头看向娜娜，“试验体103，机体现在的负重是多少？”

娜娜已经把背包整理好，抖了两下，轻轻地跳到地上：“百分之三十五。”

“还有那么多？！”阿尔伯特稍稍有些惊讶，“这样吧，你拿一把突击步枪，再找点儿子弹，必要时允许你以自卫为目的，进行武力攻击。”

娜娜眨眨眼：“请重新定义‘找点儿子弹’，是否将负重填满。”

“一百发就差不多了吧？”阿尔伯特愣了一下，“不，别一颗一颗地找，三个弹夹就够了。”

艾丽看了一下桌上的M1911手枪，拿起来扔给身边的端木夜雨，“你也去找把AKA突击步枪。再遇到这种遭遇战，靠那把破手枪，你都活不过五分钟。”

“AKA突击步枪？”刚把手枪收好的端木夜雨，下意识地看了一眼脚下尸体旁的枪，问道，“是这种枪吗？”

艾丽点点头。

他捡起粘着血渍的AKA突击步枪，擦净血渍，端详一会儿：“我不会用啊。”

“你是认真的吗？”在端木夜雨的印象中，应该是艾丽第一次用这种眼神看着他，“你不会用枪，还来参加地狱猎兵？你是不是填错报名表了？！”

“手枪和猎枪我都会用，只是——”端木夜雨踌躇地支吾道。

娜娜一把夺过端木夜雨手里的AKA突击步枪：“猎人打猎的时候，要是扫射猎物，估计连子弹钱都赚不到吧？”

“你杀过人，却不会使用突击步枪。”阿尔伯特苦笑道，“我会使用突击步枪，却没杀过人。这队伍，真够奇葩的。”

“你让自己稍微有点儿用好吗？”艾丽面对端木夜雨，皱皱眉头，指着门外，“你们听见外面的枪声了吗？待会儿咱们出去，你打算用什么保护自己呢？”

她的话音刚落，站在端木夜雨身旁的娜娜忽然拉一下枪栓，插话道："端木夜雨，你不用跑，我能保护你。"她看看众人，"我能保护每个人。"

"别，别。"阿尔伯特摆摆手，"你把自己保护好就行了。"

"包括试验体103。"娜娜用呆滞的眼神看着阿尔伯特。

阿尔伯特感到脊背冒出一丝凉风，急忙说："你肯定可以的。"

艾丽嫌弃自己没用，娜娜大义凛然地要保护自己，这让端木夜雨尴尬地挠挠头，扭过头去，避开她们的目光。

他不经意的一瞥，却看到能拯救自己尊严的东西——一把挂在墙上的弓。

确切地说，这是一把韩国W&W公司生产的运动型碳素复合弓，与端木夜雨小时候和父亲打猎使用的那种手工反曲弓完全不是一回事儿。从理论上讲，只要它能把箭射出去，使用手法应该差不多，而且精准度也差不了多少。

他双眼发亮，三步并作两步地跑过去，将复合弓摘下，像找到救命稻草一般，兴奋地举起来："这个！我会用这个！"

"上帝啊，你不是拿我们开涮吧？"阿尔伯特一脸嫌弃。

端木夜雨从墙上的箭筒中抽出一支碳纤维箭，张弓拉弦。拉力对他来说有点大，可能有55磅，甚至60磅，但凭以前掌握的经验与肌肉记忆，他咬咬牙还能勉强拉开。

一支箭直直地飞出去，裹挟着风声，稳稳扎进墙内。

娜娜看了一眼墙上的箭："飞行速度56米每秒，接近职业选手水平。”

“以后我多练习。”端木夜雨像搞定数学难题的中学生，长出一口气，把箭筒摘下来，准备背到肩上时，忽然发现上面还有一行小字，“致所向无敌的……哦，朴……2060 年柏林奥林匹克运动会纪念？”

他皱皱眉头：“这是什么意思？什么是奥林匹克？”

“2060 年柏林奥运会。”娜娜说，“城邦历 30 年举办，是‘愚者之灾’后举办的第一届奥林匹克运动会，全球共有 35 个国家派代表队参加。”

“哦，好像很厉害的样子。”端木夜雨仔细查看背带，“这个朴——朴隆新是谁？”

“朴隆新？！我的天！”阿尔伯特双眼一亮，“不会是传说中的弓圣吧？他可是两届奥运会射箭冠军，所有你能想到的射箭比赛金牌他都拿到了！他可以连续两箭射在一点上！”他颤巍巍地往前一指，“这张弓，难道是他的？”

听阿尔伯特这么说，端木夜雨感觉手里的弓都有些烫手。

艾丽看着端木夜雨那副不知所措的狼狈样，摇摇头：“赶紧把东西收拾好，准备出发。”

在他们整理装备、披上斗篷的两分钟里，外面的枪声与爆炸声却消失了。当他们下楼时又突然出现，而且比之前激烈许多。根据判断，声源应该在街对面。

也许因为艾丽处理突发事件的果敢、干练，阿尔伯特与端木夜雨都不自觉地把她视为临时队长。

艾丽也毫不客气地发号施令："门口很可能有埋伏。"她蹲在楼梯拐角，指指左右，"我们先在窗边观察一下外面的情况。"

脏兮兮的楼里，除了残桌破椅和破旧货箱之外，再无他物。

就算门口有埋伏，显然不会被那边的枪声吸引。精通偷袭之道的艾丽判断，如果他们从门口出去，就可能瞬间被打成筛子。

"我们能不能从窗口出去？"阿尔伯特扭头问娜娜，"试验体 103，无人机操作功能还能正常工作吧？"

娜娜沉默两秒钟，说："确认无异常。"

艾丽、端木夜雨和阿尔伯特相互掩护，慢慢前行。娜娜像逛街购物一样，昂首挺胸地跟在他们后面。

这支奇怪的队伍以奇怪的阵形靠近离正门最近的窗口。看到玻璃上映出的人影，艾丽才注意到娜娜竟然如闲庭信步，仿佛观光旅游。

艾丽想训斥娜娜，但还是摇摇头，举起 G36S 卡宾枪，轻轻挑起窗帘一角，向外看去，没有发觉任何异常，似乎交火的位置离此没有那么近。

她朝外面指点两下："娜娜，这条街不长，你发射两架无人机，沿东西方向分别侦查。"

娜娜对她的命令毫无反应。

艾丽愣了一下，又指指阿尔伯特。

阿尔伯特调皮地挤挤眼睛，冲娜娜说道："试验体103，执行艾丽的命令。"

娜娜依旧呆若木鸡，但两架"积雨云"无人机连续脱离支架，从背包中飞出，一左一右悬停在她的两侧。

娜娜好像自言自语："暂时无法获取气象信息。无电离风暴实时预警，飞行高度为25米，是否确认？"

阿尔伯特点点头："确认。"

娜娜继续自言自语："无人机一号、二号电量为99%，平台总电量为71%，预计飞行时间一个半小时，是否确认？"

阿尔伯特皱皱眉："确认。"

"信号输出稳定，控制距离大约……"娜娜继续自言自语。

"全部确认，全部确认。"阿尔伯特实在没有耐心走这种无聊的流程了。

娜娜左眼闪了两下，无人机正要向窗口飞去时，正门另一边的玻璃窗忽然被撞碎，曹操矫健的身影鱼跃而入，在地上滚了一下，以跪射姿态举起枪。

与此同时，正门被暴力踢开，伯爵端着AN94突击步枪以怪异的姿势卧在地上，侧身把枪口对准端木夜雨等人。

他看到端木夜雨紧张地把箭放在弓上，惊讶得简直合不拢嘴："傻小子，你手里是弓箭吗？都什么时代了，还用这玩意儿？"

端木夜雨看清伯爵和曹操，长吁一口气，放下弓箭，认真地说：“这是奥运会冠军使用的弓，上古神器。”

曹操跨过伯爵的身体，端着枪警惕地观察四周，慢慢地向端木夜雨等人靠过来：“你们怎么逃出来的？那些‘黑驼鹿’打手呢？”

“都被她杀了。”端木夜雨像跟老师打小报告的中学生似的，指指艾丽，“六个。”

“七个。”艾丽冷冷地更正。

“哦，还有何塞。”端木夜雨满脸遗憾地说，“我们一周前还一起参加测试呢，他怎么可能是坏人呢！”

曹操没有心情听端木夜雨唠叨家长里短，挥挥手：“没事儿就好。美国大兵马上打过来了，这里很快就会变成坟场，我们必须尽快出城。”她扫了一眼四人，“收起斗篷！”

端木夜雨不解地问：“地狱猎兵的斗篷，不是我们的护身符吗？”

“现在是招魂幡了。”曹操麻利地脱下斗篷。

阿尔伯特也不解地问：“余烬城是美国盟友，美军应该不会伤害我们吧？”

“他们当然不会，但这里所有黑帮打手会对我们开枪的。”曹操转而又问，“你们不会认为美国大兵天下无敌吧？他们中弹也会死，和我们一样。”

第二章　胜　负

“什么？”诺兰心里虽然已经做了最坏的打算，但听到副官报告时还是大吃一惊，“暂时无法提供空中支援？！你没有向他们汇报我们面临的危险吗？”

他望了一眼窗外，阴沉的夜幕下，不时还有火光闪现，几处甚至冒起浓烟。他选择这座废弃小楼作为临时指挥所，虽然无法俯视全城，至少能看清交战区。再加上35部小型无人机组成的监控网络，战力处于绝对劣势的十几个游骑兵，在信息层面还是占据主动。

从卡昂到摩加迪沙，从顺化到巴士拉，无数次类似战例提醒诺兰，一切先进科技带来的优势，一旦在空间与时间上没有优势，就可能变得不堪一击。

潜伏在暗处的“黑驼鹿”打手，就像沙漠中的响尾蛇，面对危险，他们首先会摇动尾巴发出威胁。武力可以轻易斩断他们聒噪的“尾巴”，但这种损失会让他们保持袭击对手的力量。

随着交战时间变长，交战双方都会疲惫，补给会耗尽，弹药会打光。主场作战的黑帮，很容易补充他们需要的所有东西，包括战力。美国游骑兵损失一颗子弹，就等于向死神靠近一步。

“最新天气预报显示，华盛顿州东部出现电离风暴的概率接近 45%，恶性概率接近 33%。”副官汇报道，“杜兰特空军基地已经发出禁飞通告，所有战机入库。”

“电离风暴？”诺兰额头渗出冷汗。

他们失去空中支援，就等于失去一只手。一旦与黑帮展开巷战，他们所有战力优势将不复存在，在这座充满敌意的城市里，只能被动挨打。

诺兰想了想，问道：“联合特种作战司令部怎么说？”

“他们希望我们继续坚守。他们正与余烬城的龙骑兵协调，命令龙骑兵派出直升机接应。新西雅图空军基地出动了两架 F91 战机，从南方进入战区。”

“从新西雅图出发？”诺兰嘴角抽搐，“那得多久能到？”

“直升机预计要四十分钟，F91 战机估计需要一个小时。”副官说。

“‘哥特剑’还有多少电量？”

副官点击腕装电脑屏幕：“30%。保持全力作战模式，应该能坚持四个小时，麻烦是它携带的弹药已经不足。”

诺兰盯着远处加特林机枪闪现的火花，手指前方，问：“能不能别让它盲目射击？”

这是无法实现的要求。

“哥特剑”的人工智能系统，说不上有多先进，但从生产到维护，全由迪米特机工厂专业技术员负责，美军将士只能按照说明书使用。至于使用弹药的参数，由“哥特剑”根据战场形势自行设置。

“哥特剑”作为攻坚利器，主要任务是在它的主动防御系统被破坏之前，尽可能地消灭更多敌人，所以它的弹药参数设置向来都是最高的，节省弹药这种事儿，根本不在它的考虑范围。

诺兰锁定四个可疑区域，前两个区域的敌人基本没有抵抗，就被“哥特剑”清理完毕，只待龙骑兵打扫战场。

“黑驼鹿”打手在第三个区域，用各种武器形成一张火力网。

“哥特剑”凭借它的算法，不但判断出杀伤力最大的位置，还能提供游骑兵需要的信息，并通过作战数据链传送。

“命令‘哥特剑’继续压制敌人火力。”诺兰拉了一下枪栓，向前一指，“全体都有，向 B 点集合，空中支援力量已经——”他扭头看了副官一眼，“已经上路了。我们完成任务后就地驻防，等待空中掩护再撤离。”

“哥特剑”无法理解“压制”的含义，或者说，它理解的方式比较特别。

它把一间小商铺炸得七零八落后，退回废楼，压低车身，一边计算面前可攻击目标，一边调整监控网，指引游骑兵进行攻击。

“哥特剑”发射的“杀人蜂”无人机，每部携带大约五十克 TNT 炸药，在电量耗尽时还能当作一次性攻击武器，威力不亚于一颗制式手雷。“哥特剑”最初发射的十几架无人机，现在已经剩下一半，但掌控整个战场的战况，还是绰绰有余的。

“哥特剑”突然发现两架“积雨云”无人机，距地面 25 米盘旋，离第四个区域“D 点”不远。

“哥特剑”伸直前方的机械臂，用加特林机枪捕捉“积雨云”无人机的飞行轨迹。

两道金色光束，准确地命中娜娜控制的“积雨云”无人机。在它们化成火球的同时，娜娜像中风一样抽搐几秒钟。不等阿尔伯特询问，她便恢复原状，自言自语地说：“失去一号机与二号机的控制权，原因不明，推断被地面防空火力击毁。”

“还用推断吗？”伯爵苦笑着指指天空，“我都看到你的宝贝被打成烟花了。”

“没事儿，没事儿。”阿尔伯特轻轻搂住娜娜的肩膀，“试验体 103，你应该记得出城的路吧？北门，余烬城的北门。”

娜娜点点头：“记忆模块没有问题，行进路线已锁定。”

“我们继续前进。”伯爵打了个响指，“娜娜，你殿后，给我们指路。”

娜娜像完全没有听见伯爵的话，直到阿尔伯特又重复一遍，她才说道：“指令确认——”她指着前方，“顺着这条街走到头，在教堂前左拐。”

“教堂？”曹操难以置信，“这烂地方还有教堂？”

“伪信徒聚集地。”艾丽嘀咕一句，声音小得只有旁边的端木夜雨能听见。

“这烂地方有啥都不奇怪！”伯爵没好气地说，“余烬城中央区还有教堂呢，凭什么这里不能有？”

曹操嬉笑道：“伯爵，我敢打赌，如果真有地狱，中央区那些富人肯定比这里的野人更受欢迎。”

“废话！”伯爵愤愤地说道，“他们和撒旦都是亲戚，尤其搞金融的那些混蛋。”

商业街零星地响着怪异的枪声，听起来既不像美军制式的 AICS 突击步枪，也不像“黑驼鹿”打手惯用的 AKA 突击步枪，看来应该是另外一伙人，出于打劫或寻仇的目的，或者单纯是为自己壮胆。

他们沿着这条街走到一半，三四百米外的地方突然传来更加激烈的枪声，时而伴随着震耳欲聋的炮声。

“有啥稀奇的？他们打他们的，咱们走咱们的。”伯爵催促着踌躇不前的队员，“杀人放火的把戏而已，你们再混几年，估计这场面都懒得看了。”

枪炮声的震慑力，似乎丝毫没有影响娜娜。她盯着被火光映得通红的夜空，自言自语：“侦测到——稳定的双向信号传输，应该是无人机在跟踪我们。”

曹操举起 AICS 突击步枪，通过瞄准镜察看：“娜娜，是美军的无人机吗？”

“无法确定。”娜娜回答。

伯爵有些不耐烦了：“美军和黑帮玩命，根本顾不上我们，我们就别吓唬自己了！”

从某种意义上说，无相城的这座教堂，应该算是古迹。早在“愚者之灾”爆发之前，这里还叫南湾镇时，它已经为周边社区的人服务五十多年。其间还经过翻修，换了两次木质屋顶。

无相城扩建之后，教堂四周绿意盎然的草坪林地，被乱糟糟的窝棚和简易房占据，唯独这座曾经给人内心带来平静与慰藉的教堂保留下来，与周边的贫民窟显得格格不入。

按照牧师的分析，教堂之所以能完整保留，是缘于上帝保佑。

这个牧师，原来是一个连《圣经》都没读过的江湖骗子，在一次次训诫中终于感动了自己，捐出所有财产，最后变成虔诚和善的信徒。

因为教堂的特殊地位，信徒恪守中立，使教堂成为无相城中天然的地标建筑，不同势力将它视为所控区域的分界线，彼此保持着井水不犯河水的状态。

伯爵等人接近教堂时，发觉路口一家小店有些反常。它的门窗都被加固过，外面还堆着沙包掩体。小店的大招牌上，画着一头黑色驼鹿。

不需再看，就能判断小店的归属。

在他们还没有接近小店时，二楼阳台的探照灯突然亮起，刺眼的灯光锁定他们。

三个穿西装的持枪黑人大汉，从暗处蹿出来，围住他们，齐声喝道 ：“什么人？！ 不知这里实行宵禁吗？”

“宵禁？”伯爵毫不在乎地调侃道，“你们挺认真啊，真以为自己是——”

曹操悄悄捅了伯爵一下，上前笑着对三个黑人大汉说 ：“我们是从北境过来的商队，还望给予方便。”她左手托了托背包，右手端着 AICS 突击步枪，“我们打算到这里进点儿货，没想到碰上打仗了，太倒霉了。”

“北境？你们是从锈银森林过来的吗？”三个黑人大汉交换一下眼神后，其中一个人问道，“我怎么没听说这几天有商队要过来啊？”

“那有什么奇怪的？我们是安卡利大王的人。”伯爵上前一步，一脸傲娇，“谁都知道我们的行踪，我们还怎么做生意？”

听到“安卡利大王”，所有人都蒙圈了。

娜娜检索了龙骑兵总部的数据库，结果一无所获，连类似的词条都没有。

伯爵口中的“安卡利大王”，实际是“阿雅利大王”。这个人，确实曾经是称霸大半个锈银森林的黑商头子，那里每个村庄，每个部落，每条暗道，都归他统治。不管贩卖一条香烟、一块肥皂，还是一个妙龄少女，都必须向他缴纳一定数额的税，不然就得人财两空。

三个黑人大汉确实知道阿雅利大王，也知道他已经被人剁成肉酱喂狗了。关于他手眼通天、暴虐绝情的轶事，都有所耳闻。强将手下无弱兵，如果面前这个流里流气的人，真是阿雅利大王的人，他们还真不想自找麻烦。

伯爵根本不把三个持枪黑人大汉放在眼里，一脸“昨天和阿雅利大王喝过酒”的表情，更让三个黑人大汉感觉瘆得慌。

“都是在道上混的，磨叽啥啊？”曹操感觉三个黑人大汉在犹豫，于是加油添醋，“我们只是路过而已，从阿巴萨先生那里拿到货——”她指指枪声大作的方向，“他就在那边处理烂事儿呢。”

三个黑人大汉虽然心存狐疑，但听到曹操提到阿巴萨，便缓缓放下枪：“好吧，既然你们是阿巴萨的朋友，那就请便吧，代‘黑驼鹿’向大王问好。过了教堂，就不是我们的地界了，小心点儿。”

见三个黑人大汉轻松放行，端木夜雨不再紧张，学着伯爵的样子，昂首阔步地走过去。可他刚走出三步，就被一个黑人大汉叫住：“那个孩子，站住！”

“喊我——我吗？”端木夜雨转过身，指指自己的鼻子。

“我觉得你背的箭袋眼熟，拿过来让我看看。”黑人大汉指着箭袋说。

端木夜雨犹豫时，曹操上前　步，对黑人大汉说：“那是我的箭袋，量产货，一样的东西，到处都是。”她护住端木夜雨，一边摘下弓箭，一边示意伯爵做好战斗准备。

曹操以极其隐蔽的动作，抽出一支箭，连弓一起塞到端木夜雨手里，同时转过身，将箭袋扔给黑人大汉：“没什么好看的！”

在黑人大汉接过箭袋查看时，所有人的注意力都集中在箭袋上。曹操以极快的速度摘下肩上的 AICS 突击步枪，与默契配合的伯爵同时开枪。

三个黑人大汉当场毙命。

端木夜雨搭弓射箭，击中二楼阳台上的劣质探照灯。

阿尔伯特与艾丽找不到射击目标，便举枪朝阳台、窗口扫射。

“快走，别打了！”在楼上响起枪声时，曹操指挥众人向教堂转移。见端木夜雨扑向黑人大汉的尸体，她焦急地低声喊道，“危险，回来，赶紧走！”

端木夜雨没有停止，像猎犬一样扑过去，抄起箭袋，做出一个侧滚翻，再起身跑到曹操前面。

曹操恨得直咬牙，一边掩护众人一边嘀咕：“穷鬼，舍命不舍财！”

听力极好的端木夜雨，举起箭袋：“这是奥运会冠军的箭袋，不能落到他们手里！”

伯爵一边射击一边说：“猕猴，你上道了。”

虽然不明白伯爵口中“上道”是什么意思，端木夜雨觉得应该是夸赞自己，有些不好意思地挠挠头：“没——没什么吧？”

“你刚才那一箭射得好，起码上面的人看不见我们。”艾丽一边换弹夹一边补充。

“我其实是想射那个人。”端木夜雨又不好意思了。

楼内的“黑驼鹿”打手看不清外面的情况，面对强大的攻击火力，他们只能躲在窗口内盲目射击。

外面枪声消失时，他们才敢探出头，看见几个黑影穿过教堂，向北遁去。

确定身后无人追击后，伯爵放慢脚步，示意众人不要跑了。

端木夜雨注意到娜娜虽然抱着 AKA 突击步枪，却始终没有射击，不禁好奇地问：“娜娜，刚才你为什么不开枪？”

娜娜看都不看他一眼。

“我下达的命令是，允许她以自卫为目的使用武器。刚才我们是主动攻击，她自然不会开枪。”阿尔伯特解释道。

不仅是端木夜雨，伯爵和曹操都皱着眉头看着阿尔伯特。他们实在想不明白，在这种危险的地方，他为什么如此设置。

阿尔伯特见众人质疑自己，看着表情僵硬的娜娜，说：“她还不是我们熟悉的娜娜，她只是——以她目前的状态，还不适合启动主动攻击模式。等我们脱离危险后，我重置她的程序，她就是我们熟悉的娜娜了。”

“如果你挂了，难道她像失控的机器人一样杵在这儿，我们怎么把她带回余烬城？”伯爵对阿尔伯特私自做出的决定，非常不满意。

“她不是纯粹的机器人，只有辅脑才是机器，但辅脑核心作用是为她的大脑服务。即便她现在处于试验体 103 状态，也有完整的逻辑思维。如果我挂了，她自然会听从队长的。我作为监督者，虽然拥有最高级优先权限，也只是奉命行事。我不让她开枪，是为了保护她的安全。”

“拥有最高级优先权限，什么意思？”曹操举起枪，瞄准阿尔伯特，“她能保护你吗？如果我开枪，她会袖手旁观吗？”

娜娜依旧端着 AKA 突击步枪一动不动，嘴角略略抽搐一下，嘴巴微微张开，想要说话。

曹操突然感到一阵剧烈的偏头痛，于是放下枪，用拇指摁住太阳穴，狠狠地皱着眉头。

端木夜雨走到曹操身边，轻声问道 ：“头疼？”

“没有！”曹操像意识到什么，摇摇头，“我刚才——好像是——有点儿头疼——现在好了，没事儿了。”

“看来你是习惯性头疼。”伯爵想了想，“是不是突然偏头疼？你仔细回忆一下，最近是不是特频繁？”

“我好像也是这样。今天晚上在地下室里，我看到你和阿尔伯特好像同时头痛。”端木夜雨扫视了一圈，目光落在艾丽身上，见她也微微点头。

“我也看到你和艾丽同时头痛。”阿尔伯特指指端木夜雨，“唯独娜娜从来没有出现这种现象，这到底是——”他拍拍头，“是不是‘打孔者’起作用了？我们都注射过‘打孔者’，唯独娜娜没有注射。”

“‘打孔者’，就是那个什么蠕虫吧？”伯爵不安地摸摸头，“它能引发偏头痛？这是什么原理？”

曹操摇摇头 ：“这得问那个毛头小博士了。不过，我觉得，就算他实话实说，你这个文盲也未必听得懂。”

“好像你能听懂似的！你不就比我多认识二十六个英文字

母嘛，有什么了不起的？”伯爵脸上呈现一百个不服。

“还有两千多个汉字呢！”曹操朝前一指，用中文大声说，“将军金甲夜不脱，半夜军行戈相拨。诸君，前路漫漫，时不我待，赶紧走吧。”

“叽咕叽咕的，啥玩意儿？”伯爵嘀咕一声，扭头小声问端木夜雨，“她在说中文？你能听懂不？啥意思？”

从未学过古汉语的端木夜雨，无奈地耸耸肩：“看手势，应该是让我们赶紧走。”

“呦，看来中文挺难懂啊。”伯爵一本正经地点点头，“还得看手势。”

“有时还得听口气呢！”曹操补充道。

精通汉语的曹操，没有得意多久，在无相城北出口，有生以来第一次遇到另一种汉语——客家话。

紧闭的铁门两边，竖着两座比入城见到的哨塔还要高大的警戒塔。警戒塔正面被各种坚固的金属板包裹。由此看来，即便地处蛮荒之地的无相城，北方依旧是重点防御的对象。

不只如此，市区的街道上，靠近出口的几栋房子被改造成堡垒。其中一座车库里，停放着几辆安装机枪的皮卡汽车。那些汽车上，无论花里胡哨的涂装，还是怪异恐怖的装饰，都极具蛮荒之地特色。

十三四个亚裔壮汉守在出口前面，相比统一穿西服、戴墨镜、拿 AKA 突击步枪的“黑驼鹿”打手，这些人中，有的穿皮背心，手捧铁棒；有的袒胸露乳，浑身刺青；有的叼根雷管，拿着霰弹枪。总之，高矮胖瘦、美丑凶善，简直是以“如何让自己看起来更像野蛮人”为主题的派对。

“别慌，是华人。”曹操几步走到伯爵前面，“我来对付他们。”

“亚洲人长得都一样，你怎么看出他们是华人？”伯爵一把拉住曹操的手，“千万不能搞错，万一他们是韩国、日本的黑帮，话不投机，你就要横尸当场的。看看他们的武器，还有火焰喷射器呢。几个看大门的，需要火焰喷射器吗？”

曹操也注意到那些人的武器装备，明显比无相城里那些黑帮先进得多。她打量一番，低声说道：“别慌，他们身上都文着‘义薄云天’的简体汉字，韩国人和日本人不会有这样的文身。”

她晃动着手电筒，慢慢地向那些凶神恶煞走过去。

一个穿着黑色坎肩，露出肩头上“义薄云天”文身、满身肥膘的男子走过来。他扛着十字弩，举手示意曹操停下：“个打靶鬼，搞乜咧？”

曹操闻声后，像触电似的站住了。

肥男见曹操也是亚裔，缓缓放下十字弩。

曹操像突然想起什么似的，扭头看着端木夜雨，问道：

“端木，你知道他在说什么吗？”

端木夜雨摇摇头，说：“你都听不懂，我怎么可能听懂？”

曹操只好回过头来，面对肥男，赔笑道：“大哥，您会说英文吗？”

“妈的，我还以为你是新会员呢！”肥男啐了一口，“这个破社团，已经大半年没有女人入会了，太邪性了！”

平心而论，如果曹操现在加入黑帮，她肯定会加入要求全体穿西装的“黑驼鹿”，绝对不会与面前这些原始人为伍。

“我们是地狱猎兵奇美拉小队。”曹操顿了顿，补充道，“余烬城的地狱猎兵。”

“我他妈的当然知道余烬城的地狱猎兵，有啥好解释的！”肥男突然用汉语普通话吼道，“你是队长吗？”

“不是，但我——”曹操对肥男普通话的标准程度感到惊讶。

肥男大吼一声：“叫你们队长来，我不和小喽啰浪费时间。”

伯爵见曹操冲他招手，便大摇大摆地走过去，打量肥男：“我是队长，有话就说，有屁就放。”

肥男端详伯爵几秒，嬉笑道：“看起来你混得最惨，像在地狱里摸爬滚打过。听说地狱猎兵整天像幽灵似的披着斗篷，你们的斗篷呢？”

“想看地狱猎兵的斗篷啊？好说，好说。”伯爵一手提着AN94突击步枪，一手熟练地打开背包，取出斗篷，当着肥男的面穿在身上，然后像盛装女演员谢幕那样，捏着斗篷底角躬身行礼。

其他人也像伯爵一样，手忙脚乱地找出斗篷披在身上。

那些大汉紧紧地端着枪，警觉地盯着他们，默默看他们换装。

“虽然斗篷说明不了什么，不过——”肥男扭头看了一眼车库，那边一个梳着中分头的小个子男人冲他点点头。

小个子男人应该是这里的负责人。

肥男得到负责人的许可，继续说道：“不过，在无相城里，充当地狱猎兵确实没有什么好处，我们姑且信了。说吧，你们想干什么？”

“我们还能干什么？”伯爵耸耸肩，指指大门，“我们经过这里，肯定要出城啊。”

“出城？现在？你们难道不知道——”肥男打量伯爵等人几眼，恢复原来的痞样，“好吧，反正你们是地狱猎兵，上刀山下火海玩命送死是分内的事儿。”

伯爵不爱听了：“地狱猎兵也是妈生爹养的正常人，你们怕的，我们也怕。”

“未必吧？这两天从北边逃难过来的人，好像有几个部落遭到暗傀袭击，据说锈银森林那边出现黑潮了。”肥男盯着伯爵，“现在你们出城，除了打暗傀，还能做什么？”

“黑——黑潮？谣传吧？”曹操惊讶地问道，“北美洲已经十五年没有出现黑潮了。”

“难民嘛，总得找个理由才能进城，他们说俄国人打过来我都不奇怪。不过，确实有些人身上有被暗傀撕咬的痕迹。”肥男好像不愿意多说，“反正我们皇龙会也不是科学组织，不会也不能考证黑潮。我们的职责，也就是守住这里，不让被暗傀感染的人进城。”

“皇龙会？”伯爵差点儿笑出声，赶忙捂住嘴巴，干咳两声，“这个名字挺霸气，还有东方特色。你们是不是只允许华裔入会？”

肥男说：“你以为我们只想招华裔吗？见鬼去吧！黑鬼都去参加‘黑驼鹿’，白皮猪都去参加 LLL 党，这帮种族主义者，没有一个愿意到我们这儿来的。”

“原来是这样啊，不过你们确实有国际主义范儿。”伯爵说着，把曹操轻轻掩到身后，“这位大哥，不管北边有黑潮还是白流，我们都要出城，能行个方便吗？”

肥男再次请示小个子男人，得到肯定之后，说：“我们没理由拦你们，但你们记住，我们也没理由去搭救你们。不管黑潮是真是假，这段时间北边肯定很乱。你们执意出城，生死自重吧。”

说完，他举起手，在头顶摇两圈。城门里旋即发出铰链转动声，沉重的铁门向两边缓缓移动，一条路在探照灯光束中闪现出来。

“黑潮可不是闹着玩儿的。”曹操附在伯爵耳边，低声提醒，“这条消息非常重要，我们必须向最高统帅部报告。”

“你别吓唬自己好吗？”伯爵毫不在乎地说，“那些没见过世面的乡巴佬，看到暗傀啃尸，就以为世界末日来临了。如果真出现黑潮，天上的卫星能看不见？美国大兵能不知道？都什么年代了，哪还会有能控制暗傀的亡灵巫师？”

曹操回头看了看身后。端木夜雨和艾丽年纪小，不可能听说过亡灵巫师，不可能经历过黑潮，不可能意识到，如果难民所述属实，他们将面临什么级别的灾难。

伯爵所言也不无道理。十五年前出现黑潮时，他应该在地狱猎兵服役，估计应该与暗傀——那时还叫“僵尸”打过交道，也领教过黑潮的威力。如果他不在乎，也没什么好怕的。

但是，曹操还是提醒伯爵：“无风不起浪，北边可能真不太平，我们得小心点儿，毕竟我们的任务不是搜集情报，而是——”她看了看身后，“我们必须把他们带回去。”

伯爵略微思索一下，点点头，一边跟着肥男往城门口走，一边指着车库问：“哥们儿，能借我们一辆车吗？”

“想啥呢？我们像搞慈善的吗？”肥男不耐烦地说，“可以租，只收现金，不跑长途。”

伯爵在身上摸索一会儿，掏出几张纸币：“这是五百灰币，把我们送到普罗旺斯庄园，没问题吧？”见肥男有些犹豫，他立即说，“六百，哥们儿，咱们都不容易，差不多就行了。”

肥男看看伯爵手里的灰币："五十美元，不讲价。我开车送你们到湖边。"

"美元?！"伯爵看了看手里的灰币，"只收美元?"

"美军已经打到这里了。"肥男指指远处的火光，"余烬城的假面女王，很快就会跪舔美国佬的鞋底儿，到时候灰币就是废纸。"

"你他妈的胡说什么！余烬城假面女王怎么可能跪——"伯爵察觉到"皇龙会"的打手们正举枪瞄准他，只好压住心头怒火，"美元就美元，马上出发。"

肥男准备接过皱巴巴的美元时，天空突然传来音爆声，一颗蓝色流星划破夜幕，向南方飞去。两三秒后，市中心升腾起一团巨大蘑菇云，滚向云霄。

诺兰苦苦期待的空中支援终于到来，把美军从悬崖边上拉回来。

"见证实力了吧?"肥男笑着把美元在伯爵面前抖两下，指指天空中F91战机发射导弹后留下的烟雾，一语双关地说，"这就是美元的力量。"

第三章　遗　产

虽然不再是昨晚那样风雨交加，但霍尔仰起头时，不知是空调水还是雨水，落在他的面门上。

他轻轻摸摸额头，把目光从面前的摩天大厦移开，落在从身后豪车里探出头的余烬城王子莱昂纳尔。当然，还有那个如影随形的贴身保镖镰仓六六六。

“怎么了？现在想后悔，肯定来不及了。”莱昂纳尔扔下烟头，用脚尖踩灭，神色凝重地拍拍霍尔的肩膀，“事已至此，我绝对不会轻易罢手。”

“殿下，我感谢您相信我的话。只是我觉得，只有您才能把这件事儿查个水落石出。”霍尔的眼神不再游离。

顺着霍尔的视线，莱昂纳尔打量巨大招牌上的“罗塞塔”三个字。这三个字，告诉世人，这里是谁的领地。

作为余烬城三大支柱企业之一，罗塞塔公司年产值和名气都没有另外两家企业大。但是，它旗下的伊普西龙研究所的科研力量，却是美洲乃至世界最强的。

如果霍尔昨天晚上的发现属实，那么这家被视为余烬城的伟大企业，很可能私下与某种势力勾结，从事背叛余烬城政府、背叛余烬城几百万公民的勾当。

“你做得很好。”莱昂纳尔用力捏了捏霍尔的肩头，“你没有向蕾姆透露实情，就证明我没有看错人。”

霍尔不好意思地挠挠头，“也不是我信不过她，只不过我感觉这件事很蹊跷，应该先弄清楚比较好。”

“蕾姆也好，龙骑兵将校也罢，说白了，都是凡夫俗子。”莱昂纳尔话语中似有所指，“你和他们不一样。博士，你和我都是完人。当然，我们还不够完美，但至少是踏上漫漫征途上的先行者。既然我们都是完人，就应该互相信任、互相帮助。为了全人类，而不是一座城市的未来奋斗。”

“殿下，我只是想寻找 MIKO 的真相。”霍尔尴尬地扶扶眼镜框，“为了全人类的未来，我觉得太虚幻了。”

“对现在的你来说，确实有些虚幻。”莱昂纳尔眼角露出得意的浅笑，转身冲镰仓六六六打个响指，“走，我们去视察罗塞塔公司。关心企业发展，也是我作为王储的责任和义务，对不对？”

他们被门卫拦住时，霍尔才意识到，虽然罗塞塔公司与龙骑兵研究中心有过诸多合作，他还从未到过罗塞塔公司总部。

一个门卫忽然认出莱昂纳尔：“殿下？！”他大惊失色，“没听说您今天要来——”

“不必紧张。”莱昂纳尔摆摆手，“我只是路过，想到里面看看而已。”

“殿下，公司有明文规定，如果没有事先预约，任何人不得入内。”门卫面露难色地说。

话音未落，他突然捂住耳麦，说了声“明白”，然后客气地说：“王子，里面请！”

莱昂纳尔虽然是突然造访，各处的监控摄像头已经把他的身影传遍整座大楼。

虽然罗塞塔总部大楼外形，像一把倒插在地上的柴刀，里面的接待大厅却被设计成中空心半球形，上面密布血管状的白色蜂巢状花纹，在镜面般光滑的地砖映照下，显得格外瘆人。

一位矮墩墩的谢顶大叔，穿着做工考究的西服，急匆匆地走到莱昂纳尔面前：“早上好，殿下！我是罗塞塔公司公关部负责人泰勒，代表罗塞塔公司全体员工欢迎您！”

与土到掉渣儿的相貌相比，他的声音颇有磁性，丝毫不亚于电台专业主持人。他脸上挂着职业性微笑："殿下在百忙之中到访，让我们感到惊喜，又无比荣幸。"

"其实我本来想预约的，忙起来就忘了。"莱昂纳尔面不改色地扯谎，"其实也没什么正经事儿，我也不会待多长时间，最多也就半个小时。"他说着，看了一眼霍尔。

泰勒非常得体地应和着，把目光移向霍尔，又落到镰仓六六六脸上，问道："今天公司的早间茶点是锡兰红茶加草莓曲奇，三位是否需要？"

"不必了。"莱昂纳尔话音刚落，霍尔像鼓起勇气似的，踮踮脚尖说，"草莓曲奇就行，谢谢。"

泰勒恭敬地点点头："这边请，跟我来。"他转过身后，收起职业性微笑，烦躁得把眉毛拧到一起。

和楼里所有人一样，他不知道在平淡无奇的日子，余烬城的王储、假面女王的继承者、除了像吉祥物一样到处招摇过市、没有任何职务的莱昂纳尔会突然出现，身后还跟着穿白大褂的中学生，胸前却挂着"龙骑兵研究中心"工牌。

"他们到底想干什么?！哪个该死的贵族学校代表来参观吗？还是那位连长啥样儿都无从知晓的假面女王，给莱昂纳尔生了个弟弟？"泰勒脑海中一时间闪现出诸多疑问。这些疑问没有得到诠释时，金碧辉煌的电梯，就已经把他们送到楼顶。

"什么？你们要参观十七号实验室？"泰勒勉强地挤出一

丝微笑，“那里——那里什么都没有啊，我是说，它就是普通的实验室，没有可看的东西。”

“现在应该改作标本间了吧？”霍尔捧着纸盒，从里面拿出一块草莓曲奇塞到嘴里。

“没错，那里陈放着一些淘汰或者失败的试验品。”泰勒点点头，“而且都是死的，有些没有参与试验，在胚胎状态就废弃了。”

“负责管理实验室的，是人还是机器人？”霍尔像闲聊一样，有一搭没一搭地问。

“克雷西博士在负责。不过——”泰勒叹了口气，尽量压低声音，“他曾经是重要项目的负责人，好像精神出点儿问题，所以只能做一些看管实验室的简单工作。”

霍尔依旧漫不经心地问道：“也就是说，在十七号实验室工作的人很少。”

泰勒点点头：“确切地说，只有克雷西博士。”

莱昂纳尔与镰仓六六六心领神会地对视一眼，说道：“泰勒先生，我们进入十七号实验室后，希望你能让我们和克雷西博士单独谈谈，毕竟他是罗塞塔公司的功勋研究员，现在他病了，于情于理我都应该予以关心。”

“当——然，殿下。”泰勒有些为难地咧咧嘴，“只是——我能不能冒昧地问一下——”

“你应该知道自己没有资格与王储直接对话。”镰仓六六六用冰冷的眼神盯着泰勒，打消他的一切念想。

由于某些不为人知的原因，超级大都市余烬城不仅没有地铁，连地下设施建设都受到严格管控，任何个人或单位，哪怕埋一条供暖管线，都需要向有关部门报备。久而久之，无论平民还是企业，都不再进行地下建造。

这间十七号实验室，却比收容“D级材料”的“梦境”地下研究中心还要深，足以说明它的特殊性。

电梯在B5层停下，泰勒目送莱昂纳尔三人走出电梯门，迟疑几秒，没有走出去，清清嗓子轻声说：“殿下，我在一楼候着。您要有事儿，我随叫随到。”

他没有指路，说明十七号实验室不难找。

不等电梯门关闭，莱昂纳尔三人就看到走廊一侧的墙壁缓缓向两边移动，以一种颇为滑稽的方式，引领他们走向目的地。

如泰勒所言一样，十七号实验室果真是一座标本陈列室。他们通过那扇突然开启的房门，便看到排在两边的数十个大罐。

这些老式MK03式培养槽，曾经代表余烬城的科研实力。从它里面诞生的各式各样的生物工业制品，为罗塞塔公司赚取了难以计数的钱财。现在，它们被灌满暗黄色的福尔马林溶液，成为失败试验品的墓地。

“这些都是什么啊？”莱昂纳尔突然停下，瞪大双眼，隔着落满灰尘的玻璃外壳，试图看清大罐里面那坨畸形的肉块，

“我怎么从来没见过这种试验品？”

霍尔瞥了一眼离他最近的大罐，里面隐约呈现出一个人体。人体面容狰狞，似乎在噩梦中才能见得到的妖魔。

他说：“我也没见过这些东西。罗塞塔公司毕竟是大型成体改造的权威，存放这些稀奇古怪的东西，也是情有可原吧。”

他仿佛看到罐中的人体冲他眨眼。明知道这可能是幻觉，还是吓得他一激灵。

大部分的罐子前，只放着一块标注名称和编号的铭牌。几个看起来比较新的罐子旁边，安装着触屏电脑。

一台电脑前，站着一个邋遢到无以复加的瘦弱男子。他虽然穿着罗塞塔公司红白相间的工装，却似乎好几年没洗过，与外面那些光彩照人的同事形成鲜明对比。

不用任何人介绍，莱昂纳尔三人便猜出他是“精神上出点儿问题”的克雷西。

克雷西似乎非常投入，根本没有注意进来的三个人。他将触屏电脑的控制面板敲得咚咚作响，不时用力抓挠像鸟窝一样的卷发。很难想象，在这样堪比停尸房的鬼地方，还有什么事情值得他专注、焦虑。

看到非人一般的克雷西，让原本就不太习惯与陌生人打交道的霍尔畏缩不前。

直到莱昂纳尔走到身边，克雷西才意识到有人进来。他猛地扭过头，用手遮住屏幕，布满血丝的双眼盯着莱昂纳尔，龟裂的嘴唇嚅动着："你是——新来的？这里不需要人，真的。"

霍尔愣愣地看着莱昂纳尔。这位王储并没有穿奇装异服，与出现在电视新闻中的他相比，可能更接地气一些。

"你——你不认识我？"莱昂纳尔指指自己的鼻子，又指指克雷西，"你是克雷西博士吧？"

克雷西挠挠头，极力回忆着，很快又放弃了："你是不是财务处出纳？史密斯是不是你的上司？"

"这是莱昂纳尔王储。"镰仓六六六实在按捺不住，大声问道，"你看不看新闻？"

"我凭什么要看新闻？新闻都是掌握话语权的权贵用来忽悠底层老百姓的谎言、假象！"克雷西挥舞着拳头，义愤填膺地低吼道，"在余烬城，新闻就是洗脑工具！要想保持头脑、内心不受污染，就必须完全杜绝这些有害信息！"

"比如说，像你这样躲在地下，甘愿不见天日？"莱昂纳尔耸耸肩，漫不经心地调侃道。

"我在这里是因为——这里的工作需要我。"克雷西低下头，目光游离。

"你这么敬业，问题就简单多了。"莱昂纳尔打个响指，"我们就是来找你谈工作的。"

听到响指声之后，镰仓六六六立即转身，四下查看，甚至奔向黑暗处。

"嘿，你别乱跑！"克雷西像这里的主人一样，厉声喝道，

“这里的东西，都是绝密级！”

他见镰仓六六六还在查看，就转身奔向她，欲加阻止，却被莱昂纳尔一把抓住手腕。

克雷西像崴脚一样，身子一侧向下倾斜：“疼，疼，轻点儿，轻点儿！”

莱昂纳尔没想到克雷西如此弱不禁风，赶紧松开手，举到眼前看看指尖，似乎有点儿不敢相信，自己的手劲还能让人惨叫。

克雷西揉着手腕，怯生生地看着莱昂纳尔：“你——你是完人？”

莱昂纳尔稍稍吃惊：“你怎么看出来的？”

“这么瘦，力道这么大，正常人能这样吗？”他顿了一下，愤愤地说，“我练过多年空手道，没有那么不堪一击！”

“人老不以筋骨为能，很正常。”莱昂纳尔应付道。

克雷西再次打量莱昂纳尔时，镰仓六六六一脸杀气地走到莱昂纳尔面前，大声说：“这里只有他一个人，入口处有两个监控摄像头，仅此而已。”

“很好！”莱昂纳尔冲克雷西点点头，“我们开门见山，直入主题吧。”

他的话音刚落，镰仓六六六猛地冲到克雷西面前，抓住他的胳膊，用力一拧，将他狠狠按在大罐上，低声喝道：“马科兰·克雷西，未经我们允许，你不要乱说话，认真听好。”

镰仓六六六凌厉的手法，狠毒的目光，把霍尔吓得呆若木鸡，连眼睛都不敢多眨一下。

“我们有充分的证据证明，你与城外敌对势力互相勾结。”镰仓六六六机械地说道，“接下来你的表现，将决定你在监狱里度过余生，还是在这里做你喜欢的工作。”她用轻蔑的眼神，瞥了一眼大罐。”

“和——和敌对势力——勾结？”霍尔闻言一脸茫然，“到底是什么情况？我可没有这么说啊。”

“你什么都不用说，我的兄弟。”莱昂纳尔示意霍尔保持旁观状态即可。

“你们想知道什么？”紧紧伏在大罐上的克雷西，吃力地打量莱昂纳尔。

镰仓六六六把征询的目光投向莱昂纳尔。

“你与索契斯教授在一起工作过，对吧？”镰仓六六六手上慢慢加力。她以这种方式暗示克雷西，如果不老实，后果很严重。

霍尔这时才意识到，莱昂纳尔不仅掌握他提供的那部分信息，还掌握某些更重要的情报。

“是的，在伊普西龙研究所。”克雷西似乎根本不在乎，“从某种意义上讲，我还是他的得意门生。”

莱昂纳尔接着问道：“既然你是他的得意门生，他加入伊普西龙研究所，为什么你选择入职罗塞塔公司？”

“那时我还是微不足道的实习生，我想加入伊普西龙研究所，他们也看不上我啊。”克雷西摇摇头，“我到美国宾夕法尼亚大学攻读博士学位。我这个博士学位，可是货真价实，跟余烬城某些人买的博士学位绝对不一样。”

“索契斯自杀之前，与罗塞塔公司合作过一个项目。”莱昂纳尔走到克雷西面前，“你应该是罗塞塔公司负责项目评估的专家之一吧？”

克雷西将头扭向另一边，好像不敢直视莱昂纳尔，思索几秒后，说：“小兄弟，你一定搞错了。你也看到了，我在这里，活得连看门狗都不如，他们需要我评估项目吗？他们压根儿就不让我参与任何重要的项目！”

疑惑、焦虑的霍尔丢下饼干盒，一串单词像念咒语一般脱口而出：“MIKO！那个项目名称叫 MIKO！龙骑兵总部的数据库里显示，你们这里——不，你这里，十七号实验室里，存放着 MIKO 的样本！”

“等等！”克雷西像服用兴奋剂一样，身体猛地抖动起来，控制他的镰仓六六六都感到有些吃力。

“你是说——MIKO？怎么拼写的？M、I、K、O 的 MIKO？”克雷西大声问霍尔。

莱昂纳尔瞪大双眼，冲镰仓六六六做出放开他的手势。

镰仓六六六放开克雷西，退到莱昂纳尔身边。

“那是一个天才的设计啊！”克雷西激动得手舞足蹈，有些语无伦次，“你们跟我来，先看看这个东西。”

他旁若无人一般，抬头四处寻找：“它在哪儿呢？应该在那边！”他指指东南方向。

莱昂纳尔三人顺着他手指的方向望去，只是看到一些大大小小的培养舱，只好快速跟着他走过去一探究竟。

不是所有培养舱里都装着标本。有的敞着口，像等待装载尸体的棺材；有的只是注水，或者说像水的某种液体。

“三区，四区……”克雷西在像十字路口的地方停下，原地转了半圈，“五区！”他指着右前方，“就是这儿。这儿好久没人来过了。不，自从我入职，就没有人到这儿来过。”

“第五区？”莱昂纳尔放慢脚步，低声问，“第五区都存放什么？”

“某一批次的试验品，那是非常大的一个批次，前后约有一百五十个。”克雷西从最近的培养舱挨个介绍，“这是老鼠，和之前与之后每个批次一样，他们都是用老鼠开始试验的。”

几个小型培养舱里，确实盛放着像老鼠的动物。不可思议的是，每个培养舱里只存放一只。

“这是什么实验？”莱昂纳尔看得已经很不耐烦了，“拜托你介绍清楚，再给我们看样品。”

“应该是智能生物实验。”霍尔点指培养舱，“头盖骨上的斜切口，应该是植入芯片时留下的。”

克雷西闻言愣了一下，马上凑到霍尔身边，像遇到知己一样：“不是芯片，是酶，研发部叫它‘最初觉醒’，第一批研制的刺激神经突触生长的试验品。你们应该知道，不是所有客户都喜欢在自己宠物的大脑里植入芯片。”

“主要是因为余烬城无法自主生产生物芯片。”霍尔依旧盯着培养舱，“才不得不直接改良动物的大脑，让它们变得更聪明。现在的智能动物，都是在胚胎阶段进行改造吧？最新成果是马、鹦鹉，还是猴子？”

“鹦鹉。”克雷西再次打量霍尔，“你应该不是前来参观的学生代表吧？”

霍尔尴尬而又不失礼貌地微微一笑，向克雷西伸出手：“我叫霍尔，龙骑兵研究中心研究员。”

“国企垃圾？哦，不是，精英！”克雷西表情严肃，“你这么小就能拿到博士学位，应该是完人吧？”

问霍尔这个问题的人，实在太多了。他本不想回答，但看在克雷西也是博士的分上，不想在乎太多，轻叹一口气：“我确实是完人，但根据联合国法律规定，不允许余烬城用技术提升人类的智力，只能保证一些人避免智障而已。”

“联合国法律也不允许提升人类的体能啊。”克雷西下意识地瞥了一眼莱昂纳尔，“说白了，‘保证一些人避免智障’与‘提升一些人智商’，只是一种技术的两种说法而已。别的不说，你一定是参加过快速基本教育试验吧？不然怎么这么年轻就获得博士学位呢？”

与那些讨厌的猎奇者不同，克雷西不是猎奇，而是有深层次的见解，触及完人实验核心问题，让霍尔不得不干咳一声，岔开话题：“那个——嗯——这批智能生物，和 MIKO 有什么联系吗？”

“索契斯把它们命名为 MIO。”克雷西指指身边的培养舱，“也就是‘量产型智慧体’的英文字母缩写。”

“量产型——智慧——体——”霍尔轻声重复这些词组，下意识地看一眼莱昂纳尔，发现他目不转睛地盯着培养舱，似乎也在琢磨什么。

霍尔自言自语：“MIO 与 MIKO，中间可能只差一个单词 kether。”

“kether？王冠的意思，应该是宗教术语。”莱昂纳尔摁摁太阳穴，“但它不是形容词啊。”

“索契斯十八岁才开始自学英语，所以有许多稀奇古怪的拼写习惯。”克雷西干笑道，“尤其他给项目起名字时，非常随性，经常与我们的记录天差地别。”

“如果 MIO 是指这些普通智能动物，那么 MIKO 很可能是某种已经存在的试验品吧？这里还有样本吗？”霍尔瞅了瞅培养舱里的老鼠标本。

“我说过，MIKO 是一个天才设计。所谓天才设计，基本都是常人难以接受的设计。”克雷西遗憾地摇摇头，“这个创意设计，在罗塞塔公司和伊普西龙研究所都没有立项，而且，那些负责审批的专家，都认为索契斯疯了。事实上，他的创意设计只是太超前，常人无法理解而已。他是非常严谨的人，如果不是触媒研究取得重大突破，他绝不会提出这种像恐怖故事一样的创意设计！”

克雷西连连叹气、摇头。

“等等。”霍尔觉得自己一下子得到了很多启示，一时间消化不了，“你说的这个恐怖故事一样的创意设计，就是 MIKO 吗？”

“没错，K 代表 kether，就是王冠的意思。”克雷西用力点点头，“凌驾于一切智能动物之上的王者，是索契斯毕生研究的巅峰，至少是他研究工作的亮点吧。”

“你刚才说触媒研究取得重大突破，不会是指‘239 触媒’吧？”霍尔盯着克雷西，渴望得到否定的回答。

“‘239 触媒’？”克雷西一脸迷茫，陷入苦苦思索状态，“哦，哦哦，那东西现在有了正式命名了？以前索契斯叫它‘鲜血圣印’。”

听到“鲜血圣印”，霍尔看了看莱昂纳尔。莱昂纳尔也是一脸疑惑。

从逻辑上判断，霍尔认为克雷西应该没有说谎。如果他只是一条被摁在十七号实验室看守标本的“咸鱼”，绝不可能知道“239 触媒”。对于这个创意设计，索契斯与他应该交流过，他掌握触媒的信息，并不奇怪。

“那东西叫‘鲜血圣印’也好，‘239 触媒’也罢，只是称谓不同而已。”霍尔回忆“手魔”的模样，不禁皱皱眉头，“克雷西博士，我们已经领教过它的厉害了，但它与MIKO到底有什么联系呢？”

虽然霍尔脑海中隐约闪过几种可能性，但因为它们的样子实在让他感到恶心，于是他赶紧把这些恶魔般的生物从脑海中拭去。

克雷西欲言又止，继而露出怪笑。他朝前指了指，示意三人跟他往前走。

没走几步，他们在一个大号培养舱前停下。到目前为止，这是他们看到的唯一一个完全被黑色帆布蒙住的培养舱。

拉扯黑色帆布上的拉链时，克雷西犹豫一下：“这算是——怎么说呢，这应该是本公司绝密物品。它虽然不算成功，不，是彻底失败的试验品，但你们必须明白，让你们看到它，已经违反我的职业操守了。”

“别泛酸了！”莱昂纳尔往前一指，镰仓六六六上前一步，将克雷西推到一边，一把拉开拉链，培养舱上的黑色帆布应声而落。

镰仓六六六后退一步，身体微微战栗。

她如此恐惧，与她的身份、经历、能力无关。那是一种人类自史前时代开始，对掠食动物的本能恐惧，不可名状却又深入骨髓的表现。

超过三米高的巨大培养舱中，漂浮着一具“红脸”标本。

它像子宫中的胎儿那样，蜷成一团，上半身被雪白的骨甲覆盖，只露出口、鼻与双眼，脖子似乎都难以自由转动。

单看体型，它应该是刚成年的雌性动物，保存很好的灰色皮毛与尖牙利爪，让人隐隐感觉到它在世时的凶猛。

不知是不是心理作用，霍尔看到“红脸”时，觉得骨甲之下那颗黝黑瞳孔死死地盯着他，让他赶紧移开目光。

“这是伊比利亚骨獾。”一向沉稳的莱昂纳尔，喉咙不由自主地抽抽儿，“你千万别跟我说，MIKO 项目就是搞‘智能红脸’。”

“智能红脸？”克雷西若有所思地点点头，“这个名字挺酷的嘛。不，不，不是搞智能动物那么简单。目前的智能动物，仅仅是刺激大脑发育，让它们变得更聪明，远远达不到索契斯心目中王者的地位，也配不上这么高贵伟大的生灵。”

“高——高贵伟大的生灵？”莱昂纳尔觉得有些好笑，用拇指指指培养舱，“你知道这个畜生咬死过多少人吗？社会文明恢复得如此之慢，有一半原因要归咎于它们。”

克雷西忽然沉下脸，严肃地说：“这正是它们伟大的原因啊。凭血肉之躯，以进化的名义，向自以为在这颗星球上为所欲为的统治者宣战，即便不断被猎杀、消灭和驱逐，仍旧顽强地反击，让用科技武装到牙齿的人类举步维艰，每一次索取，都可能付出血的代价。这难道不正是上帝给我们的启示吗？上帝一再提醒我们，索取应该有度，过度就要遭受惩罚。”

莱昂纳尔点点头，问道："你也相信上帝？"

克雷西没有回应。

莱昂纳尔深深叹口气，说："如果这种东西，是上帝派来惩戒人类的，我只能说，他老人家的手法未免太粗糙了。这种东西就算放在'愚者之灾'刚结束、人类最无助时，也无法对人类文明发展造成真正影响。就算它拥有尖牙、利爪和防弹骨甲，就算它们不断进化，愈发强大，也是没有智慧的蠢货，终究不过是文明世界发展中的一粒尘埃。"说到此处，他忽然意识到自己可能透露了一条可怕的信息，急忙改口道，"哦，原来如此，太棒了，你们想帮助它完成上帝交代的任务，赋予它智慧，就像创造智能猎犬和智能马那样？"

"智能猎犬？智能马？开什么玩笑！"克雷西不屑地摆摆手，"索契斯可不是依葫芦画瓢的学术骗子，他不会把'kether'这样神圣的词语用在已经商业化的技术上。他要创造出一种全新的技术，阐述全新的理论，制定全新行业标准！"

"全新的技术——"霍尔盯着克雷西，"你刚才提到'239触媒'，是用来做什么的？"

"我不需要知道它是用来做什么的。"克雷西摇摇头，脸上露出诡异笑容，"但我相信，它能帮助索契斯完成MIKO项目，也就是制造'智能红脸'，拥有人类智能的智能动物。你们明白我的意思吗？"

莫名亢奋的克雷西，与呆若木鸡的霍尔三人形成鲜明对比。一分钟后，身为完人的莱昂纳尔与霍尔才意识到克雷西并没有开玩笑，而是在向他们透露惊人的秘密。

霍尔茫然地看着培养舱。里面的巨兽，好像瞬间复活，发出捕捉猎物的怒吼声。他自言自语道："完全超出正常科研人的思维范围了。"

"我早就听说索契斯是个科学狂人，果然名不虚传。"莱昂纳尔突然笑了，指指培养舱，"不，应该说，他的思维比传说中还离谱。他想做什么呢，用'239 触媒'把人脑移植到这种东西大脑里？"

"我不负责审核项目，具体细节我一无所知。"克雷西用食指敲敲培养舱，"索契斯把它送来审核时，就已经是具尸体。它虽然被定义为 MIKO 的基体，但从外表看，和其他动物相比，并没有任何特别之处。"

"那它的大脑——"霍尔好像想问什么。

不等霍尔说完，克雷西抢着说："我偷偷从鼻腔里抽取过它的脑组织样本进行检验，检验结果显示，它的大脑与普通'红脸'没有任何区别。"

"那不奇怪，你们又没有批准这个项目。"莱昂纳尔从口袋摸出一支烟拿在手中，漫不经心地说道，"没有人手，没有经费，没有设备，天才也无法完成哪怕简单的项目。巧妇难为无米之炊嘛。"

"这里——要求禁烟的。"克雷西故作难受状，咳嗽一声，指指墙上禁烟的标志。

可能莱昂纳尔也注意到这一点，只是把烟捻来捻去，没有强行点燃：“所以，它应该就是普通的母‘红脸’。不过，我还是感谢你提供的信息，至少让我知道 MIKO 是什么东西，或者说，是什么样子。”

“应该没有这么简单吧？”霍尔眉头紧锁，“殿下，你也看过‘手魔’，恐怕真正的 MIKO 成品，和这个‘红脸’完全是两种样子。”

“殿——殿下？”克雷西惊讶地瞪大双眼，上下打量莱昂纳尔，“你是——”

莱昂纳尔淡定地点点头：“没错，我就是王储。”

“哪个国家的王储？”克雷西想进一步确定。

莱昂纳尔很久没有如此愤怒过了。他把香烟折断，失声问道：“长话短说，在你们否决索契斯的创意设计之后，还有没有其他人打过 MIKO 的主意？”

“没有。上面的人特意叮嘱我，不要让董事会以外的任何人知道相关信息。所以，我才把它秘密封存。”克雷西指指地上的黑色帆布。

霍尔心有不甘地追问：“索契斯也没有尝试吗？他可不是轻易放弃的人。”

“这个我就不知道了，他又不在我们公司。”克雷西耸耸肩，“听那边的朋友说，他又研发了一个新项目，代号好像叫——”

“‘打孔者’，是不是？”霍尔补充道。

“原来叫‘打孔者’，不知道现在叫什么。依照索契斯的喜好，应该不会叫这么土的名字。”克雷西挠挠头说。

霍尔咂咂嘴，感觉自己被摆了一道。看来“打孔者”已经不是重要机密了，不然绝对不会被克雷西这种边缘人说三道四。

莱昂纳尔转身问霍尔：“线索断了，接下来怎么办？”

霍尔摇摇头：“调查这事儿，你得和蕾姆商量，我是外行。”

“不，绝对不能让她参与进来。”莱昂纳尔看看克雷西，“MIKO 毕竟是罗塞塔公司的商业机密。”

“其实这已经不是机密了。”克雷西双手叉腰，“说句良心话，如果真要制造‘智能红脸’，世界上也只有罗塞塔公司掌握这种技术。如果我们都觉得这个项目不切合实际，其他公司更无从谈起了。”

第四章　一种好感

从记事起，端木夜雨就很少睡午觉，更不用说做白日梦了。在蛮荒之地，无论电力还是燃料，都是稀缺资源，平民百姓家晚上不点灯，只能睡觉，而且睡到自然醒，白天自然不需补觉。他家是猎户，向来都在白天上山狩猎，晚上躲在家里更安全。

最重要的原因，还是个人习惯。端木夜雨对睡眠环境向来敏感，稍微有点儿光线，或者动静，他都要弄清究竟，否则难以入睡。

但是，他今天破例了。

可能因为昨晚在无相城受到刺激，刚从皇龙会的破皮卡上下来，不等伯爵把“原地休息”说完，他便抱着复合弓，倚在粗大的树干上，沉沉地睡去。

一股混合微微腥味儿的香气飘来，一连吃了几天压缩饼干的端木夜雨鼻翼翕动，便分辨出那是鱼肉的味道。他无意识地咂咂嘴，缓缓睁开眼睛。

虽然天空依旧阴沉，但视线比他睡觉前清晰多了。

在端木夜雨正前方二十五米，便是霍特科姆湖西南岸。清澈如镜的湖面上，漂着一只小木船。如石雕般的垂钓者，端坐船上，两三只无名小鸟，贴着水面，从船头掠过，好像一点儿都不怕人。

如此恬静的画面，让刚从无相城中连夜出逃、侥幸生还的端木夜雨情不自禁地嘴角上扬，发出难以相信的叹息声。

“呦，你醒了。”曹操走到端木夜雨身边，“你睡得挺爽啊，那呼噜打得，响彻云霄了。”

端木夜雨脸色绯红：“我打呼噜？不会吧，我睡觉从不打呼噜的。”

“睡着还知道自己做什么，那还能叫睡着吗？”曹操笑了笑，“男人嘛，打呼噜正常。如果你睡觉从不打呼噜，只能说明你太累了。你应该是第一次真正参与杀人吧？”

端木夜雨目睹过杀人，但从未主动参与过，昨晚还真是有生以来第一次。

他点点头，看看怀里的弓，挠挠头，羞涩地说："不好意思，我没帮上你们什么忙。"

"你做得已经很好了。百分之十的地狱猎兵菜鸟，第一次参战就挂了。无论怎样，你是另外的百分之九十，就值得庆幸。"曹操突然转移话题，"你昨夜又梦到那个女人了？"

未等端木夜雨回答，艾丽便跑过来问："什么女人？谁的女人？"

艾丽血红色的眼睛瞪得圆圆的，摆出打破砂锅问到底的架势。

端木夜雨避开艾丽的目光，假装淡定，问曹操："什——什么女人啊？"

曹操扫了一眼艾丽，又看看端木夜雨："不用我提醒吧？那个让你魂牵梦绕，睡觉都忘不了的女人，应该叫夕红吧？"

端木夜雨摇摇头，叹口气，觉得没必要隐瞒下去："你说她啊，她是我姐姐。"

"姐——姐姐？"曹操难以置信，看了看艾丽，"亲姐姐？"

端木夜雨点点头。

"看来你和姐姐的关系一定很好。"艾丽好像紧张后突然释然一般，上前一步，将藏在身后的烤鱼串送到端木夜雨面前，"伯爵烤的鱼，非常鲜，你尝尝。"

一拃长的鱼，烤得金黄酥脆。端木夜雨看了一眼，便口水四溢，激动地问："伯爵还有这手艺？"

"他懒得啊，比鱼还腥气呢。"曹操指指湖面上已经驶远的小船，"估计是他从渔民手里买的，也许用子弹换的。"

"管他钓的还是买的，反正是我烤的。我的手艺怎么样？"艾丽热切地希望得到端木夜雨的肯定。

端木夜雨把烤鱼送到嘴边，突然停下，看了一眼曹操："你——你们都——吃过了吗？"

"怕毒死你啊？"艾丽瞪大眼睛，高声质问，"还是嫌弃我烤得不好？"

端木夜雨翻转烤鱼，连声说："没有，没有，烤得挺好的，外焦里嫩。这是什么鱼，没有问题吧？这里离锈银森林很近了。"

"都外焦里嫩了，你还怕什么？"艾丽指指烤鱼，"都死过好几回的人啦，你还怕细菌寄生虫？"

"野生鱼都不能吃。"曹操盯着烤鱼说，"改造后的武器级鱼类就不用说了。即便自然生在湖里，也难免遭受辐射，产生变异。"

"辐——辐射？"端木夜雨看着烤鱼，咽着口水，"还有辐射？"

"霍特科姆湖嘛，距离核弹爆炸中心不到三十公里，地下水肯定被污染，湖里的鱼被辐射并不奇怪。其实，辐射无处不在，没什么好怕的。"曹操耸耸肩，"这条鱼接受的辐射量，你吃十年都长不出触手。你要是实在担心，医疗包里有奥南公司生产的微调剂，搭配伊普西龙研究所生产的半片退辐宁，应该就没事儿了。”

“退辐宁？”端木夜雨知道背包里有医疗包，但实在想不出哪种药是退辐宁，又问道，“你们是不是服用退辐宁后才吃鱼？”

“我怎么可能吃鱼！”曹操看着烤鱼，一脸嫌弃，“我在执行任务时，为了安全起见，只吃随身携带的食物。”

见端木夜雨还在犹豫，艾丽生气了：“怕死就算了。”她说着伸手拽烤鱼。

端木夜雨急忙转过身，匆匆地咬一口烤鱼，连声说：“别，别，我吃，我吃！”

端木夜雨快速嚼几口后，就觉得自己太冲动了。

缺少调料，甚至连盐都没有，一股腥膻味儿直冲脑门，引发胃里翻江倒海。

艾丽满脸期待地看着端木夜雨，问：“怎么样？好吃吗？”她像问考试成绩的小学生，直直地盯着端木夜雨。

端木夜雨艰难地把鱼肉咽下去，缓缓神，艰难地挤出一丝微笑：“不——不错呀，很好吃！”

艾丽像得到满分的小学生，羞涩地把银色卷发撩到耳后：“我再去烤点儿？”不等端木夜雨回答，她兀自点点头，转身离去，步伐明显轻快许多。

曹操望着艾丽的背影，眼睛瞪得很大：“这——她也能信？！”

端木夜雨眨眨眼："信什么？"

"你的胡说八道啊。"

端木夜雨打量手里的烤鱼，尝试着咬了一小口。接近腹鳍的部分，腥味儿好像淡些，但还是难以下咽。

"我——没有胡说八道。"端木夜雨苦笑道，"以前我跟爸爸到山里打猎，经常吃这样的东西。"

"你骗骗单纯的小女生还行，但她是圣武士。"曹操再次寻找艾丽，见她已经跑到湖边，若无所悟地点点头，"懂了。"

端木夜雨看着表情怪异的曹操："你在说什么？"

曹操转过身，上下打量端木夜雨一会儿，才问："你——谈过恋爱吗？"

端木夜雨有点儿蒙，摇摇头："没——没有。"

"你应该好好锻炼一下自己撒谎的能力。"曹操捏着嗓子学端木夜雨那句话，"不——不错呀，很好吃！"

端木夜雨一脸嫌弃："我说得有这么贱吗？"

曹操认真地点点头："确实有。"她指着湖边，"我敢打赌，她已经爱上你了。有八分吧。"

"什么八分，你这是啥评分？"

"恋爱能力指数。"曹操指指腮部，"恋爱战斗力指数更贴切。猴子，加油！被女孩子追，是很累的。"

"我的代号是猕猴，不是猴子！"端木夜雨纠正后，反问曹操，"你的恋爱战斗力指数是多少？"

“我？”曹操仰头望天，思索两三秒后说，“保守说，七十五分左右。”

“百分制啊？！”端木夜雨愣了一下，烤鱼掉到脚下。

曹操压低身子，几乎把脸贴到端木夜雨脸上：“告诉姐姐，你觉得艾丽怎么样，想和她交往吗？”

端木夜雨像触电似的往后移动，躲开曹操，迅速站起来：“阿姨，我听不懂你在说什么！”

如果在平时，一个毛头小子叫自己阿姨，曹操早就大嘴巴抽过去了。现在，她对端木夜雨和艾丽的事儿感兴趣，就没往心里去。她向左右看了看，用汉语低声说道：“夜雨，娜娜更符合咱们华裔的审美标准。不过，我觉得你更喜欢艾丽，对不对？”

“她们是大小姐和白雪！”端木夜雨有些语无伦次，王顾左右而言他，“在执行任务时，必须以代号相称。”

“你好可爱呦。”曹操脸上露出愉悦的笑容，心里也抑制不住羡慕之情，暗想，“如果自己再年轻十岁多好啊。”

她接着说：“她哪里吸引你呢？我觉得，她的脸蛋虽然不是我喜欢的类型，倒也算精致，不枉玻璃娃娃之称，还有点儿拉美风情。莫非是因为她曼妙的身材？胸大腰细，确实吸引男孩子的眼球。翘臀大长腿，也不错。”

端木夜雨哭笑不得：“阿姨，你说什么呢？”

“就是个头儿有点矮。”曹操双手托腮，上下打量端木夜雨，“不过你也不高，挺般配的。”

端木夜雨满脸羞涩，摘下复合弓，转身就跑：“我去方便一下！”

曹操突然起身，一把抓住端木夜雨，严肃地说：“如果你是有担当的男人，就去帮她烤鱼。我们好久没吃过新鲜食物了。”

端木夜雨刚想说“我不会烤鱼”，却犹豫几秒，“嗯”了一声，点点头。

湖边，废钢筋搭成的三脚架上，吊着一口从渔民那里借来的小锅，煮着食物。

阿尔伯特与娜娜守在锅边，说着悄悄话。

艾丽赤脚站在湖里，低头弯腰，在水里摸索着。几秒后，她站起身来，擦拭额头上的汗，似乎没有注意到出现在身后的端木夜雨。

端木夜雨忽然停下，盯着艾丽。

阳光穿过云层，投在平静的湖面上。站在湖里的艾丽，银色卷发发出金属光泽。炼乳般白嫩的脸上，浮现着一抹浅浅的微笑。

她太美了，美到几乎不能增减一分，让端木夜雨的呼吸变得急促。

不过，在他看来，精致的容颜，曼妙的身材，都抵不上她脸上纯净透明的微笑。

如果此时此刻，曹操再问他喜欢艾丽哪里，他会说出自己满意的答案。

“你怎么过来了？来帮我吗？”艾丽转身看到蒙圈中的端木夜雨。

“我——”端木夜雨赶紧避开艾丽的目光，边挠头边扭头看向阿尔伯特与娜娜，“我——曹操让我找伯爵。他没有和你一起抓鱼吗？”

“他刚才在那边游泳。”艾丽见伯爵不在刚才的位置，猜测道，“是不是去渔屋了？”

端木夜雨纳闷，追问道：“他去渔屋干吗？这些鱼还不够咱们吃吗？”

“你还怕鱼多呀？吃不了可以带走的。既然你不是来帮我抓鱼的，我得自己抓了。”艾丽撸着袖子，把手伸到湖里。

她一侧的白衣被水浸湿，紧紧地贴在身上，隐约露出白皙的腰肢。

从未见过女孩脚踝以上、脖子以下部位的端木夜雨，感觉体内血液逐渐沸腾。

他感觉身体要爆炸，赶紧把目光移到别处，暗暗吸了几口气，待心里稍稍平静，没话找话：“你在摸鱼吗？”

艾丽瞥了一眼刚没过膝盖的湖水，支吾着说：“我也想游泳来着。”

“你想游泳啊？那——那我就不打扰你玩水了，我去帮阿尔伯特做饭。他可能煮鱼汤呢。”端木夜雨说完，转身就跑。

他一口气跑到阿尔伯特与娜娜面前。艾丽好像要对他纠正什么，他被娜娜的造型吓了一跳，根本没有心情回应。

娜娜头顶插着一根类似圆珠笔的东西，尾端有两条细细的金属线，贴着只有两厘米长的头发，牵拉到阿尔伯特手里的便携式电脑上。

阿尔伯特不时地微微调整那支“圆珠笔”角度，就像调整收音机天线。

端木夜雨忍不住压低声音问：“你们在干吗？”

阿尔伯特连头都不抬，说道：“我们还能干什么，工作呗。”

“工作？”端木夜雨指指娜娜头顶，“为什么要在娜娜头顶插根笔？”

“笔？哪来的笔？”阿尔伯特看看娜娜头顶，忍不住笑了。

娜娜听端木夜雨这么问，把手伸向头顶，立即被阿尔伯特喝止。

阿尔伯特像告诉端木夜雨，也像告诉娜娜：“这是特制的数据接口。唉，哥们儿，你看美女看花眼了吧？你再瞅瞅，它怎么可能像笔呢？”

“数——数字接口？我还是听说过的。”端木夜雨进一步解释道，“通过它，从娜娜副脑里提取信息，对吧？”

“是数据接口，不是数字接口；不是副脑，是辅脑。”阿尔伯特一边纠正，一边在键盘上操作，“她虽然拥有无线连接功能，但为了安全起见，这种数据接口是唯一能修改辅脑底层读写权限的辅助工具。”

阿尔伯特的话，对端木夜雨来说，不亚于另一种陌生的语言。

见阿尔伯特的双眉皱成一团，端木夜雨觉得他肯定遇到了麻烦：“你的工作进展似乎不太顺利呀。”

阿尔伯特异常烦闷：“帮不上忙，就别瞎捣乱。奇怪，自检显示辅脑的硬件完好无损，但最关键的一项好像出了问题，似乎有什么东西抗拒我输入的指令。”

娜娜把手伸向头部，想把数据接口拿下来看看。

“别乱动！”阿尔伯特喝止娜娜，小心翼翼地将数据接口扶正，“保持这个姿势别动，一会儿就好了。”

端木夜雨半蹲在娜娜身边，看到她的眼神虽然不像昨晚那样呆滞木然，但也不像前几天那样晶莹剔透。看样子，她好像完全不认识端木夜雨，看他就像看陌生人。

“哪项出了问题？”端木夜雨知道阿尔伯特不想被打扰，还是忍不住问道。

“操作系统的主控权限切换功能。”阿尔伯特在液晶屏上调整几个进度条似的东西，“用你能听懂的话说，就是把‘试验体 103’的人格关闭，让她恢复‘试验体 102’状态。”

端木夜雨蒙圈了：“‘试——试验体 102’？那是什么？”

阿尔伯特像意识到自己泄密一样，立即转移话题：“就是——就是平时的那个娜娜，那是她的——怎么说呢，主人格。”

端木夜雨站起来，失落地看着娜娜：“这项功能出了问题，是不是意味着娜娜回不到从前的样子了？”

阿尔伯特尬笑：“娜娜只是一个虚拟的人格，只是一段程序、一个代码，明白吗？根本不是一个人，最多算是借助人的生理机能存在的应用软件，和手机里的 APP 差不多。抱歉，你可能没见过手机。”他挠挠头，“总之，你把她想象成拥有情感模拟的三级智能机器就行了，那个娜娜能复原也好，不能复原也好，都无所谓，和我们生死根本不是一回事儿。”

像听天书的端木夜雨，继续蒙圈。不过，阿尔伯特的最后一句话，他还能听明白，大声喊道：“她是人，不是机器人！”

阿尔伯特知道自己讲不清楚，便示意端木夜雨摸摸娜娜。

端木夜雨摸摸娜娜的腮部。

娜娜居然不躲不闪，反而还有点儿好奇，盯着端木夜雨的手指看。

端木夜雨纳闷：“她不是和我们一样嘛，你怎么能把好端端的一个人，当作机器人呢？真搞不懂你们搞技术的人是怎么想的，反正无论如何我都接受不了。”

阿尔伯特摇摇头，脸上呈现出鄙视乡巴佬的表情：“大兄弟，你实在不相信，我就给你证明一下。”他说完在键盘上轻轻敲两下，退出操作界面，露出占据整个屏幕的龙骑兵研究中心纹章。

“如果不在乎数据丢失，主控权限可以直接套用上次存档时的设置备份。当然，我的工作就是保护所有试验数据。如果实在不行，就让我们把那个娜娜找回来再说吧。”阿尔伯特摇摇手指，在键盘上敲击两下，开始输入数据。

短短半秒，这条简单的指令就传到娜娜头顶的数据接口上，转为只有娜娜或者说只有“试验体 103”才能够理解的信息。

几秒之后，娜娜的辅脑出现反应。她猛烈地抽搐起来，虽然幅度不大，但频率极快，就像触电一般，嘴里还发出“呃呃”的低吟声，左眼里不断来回切换的红绿光，闪得飞快，简直变成黄色。

虽说有心理准备，端木夜雨还是吓了一跳。

没等他询问原因，娜娜的抽搐戛然而止，神态与左眼恢复到平时模样。

娜娜愣了几秒，微微皱起眉头，用手背擦去嘴角的口水，瞥了一眼身边的阿尔伯特，才注意到头上插着数据接口，立即沉下脸，有些不高兴了，问阿尔伯特：“你是不是又重启我的系统了？”

阿尔伯特对端木夜雨挤挤眼睛，随后耸耸肩，说：“这次情况有些特殊，你的辅脑可能遭到撞击，出了——怎么说呢，应该是未知错误，所以我不得不把系统还原。”他忽然想起一个很重要的问题，“对了，你最近一次与龙骑兵总部服务器进行数据备份，是在什么时候？”

“大概——半小时前吧。”娜娜抬头看了看太阳，“伯爵不是说在天黑前进城吗？我们现在在哪儿？”

阿尔伯特像泄气皮球一样，长叹一声：“数据丢失得有点多啊，起码缺失十八个时长的记忆。”

端木夜雨闻言大吃一惊：“她丢失十八个时长的记忆？昨晚我们在无相城做的事儿，她是不是都不记得了？”

娜娜一脸疑惑，低声问道：“我们昨晚——在无相城——做了什么——事儿？”

“我们——我们——”端木夜雨看着阿尔伯特，支吾着，然后摆摆手，“算了，三言两语说不明白，我也是稀里糊涂的。”

“你们也都忘了？是不想说还是不能说？哎哟！”娜娜轻叫一声，双手紧紧抱头。

阿尔伯特趁娜娜不注意，把数据接口拽出来。数据接口插入头内那部分，竟然像植物根须一般，有许多粗细不同、长短不一的金属线。

想到这东西能从娜娜脑袋里拽出来，端木夜雨不禁打个寒战。

“抱歉！”阿尔伯特一边收拾器材，一边揉两下娜娜的脑袋，把一个不起眼的东西塞入插口，“我是怕你担心，才趁你不注意拔下来。没事儿，彻底没事儿了，感觉怎么样？”

“不是很疼，就是眼前突然像走马灯似的闪现好多东西，好像在哪儿见过，又说不上来。”娜娜说。

“走马灯似的闪现好多东西？”阿尔伯特想了想，说，“类似以前看见的东西吗？不应该啊！看来你的辅脑肯定出问题了，回到余烬城要彻底检查一次。你现在还有其他不适的感觉吗？”

娜娜摸摸头，毛茸茸的手感让她意识到更严重的问题，右眼变得比刚才左眼高速切换的红绿光还明亮：“我的头发长出来了！”

“有——有吗？”端木夜雨见阿尔伯特冲他使眼色，心领神会，改口道，“有的，有的！确实长出来了，好多好长呢。”

端木夜雨不自然的表情，让娜娜心生狐疑，双手在头上来回摸索后，双眉拧在一起，吼道：“阿尔伯特，这是什么试验型的生发水，骗人的吧？”

阿尔伯特连忙摆手：“虽然我没有试过，但霍尔不会骗你吧？”

“他比我大几岁？懂个屁！”娜娜激动地喊道，“为了方便你们在我头上插入数据接口，故意让我不长头发！”

“这个阴谋论，有道理。”阿尔伯特笑着说，“但是，不管你有没有头发，都不妨碍我们使用数据接口。”

“把生发水给我！”娜娜走到阿尔伯特面前，“我做个试验！”她扭头看看端木夜雨，“猕猴，我看你合适。”

端木夜雨一愣，指指自己的鼻子：“拿我做试验？我的头发，不用生发水都长得很快，野草似的。”

三人嬉闹时，远处传来悠长响亮的口哨声，继而是伯爵浑厚、懒散的喊声：“集合了，集合了！把曹操叫过来，我有重要的事情跟大家商量。”

伯爵挥舞着右手，走到娜娜身边，看了她一眼：“看来你正常了。”

阿尔伯特说：“各种数据显示，一切正常。不过，在无相城的记忆数据全部丢失了。”

“让猕猴给她补课，我又没和她共处一室。”

“我和猕猴共处一室？”娜娜瞪大眼睛看看三个人，“到底怎么回事儿？”

端木夜雨急忙摆手：“没有，没有！他开玩笑呢，你听我解释！”

“你等会儿再解释吧，现在她得借我用用。”伯爵转身对跑过来的艾丽说，“你跟阿尔伯特讲。”

艾丽说：“阿尔伯特，我需要娜娜立即和最高统帅部取得联系，还要联系霍尔和龙骑兵总部。”

“联系霍尔和龙骑兵总部？”阿尔伯特不解地看着艾丽，“到底怎么回事儿？涉密？”

“没什么大事儿，我说出来，你们可能也不信。无相城那群华裔，可能没瞎说，北边真出现了黑潮。”伯爵指指北面，漫不经心地说。

他虽然很淡定，其他人却感到不寒而栗。

从渔民那里听到黑潮的传闻，伯爵并不在意，甚至看到他们紧张的样子，还觉得好笑。

几个暗傀在有备而来的地狱猎兵小队面前，只有增长贡献点数的作用。

所谓黑潮，就是无数暗傀聚集在一起，像潮水一样向某个方向涌动。

如果真出现黑潮，简直就是老天对他们的眷顾。龙骑兵总部也好，研究中心也罢，绝对不会冒着失去娜娜与阿尔伯特的风险，强行让他们继续执行任务。阿尔伯特的老爸，可不希望他的儿子死在他前面，说不定还会派专机接他们回去。

说实话，伯爵还挺喜欢坐直升机的，可惜地狱猎兵一架直升机都没有，只有在特殊情况下，借用龙骑兵的直升机，代价是让乘坐直升机的地狱猎兵付出大量贡献点数。

伯爵等人走到篝火旁坐下，一边看着咕咕作响的小锅，一边等待龙骑兵总部的消息。

娜娜抱着已经破破烂烂的长方形背包，左眼不断地闪烁着。

伯爵等人屏气凝神，大气都不敢出，生怕打扰了娜娜。

娜娜一直没有反应，阿尔伯特觉得不对劲儿，忍不住问道：“上面到底怎么说的？能不能快点儿？”

娜娜焦急地说：“信号不好，我一直在呼叫，却联系不上总部。”

伯爵火了，吼道：“你神道道地鼓捣半天，还没联系上呢？”

娜娜看了一眼怀里的大背包，一脸委屈：“信号不好，我也没办法。天气预报显示，这一带出现电离风暴的概率，已经达到百分之四十五。”

伯爵等人看看天空，已经比前几天好多了，最起码还能看到太阳，完全不像要出现电离风暴。

阿尔伯特想了想，问娜娜：“如果真出现电离风暴，应该完全联络不上总部。你刚才说信号不好，对吧？”

娜娜点点头：“无法建立稳定通信链接，通话断断续续，根本听不清对方讲什么。”

阿尔伯特松了口气：“伯爵要向霍尔汇报他得到的紧急情报。你把伯爵要汇报的内容，以邮件形式发给霍尔就行，信号再不好，总能收到的。”

伯爵伸出两根手指：“我的汇报内容，一是昨晚在无相城遭遇黑帮伏击，无人伤亡，全员抵达霍特科姆湖西南岸；二是听说北方发生疑似黑潮现象，继续执行任务可能会遇到难以预料的风险。请求总部尽快给予指示。”

娜娜复述一遍后，左眼便开始闪烁。

曹操看着伯爵焦急的样子，觉得可笑：“哥们儿，昨晚你不是还对黑潮不屑一顾吗？今天怎么吓成这样了？”

“那是因为我发现，咱们小队存在一个严重缺陷。”伯爵没好气地指着小锅说，“明明有三个女人，居然连一个会做饭的都没有。”

“呦，我们跟你执行任务，就是给你做饭？想多了吧？就你这种出身的人，还有资格歧视别人？”曹操讥讽道。

“母性是神给予女人的恩典。”艾丽小声嘀咕，“就算是女首相，相夫教子还是要做的。”她边说边瞥了端木夜雨一眼，“我就能做一手好菜。”

端木夜雨感觉众人的目光都落在自己身上，脸上顿时火辣辣的，一声干咳，指着艾丽搅拌着的小锅问：“这里面到底煮的什么呀？”

“鱼块。”艾丽又搅拌两下后，用勺子舀出一点儿鱼汤，放在嘴边吹口气，轻轻喝了一口，“加入压缩饼干末，味道就是不一样。”

“用压缩饼干炖鱼？这是什么打法？”伯爵问道。

“圣武士独家绝学。”艾丽又尝了一口汤，“我还加入了坚果和蔬菜呢。曹操不想吃湖里的鱼，所以煲汤比较好。”

曹操表情僵硬：“艾丽，谢谢你的好意。不过，这种汤，我是不会喝的。”

“艾丽，你这个勺子，不会是‘黑鸵鹿’地下室那个吧？”端木夜雨指着汤勺问。

艾丽漫不经心地说道：“就是阿巴萨用过的勺子。不管谁用过，勺子是无罪的啊。”

端木夜雨挠挠头："你看到它，不觉得恶心吗？"

艾丽将勺子举到眼前，打量一会儿，说："我答应过阿巴萨，要用它杀死他。"

端木夜雨对圣武士有仇必报的习惯，略有耳闻，但听艾丽这么说，还是愣了几秒钟，扭头看看伯爵，伯爵也处在蒙圈状态。

就在他们不知道怎么接话茬儿时，娜娜突然说："伯爵，霍尔不在总部。"

"费了半天劲儿，就这个结果？"伯爵提高嗓门，"能不能找个能拍板的人，给我一个准信儿？"

"稍等，我正在解析最高统帅部的加密邮件。"娜娜左眼闪了一下，说，"完成。疤面在邮件中说，你们身为地狱猎兵，应该懂得在地狱狩猎的规则。在没有遇到明确危险情况下，理应继续执行任务，没有任何理由放弃。"

"地狱狩猎的规则？"伯爵抹了一把脸，"确实是疤面说话的语气。"

"关于黑潮的传闻，他已经指派法老小队核实。"娜娜继续说道，"他们的位置更靠北，如果有暗傀活动，他们自然能率先发现。"

"法老小队？这不是瞎搞嘛！"伯爵扭头看看曹操，往地上啐了一口痰，"现在那帮智障也在咱们附近？他妈的，他们也在执行那个傻缺任务吗？！"

见伯爵脏话连篇，端木夜雨判断他好像跟法老小队的人有什么过节。

“看我干什么？我只是疤面的副官，跟你们在一起，不可能掌握每支小队的任务。”曹操放缓语气，劝道，“法老小队队员，都不是等闲之辈。如果有他们帮衬，对我们也许是件好事儿。”

“算了，不聊他们了。”伯爵低头权衡一会儿，叹口气说，“既然疤面要求我们继续执行任务，我们就抓紧时间奔赴目的地。”他指指渔屋方向，“我刚才和渔民商量过，他可以租给我们一条带马达的小船。我们乘船沿霍特科姆湖边航行，两个小时后在旧渡口上岸，向西步行差不多十公里，就能到达普罗旺斯庄园。如果一切顺利，我们还能吃上姐弟俩做的晚饭。”

“你是说普罗旺斯姐弟？”曹操咧嘴笑道，“他们从不给外人做饭吧？我记得上次他们用几块过期的姜饼，就把我打发了。”

“人品问题，没办法。”伯爵嬉笑道，“我呢，是他们的贵客，待遇自然和你不一样。”

第五章 交 易

拉美西斯望着风平浪静的湖面，看了一眼手表，显示是下午 1 点 05 分，比约定的时间晚了五分钟。

这块名表，花掉拉美西斯六十万灰币，才从一个号称专门从瑞士贩卖奢侈品的商人手里买来的。他的女儿在余烬城当兵，听说颇有几分姿色。

拉美西斯心里隐约出现一种不好的预感，下意识地捏紧挂在脖子上的捕梦网。

捕梦网是一个手工饰品，配上他飘逸的黑色长发与刀刻般的脸，身上的诡异服饰，让人误认为他是颇有情怀的印第安人。因此，在交流过程中，总是回避一些东西。

他这样做，是有意为之，目的是无论敌友，都主动与他保持一定的距离。

实际上，拉美西斯的祖父是哈萨克斯坦人，父亲则生在东南亚。他曾有一个非常土气且拗口的名字，与现在象征“法老”的“拉美西斯”相比，简直不在一个时代。

1 点 15 分，他再次看表，又看看指南针，确定没有来错地方。

对于已经把蛮荒之地当作家的他，辨认会不会出现电离风暴并非难事，有时甚至比先进的天气预测仪器还准。

“再等十五分钟。”他叹了口气，自言自语，“今晚恐怕要变天，我们必须找到能避开雷电的地方休息。”

从他身后的灌木丛里，走出一个斗篷上挂着伪装网的黑人壮汉，身上的树叶和脸上的涂装，让他完全与周围的环境融为一体，看起来就像传说中的树妖。

他是法老小队队员，代号“先知”。

“普罗旺斯庄园如何？”先知粗声粗气地问，“现在出发的话，晚上 10 点之前应该能到。”

“疤面好像派出一个小队搜集庄园的情报。”拉美西斯摇摇头说，“我们就别去凑那个热闹了。”

他的话音刚落，另一个披着地狱猎兵斗篷的人不知从哪里冒出来。从这个人的斗篷被撑起的轮廓看，背上应该背着一个方形的东西。

由于戴着防毒面具，这个人在说话前，任何人都想不到她是女人。

她是法老小队的通信员，兼拉美西斯的助手，代号“小魔女”。

小魔女说：“队长，疤面刚刚下达补充指令，附加百分之五十的紧急贡献点数。”

“百分之五十！”先知惊叹道，“一定是让他急得跳脚的事儿！”

拉美西斯依旧盯着湖面：“说吧，什么任务？”

小魔女说：“疤面希望确认北方是否出现黑潮，必须确保普罗旺斯庄园以南地区的安全。”

“黑潮？”先知哈哈大笑，“都传成黑潮了吗？！那些土包子，什么都敢说啊！”

“先知，实话实说，我干这行十几年，见过许多像你一样，自认为见过世面又看不起那些土包子的高手。”拉美西斯转过身，瞥了一眼小魔女，“他们大多得不到路西法纹章，因为他们刚说完大话，就遭到报应，但愿你是例外。”

先知有些不服气，干笑道：“我——我只是说说而已。对于路西法纹章，我不在乎。我只想获得余烬城的公民权，然后跟镰仓二二二那头母猩猩混，绝对不会再加入你的法老小队。”他扭头看着小魔女，“咱们都想赚点儿外快，对吧？”

“你不应该说已经牺牲的队友坏话，会遭到报应的。”拉美西斯幽幽地摆手，“不过，镰仓二二二确实像母猩猩。”他本想说她“坏了我两次生意”，但考虑到镰仓二二二还帮过自己，就把到嘴边的话咽下去了。

“队长，我们怎么回复？”小魔女提醒道，“疤面还等你答复呢。”

先知不耐烦地挥挥手：“你就说信号不好没听见！”

“我已经收到指令了，你说没听见，疤面有那么好骗吗？”小魔女一脸鄙夷。

“死丫头，你才入队半年，就敢以这种眼神看我？记住，我是副队长。副队长，你懂吗？”先知吼道。

“吼什么吼？我知道你是副队长！”小魔女继续鄙视先知。

“吵什么吵！”拉美西斯吼道，“注意四周情况，保持警戒！”

他的话音刚落，另外两个地狱猎兵就摘下肩上的突击步枪，俯下身子，盯着南方的湖面。

一条汽艇出现在他们的视野里，径直朝他们驶来。

即便利用突击步枪上的高倍瞄准镜，拉美西斯也看不清汽艇上的人，只能隐约看到后半部分盖着灰色帆布，里面显然藏着东西。

“太小了，不像‘黑驼鹿’的船。”先知小声嘀咕。

拉美西斯放下突击步枪，略做思索，朝身后指了指：“谨慎为妙。小魔女，你退回去，和其他人隐蔽好，我和先知留在这里应付。”

先知有些犹豫：“我俩能行吗？要不我藏起来掩护你？我的枪法比他们都好，你是知道的。”

拉美西斯不屑地瞟了先知一眼：“富贵险中求。兄弟，就你这老鼠胆儿，在道上是混不下去的。”

先知硬着头皮与拉美西斯并肩站好。

也许觉得位置不理想，拉美西斯走向左前方的湖边，在一块紧挨芦苇丛的大石头后面蹲下。

汽艇距离拉美西斯大约一百五十米时突然减速，原地转了个圈，缓缓驶过来。

驾驶汽艇的人，是一位亚裔老头，从面相到穿着，都像当地的渔民。他警惕地看着面前的拉美西斯和先知，没有关闭引擎。

“不是黑鬼呀。”先知紧张地自言自语，“我咋感觉有点不对劲儿呢。”

拉美西斯缓缓站起身，把手里涂成花蝴蝶似的突击步枪放在大石头上，把兜帽摘下，大声喊道：“我是余烬城地狱猎兵法老小队队长拉美西斯，你是谁？”

“我知道你。”亚裔老头问，“法老小队不是六个人吗？那五个呢？”

拉美西斯扭头看看树林，根本看不到善于隐蔽的队员。这个老头要么具有特异功能，要么就是瞎猜乱蒙。但无论哪一种，都说明他确实是和自己接头的。

“情况和咱们事先约定的有点儿不一样啊。”拉美西斯问，“‘黑驼鹿’的人呢？阿巴萨说过，他要亲自来的。”

“你先回答我的问题。”亚裔老头紧紧握着舵，好像随时准备撤退，“你们小队多出来那个队员，到底是什么人？！”

“无相城的帮派每天都在招人，难道余烬城的地狱猎兵就不能扩招？”先知怒吼道。

拉美西斯制止先知，冷冷地说：“如果我们想要对‘黑驼鹿’的货下手，林子里应该有五十个人，而不是五个。”

华裔老头僵立在汽艇上，半分钟后才说：“阿巴萨来不了啦，他托我给你带件东西。”

“你是跑腿的啊？”先知不屑地调侃道，“我还以为什么神秘大人物呢，差点儿吓尿了。”

“队长，麻烦你让你的手下懂点儿礼数。”华裔老头指指自己的眼睛，“放在十年前，我会让他把自己的右眼吃下去。”

“牛，够狠！”先知嬉笑道，“为什么不是左眼呢？”

“因为你什么都看不见的话，怎么能知道自己吃下去的是自己的右眼呢？”华裔老头冷冷地说罢，在离浅滩两三米的地方停好汽艇，轻轻点指身后的帆布，“东西挺重的，恐怕两个人才能搬动。”

拉美西斯点点头，指指先知，指指汽艇。

先知不情愿地走向汽艇，一边走一边嘀咕："为什么不能找个旧码头交易呢？"

他走上浅滩，用长筒军靴靴头试探一下，瞬间一股透心凉意钻进靴子。他犹豫地扭过头，发现拉美西斯跟在他身后，尴尬地说："真糟蹋我的靴子。"

湖水没过先知与拉美西斯的胯骨，他们小心翼翼地走到汽艇一侧。

"小心点儿，别弄湿了。"华裔老头扯开帆布一角，露出灰色包裹。

"至于这么小心吗？"先知扒着船舷看看四周，"队长已经派人搜查好几遍了，这里绝对安全。"

华裔老头不说话，指指天空。

先知抬头看了看："怕无人机？兔子都不拉屎的地方，谁会用无人机监视这里？看乡巴佬捉鱼吗？"

"不是无人机，比那个飞得更高。"华裔老头几乎将胳膊伸直了，"没听说过人造卫星吗？"

先知与拉美西斯对视一眼，不再言语。

接过包裹时，先知掂量两下："这是什么鬼东西？"

华裔老头瞥了先知一眼，低声说："这是试验型核心控制单元，从美军 F35DR 上——"

听见"美军"两个字，先知脸色大变，赶紧摆手："别说了，我什么都不想知道。”

“现在你已经知道了，而且接触了。如果美国人的卫星、无人机、侦察员发现，甚至好事者随便说出去，不仅你们会死，连地狱猎兵，甚至余烬城都会受到牵连，明白吗？”华裔老头压低嗓门说。

拉美西斯不以为然：“我们又不是第一次往北边送货，整个华盛顿州，你都找不到比我们更可靠的团队。”

华裔老头把包裹交给他们，不安地问道：“这里离锈银森林还有段距离，你们打算扛着这玩意儿走过去？”

“我们怎么运过去，那是我们的商业机密，就不用你操心了。”拉美西斯将包裹小心翼翼地举过肩头，生怕接触到水面，“干这活儿不容易，帮我给阿巴萨带个话，马尔科姆先生非常感谢他的配合。”

“你也帮我给马尔科姆带句话，阿巴萨与他扯平了，从此互不相欠。”华裔老头冷冷地说。

作为一名服役超过十年的地狱猎兵，拉美西斯当然知道马尔科姆与阿巴萨的关系，也知道阿巴萨亏欠马尔科姆不止一条人命。这都能扯平，看来阿巴萨为了得到这玩意儿，付出了高昂的代价。

拉美西斯面无表情地点点头：“看来我们回来，有必要去一趟无相城，拜访‘黑驼鹿’了。”

“‘黑驼鹿’已经是历史名词了。我完全是出于江湖道义，在帮阿巴萨最后一个忙。”华裔老头一边冷冷地说，一边调转汽艇，“剩下的无相城，已经被皇龙会和 LLL 党控制，你可以拜访他们，顺便找点儿更安全的活儿。”

“剩下的——无相城？”拉美西斯吃惊地问，“什么意思？”

“昨晚美军把‘黑驼鹿’的控制区炸成废墟了。”华裔老头指点包裹，“你们应该知道，从美国人手上拿东西，应该付出什么代价吧？”

“马尔科姆一定疯了。”拉美西斯心里暗想。虽然他知道马尔科姆不正常，但这次显然是疯透了。到底是谁，出于什么原因，想通过马尔科姆得到这批货，他现在连想都不愿意想，或者说不敢想。

华裔老头将汽艇彻底转过去，准备原路折返时，已经上岸的拉美西斯突然挥手高喊：“老先生，等一等！”

华裔老头停下汽艇，回过头来。

“你是皇龙会的人吧？”

“呵呵。”华裔老头再次咧嘴笑了，露出一嘴金牙，“你说错了，皇龙会是我的。”

拉美西斯闻言，顿时无语，目送华裔老头渐行渐远。

先知确定华裔老头肯定不会听到他说什么时，才哀怨地嘀咕：“这个老猴子，吹牛皮吧？皇龙会是他的？老大给阿巴萨送货，鬼才信呢！”

拉美西斯依旧盯着越来越小的汽艇，轻轻地说：“我听说，皇龙会是由一个职业杀手组建的帮会。他做老大后，经常会完成他认为有趣的生意。”

“他是杀手？别逗了。”先知嘴角一咧，一副倒驴不倒架的表情，“我一耳光就能把他的满嘴金牙打到巴哈马，你信不信？”

“打到南极我都信。”拉美西斯冷冷地点点头，“你不是平白无故被人叫作‘先知’的。”

先知挠挠头，一时间找不到回应拉美西斯的话。

“别矫情了，干正事儿吧。”拉美西斯踢了踢地上的包裹，冲树林喊道，“小魔女，联系马尔科姆先生。”他转身指着先知说，“你叫上罗汉，把马车拉过来。”

“哪有马车？”先知摇摇头，“我们只有驴车。”

“有驴车就不错了。”罗汉跑到拉美西斯面前，掸掸膝盖上的尘土，“谁能想到我们用驴车运送马尔科姆需要的货呢？”

“马尔科姆的专线已经接通。”小魔女拿着话筒走到拉美西斯身边，“信号还是不太稳定，不过能凑合通话。”

“这表明电离风暴源应该在南面。”拉美西斯接过话筒，刚要说话，就赶紧捂住话筒，“丫头，刚才我们的谈话，你都听到了吧？”

小魔女一愣：“怎么了？”

“美军可能监控这里的所有通信。”拉美西斯压低嗓门，问，“这个通话频道——是安全的吧？”

“这是马尔科姆提供的加密频道，我怎么可能知道安不安全？我只读过拓荒团小学，一个体育老师教八门课。”

通常情况下，拉美西斯只要删除通信记录，就可以避开地狱猎兵最高统帅部的审查。更何况，那种审查只是走过场。最高统帅部的那些大佬，对手下的各种小动作，早就睁一只眼闭一只眼，只要他们完成任务，没惹天大的祸，就很少管束。

在这种情况下，他们与十恶不赦的大叛徒马尔科姆合作，也不算过分，但招惹美国人，那就是捅破天的大祸，怎么小心也不为过。

“马尔科姆先生吗？我是法老。”拉美西斯仰起头，恭敬地说，“货，我已经收到了。”

“嗯。”听筒里传出异常疲惫而沉重的声音。如果不认识马尔科姆，一定会以为他是无可救药的瘾君子，或是行将就木的老者，“是犀鸟亲自送的货吗？”

“不，犀鸟并没有来。”拉美西斯犹豫一下，琢磨要不要把那个华裔老头跟他说的话，再向马尔科姆复述一遍。最后，他还是放弃了。他并不想把没有经过核实过的情报，转达给马尔科姆。

“他托别人送来的。”他低声说。

“既然犀鸟没来，你怎么确定那就是我要的那件货呢？”马尔科姆厉声问道。

“先生，如果方便的话，我可以替您验货。”拉美西斯看了一眼罗汉与先知，他们正在把包裹搬向驴车。尽管他们不知道包裹里是什么东西，但平时粗鲁的他们，这次却非常小心。

“我都不知道是什么货，你怎么替我验呢？”马尔科姆问。

“你也——”拉美西斯看了看身边的小魔女，捂着话筒走到一边，低声说，“这确实不好办了。”

“假设该货的真正主人，为了防止别人窃取，在里面做了一些手脚。在这种情况下，你该怎么办？”马尔科姆追问道。

拉美西斯不知道如何回答，只能“嗯”了一声。

“看来这次我们在 A 点接头不安全了，还是改为 B 点吧。”马尔科姆长长叹了口气。

以前，拉美西斯都在 A 点和马尔科姆完成交易。A 点，在靠近锈银森林南部边界的一个小部落中。至于这次为什么要改为 B 点，B 点在哪里，他也不敢多问。

“等我通知吧。在此之前，你们先向北转移，别走大路。”

拉美西斯喉头蠕动，没有说话。

马尔科姆也停顿一下，说道：“现在我只能告诉你一件事，在你们北去的路上，可能会遇到暗傀，不止一个暗傀。”

“暗傀？！不止一个？”拉美西斯猛地转过身看队员。不仅离他最近的小魔女，连牵驴的罗汉与装车的先知，在听到暗傀时，都像触电一样，突然停下来。

“无论你听到什么，都别怕，暗傀形成的黑潮都不会针对你。”马尔科姆停顿一下，“它们会给你让路的。”

“为什么？”

“等我消息，三小时之内必有答复。”马尔科姆随后终止通话。

拉美西斯呆若木鸡，愣了十秒钟才放下话筒。他盯着话筒上密密麻麻的小孔，想从里面找到真相。

“怎么回事儿？”小魔女接过话筒，放到无线电话上，“你脸色很不好，那个叛徒对你说了什么？”

拉美西斯摆手制止小魔女：“没什么。我可能有点儿不舒服。”他抬起头，不断地喃喃自语，“马尔科姆极有可能和亡灵巫师合作。”

“亡灵巫师？”不知什么时候，先知已经站在拉美西斯面前，一脸惊恐，“是能控制暗傀的亡灵巫师吗？”

拉美西斯摇摇头：“别问了。放心吧，我们不会遇到任何危险的。马尔科姆告诉我，路上无论遇到什么，都不会为难我们。”

他越隐瞒，先知越害怕：“难道我们真会遇到亡灵巫师控制的暗傀？”

“黑潮的传闻看来是真的。”小魔女却不害怕，仿佛遇到什么都与她无关，“最高统帅部布置的任务，现在就能交差了吧？”

“你现在还在关心最高统帅部的任务？！”先知瞪大眼睛，指着小魔女喊道，“跟统帅部联系，让他们换一批人调查，我们小队已经没有多余的精力了！”

“既然是顺路向北，我们哪有拒绝命令的道理？这可是疤面下达的任务。”拉美西斯从大石头上拿起突击步枪，背到肩上，把所有队员召集到一起，指着驴车说，“伙计们，永远不要忘记，我们是地狱猎兵。在没有脱掉这件斗篷之前，完成最高统帅部交代的任务，永远是我们的首要使命。至于为谁送货，都是副业。”

小魔女忍不住笑出声来。隔着防毒面具，她的笑声有点儿瘆人。

“笑什么？”拉美西斯盯着小魔女问。

小魔女说：“如果有一天，疤面命令我们杀死马尔科姆先生，我们怎么办？”

拉美西斯盯着小魔女，拍拍她的肩：“你还年轻，请不要思考会缩短你寿命的问题。”

第六章　普罗旺斯庄园

这是端木夜雨一路上第六次闻自己的左手了。

他故意放慢脚步，与娜娜并肩而行："喂，你用的生发水，不会有毒吧？"

"怎么可能？"娜娜下意识地摸摸毛茸茸的脑袋，"我怀疑它就是生理盐水，骗人的。你在船上帮我抹完之后，不是用湖水洗干净了嘛。"

"我怎么感觉手上有点儿不对劲儿呢？"端木夜雨反复查

看左手，仔细端详，“好像有点儿痒。”

“花粉过敏吧？”娜娜漫不经心地说，“现在已经是春天了。”

出身猎户之家，端木夜雨当然知道自己不会对花粉过敏。就算过敏，也不是现在这种症状。但他不得不承认，随着太阳渐渐西下，确实觉得四周的树林越发让他感觉不舒服。

他父亲曾经教过他，如何区分花旗松与云杉，如何分辨野生苹果树与杏树。在“愚者之灾”发生前，华盛顿州是北美重要的水果产地之一，在战后混乱、黑暗的十年中，那里无人打理又自强不息的果树，不知帮助多少人活下来，使得文明重新复苏。

身为猎人，与动植物打交道是基本功。但是，对于打猎一无天赋、二无兴趣的端木夜雨，总是记不住父亲的教诲，不要说从树叶形状判断枫木的年龄，就连针叶木阔叶木，他都只能从字面意思判断，结果还经常闹出笑话。

眼前城墙般的树海，他只能称其为森林，既谈不上陌生，也谈不上亲切，或者用熟悉形容更确切，但又有一种陌生的疏离感。

“哪里不对劲儿呢？”端木夜雨一边左顾右盼，一边小声地嘀咕，“又说不上来。”

“嘿，都说没事了，你怎么还磨磨叽叽的？”娜娜有些不耐烦了，“我连涂几天生发水，都没有什么变化，我说什么了吗？”

娜娜抱怨的话，声音有点儿大，引起走在最后、距离他们不到三米的阿尔伯特注意。他赶紧走到娜娜身边问："生发水？你涂了生发水？"

娜娜装作没听见似的加快脚步，几步就把阿尔伯特和端木夜雨甩在身后。

阿尔伯特绷着铁青的脸，追上娜娜，拉住娜娜的胳膊："那生发水，怎么说呢，非常厉害，你一定保证定时定量使用，千万不能随便乱用！"

"知道啦，知道啦。"娜娜故意避开阿尔伯特焦灼的目光，敷衍地摆摆手道，"你跟我强调多少遍了，我的记忆力很好的。"

"你知不知道什么叫'未授权试验药品'？"阿尔伯特严肃地问，"你知不知道它们的副作用有多大？"

娜娜毫不在意，端木夜雨却紧张起来，问阿尔伯特："生发水不是促进头发生长的吗？怎么还有副作用呢？"

"普通生发水确实没有副作用，但这是伊普西龙研究所的试验品，它能让裸鼹鼠变成刺猬，我都不奇怪。"阿尔伯特愤愤地说。

端木夜雨听罢，心里不禁打个激灵，下意识地看看自己的左手，感觉奇怪的瘙痒仿佛更剧烈了。

这时，曹操突然加快脚步，追上走在前方的伯爵。她担心自己的话被后面其他队员听见，悄悄地说："我怎么感觉这条路有些不对劲儿呢？从码头到普罗旺斯庄园的路，应该是比较好走的吧？"

伯爵看了一眼脚下的路，与其说是路，不如说被车轮碾出来的两道沟，到处长着与膝等高的杂草。

他想了想，说：“据我所知，庄园里的姐弟俩和仆人，都喜欢吃新鲜湖鱼，每天应该至少有一辆运鱼车经过这里。”

“但是，一路上我们没遇到任何车辆啊。”曹操质疑道。

“也许早上就回去了呢。”伯爵说。

曹操蹲下，盯着路面的车辙，说：“这应该是最近留下的车辙，最早也是前天留下的。”

伯爵蹲下仔细看了看，说：“也许这两天他们不想吃鱼了。”

曹操站起来，指着伯爵的额头，气愤地摇摇头，看来她对乐天派的伯爵已经无语了。

伯爵站起来，嬉笑道：“你和普罗旺斯姐弟不熟吧？就算余烬城炸平了，我都不担心他们能出事儿。”

“你心大，比天大，行了吧？”曹操泄完愤，换个话题，“听说普罗旺斯庄园是十里八乡的小道消息集散地，关于地狱猎兵的各种谣言和阴谋论，都是从那里传出来的？”

“地狱猎兵的谣言？阴谋论？我怎么没听说过？”伯爵不再嬉笑，追问道，“说些什么？”

“诱骗孤儿与难民去余烬城做 D 级材料，进行活体实验。”曹操认真地一边掰着手指一边说，“枪杀感染白亡症之类恶疾的无辜平民；挑拨武装帮派火并，让好端端的村镇变成战场；给余烬城的拓荒团做保镖，欺压甚至驱逐本地农民……”

每件事都像锥子扎入伯爵心头，他挠挠头，支吾着说：“听起来跟真的似的，没准儿是有人故意挑拨普罗旺斯庄园和地狱猎兵的关系呢。”

“我看到或者听到的，都是普罗旺斯庄园污蔑地狱猎兵的坏话。要是联合国重建委员会的人向他们调查地狱猎兵，我们都够枪毙几百次。”

“肯定是谣言。”伯爵斩钉截铁地说，“地狱猎兵是姐弟俩关系最铁的老客户，每个月都给他们送钱。他们把咱们搞臭，对他们有啥好处？”

曹操瞥了伯爵一眼：“你这么护着他们，你与他们的交情肯定不一般吧？你们之间，谁欠了谁的人情？”

“你不能简单粗暴地下结论。”伯爵叹了口气，闪烁其词，“总而言之，普罗旺斯姐弟认为我帮过他们大忙，所以只要我或者我的小队经过庄园，都会受到他们盛情款待，起码保证吃饱喝足。”

他说罢，舔舔嘴唇，好像想起他在那里吃过的美食。

曹操不再追问，抬头看看前方，发现他们已经走到荒芜小道尽头，前面出现一条战前铺设的公路。还能看到沥青的公路上，虽然也有坑洼之处，但还有人工维护的痕迹，这在蛮荒之地已经算是豪华基建了。

公路的尽头，是长满松树的山丘，山丘上隐约有一栋高大建筑。夕阳勾勒出那栋建筑威严而庄重的轮廓。

那里便是奇美拉小队第一个任务的终点，普罗旺斯庄园。

没有人知道普罗旺斯庄园建于何时，建造者的身份更是一个谜。有人说它是西部运动后期某位土豪的住宅，有人说它是20世纪中叶某位暴发户的私人会所，有人说它是2030年左右某个高尔夫俱乐部的一期工程。

从外观上看，普罗旺斯庄园其实是一栋典型不列颠风格的豪宅，与“普罗旺斯”这个代表法兰西情调的词语毫无联系。它周围既没有葡萄园，也没有酿酒坊，规模更比不上欧洲真正的贵族庄园。与其说它是庄园，还不如说是比较气派的别墅。

它最著名的主人普罗旺斯，是来路不明但颇有人脉和资源的老绅士。他与那些只说法语的手下，在“愚者之灾”后的某一天，占据了这座豪宅，并把方圆两公里内的土地据为己有。未经他们允许，禁止任何人进入。

通常来说，在蛮荒之地，跑马圈地是普遍存在的事儿，毕竟发生“愚者之灾”后，好多土地、房产都成为无主之物。从心狠手辣的暴徒，到走投无路的难民，不管手里拿着火箭筒，还是棒球棍，都能得到自己不曾拥有的东西。

在普罗旺斯率人占据庄园最初几年，同样用野蛮的方式守住方圆两公里的领地。当然，肯定没少杀人，自己的血也没少流。

几次血战之后，普罗旺斯慢慢成为十里八乡具有绝对权威的人。东至太平洋，西到美国，北至锈银森林，南抵余烬城，渐渐有了一个共识——千万别招惹普罗旺斯。

普罗旺斯去世后，两名法国年轻人继承了庄园，他们就是现在的庄园主人，人称普罗旺斯姐弟。他们的来历更神秘，仿佛一夜之间空降于此。那些曾经效忠普罗旺斯的手下，好像什么都没有发生过一样，继续服侍姐弟二人。

他们花费十年的时间，在这片靠近加拿大边界的地方，建立一张前人梦寐以求却从未成功过的情报网。虽然他们谈不上无所不知，如果连他们都不知道或者不愿高价出售的信息，一定是国家绝密级信息。

地狱猎兵每个月都派人到普罗旺斯庄园打探消息。也许出于某种商业策略，普罗旺斯姐弟不太信任有官方背景的机构，因此他们给地狱猎兵提供的，多是一些无关痛痒的情报。

即便如此，普罗旺斯庄园依然是余烬城最北端的信息中心。从某种意义上讲，这里也是文明世界的前哨。

地狱猎兵和普罗旺斯庄园的合作还算愉快，因此到普罗旺斯庄园打探消息，一直被认为是最简单最安全的任务。地狱猎兵最高统帅部，通常只派菜鸟或没有战斗力的咸鱼小队执行这种任务。地狱猎兵到达普罗旺斯庄园，就像回到余烬城隔离区的驻地一样安全。就算与地狱猎兵有深仇大恨之人，也绝不会在这里偷袭他们。

普罗旺斯庄园近在咫尺，伯爵紧张的心情开始放松。悬在曹操心头的石头，也渐渐落下去，她始终挎在胸前的 AICS

突击步枪，已经背在肩上。

他们可以穿过松树林，翻越围墙，爬上山丘，就能进入庄园，但这是盗贼的行为，有损地狱猎兵的形象。万一踩上地雷或者掉入陷阱，哪怕遇到几条狼狗，他们也会觉得非常尴尬。

反正已经走了一个星期，不差多走一公里，还是从大门光明正大地进去比较好。

伯爵一脸轻松，哼起小曲，走在最前面。道路两边茂密的松林，以前是危机四伏的险地，现在成为美丽的风景线。

见伯爵如此放松，其他人也不再紧张。就连不苟言笑的艾丽，戒备之心也没有那么重了。

端木夜雨总感觉左手阵阵发麻，不停地查看。

阿尔伯特注意到他的异样，追上来问："你怎么一直看你的手？"

端木夜雨用手掌蹭了两下大腿："有点儿脏，不碍事儿。"

阿尔伯特说："靠，你还能有洁癖？"他拉起端木夜雨的手，看了一眼娜娜的背影，压低嗓门问，"你帮娜娜涂抹生发水了吧？"

尽管他的声音很小，还是被娜娜听到了，满脸狐疑地转过身，盯着两个人。

端木夜雨连忙说："没——没事儿，真的没事儿！"

他的心比他的语气还虚。

“你什么时候抹的？！”阿尔伯特紧张起来，不管不顾地喊道，“要是过了一个小时，消毒都来不及了！”

端木夜雨一惊，失声问道：“消——消毒？！为什么——要消毒？！”

“别听他胡诌！”娜娜跑过来，掏出生发水，举到端木夜雨面前，“这东西就是骗人的，怎么可能有毒！”

阿尔伯特脸上没有一点儿判断正确的得意，反而更加紧张，紧紧地盯着端木夜雨：“你到底是什么时候抹的？是不是在渔船上？”

端木夜雨不知道怎么回答，呆呆地看着娜娜。

娜娜毫不顾忌地大声说：“你猜对了，不过他就抹了一点点，至于大惊小怪吗？”

阿尔伯特打破砂锅问到底：“一点点？具体是多少？”

“也就，半——”娜娜做回忆状。

“半瓶？！”

“大半瓶吧。”娜娜比画道。

阿尔伯特又惊又恼，指着娜娜骂道：“你真不怕事大啊，死丫头！你知不知道自己的小命有多重要？你——”

十几米外的曹操，听到阿尔伯特怒吼，跑过来问：“这是什么地方，你们吵什么？有什么事儿，不能等进入庄园后再说吗？”

“好的，好的！”尴尬的端木夜雨绕开曹操，径直向前跑去。

阿尔伯特与娜娜狠狠地盯着对方。十几秒后，他恶狠狠地瞪了她一眼，大步离去。

娜娜冲阿尔伯特的背影做个鬼脸，乖乖地跟在曹操身后。

绕过一个弯后，普罗旺斯庄园在他们面前一览无余。它的庄严、优雅、干净、奢华，比余烬城中央区的富豪别墅毫不逊色，完全不像蛮荒之地的建筑。

“等等！”伯爵突然举手示意所有人停下，嘀咕道，“好像不对劲儿。”他指指路边的灌木丛，“我们隐蔽起来，观察一下。”

其他人没有迟疑，迅速钻进灌木丛。

大约四米高的红砖围墙之间，本该紧闭拒客的大铁门打开一扇，一辆六轮卡车横在门口。卡车外部钉满各种丑陋不堪的金属板，还有铲子铁锹之类的东西。

一个戴着毛线帽的小伙子守在车旁，手里端着一把在博物馆都未必能找到的老式步枪，百无聊赖地打着哈欠。

作为混迹蛮荒之地多年的老油条，伯爵看到这一幕，就知道里面可能发生了什么。不过，他难以置信，这群愣头青，能破坏江湖规矩，敢洗劫普罗旺斯庄园。

“也许是送鱼的，或者是锈银森林那边的人送东西。”伯爵还在努力否定自己的判断。

“不可能！”曹操端起AICS突击步枪，朝门内瞄了一会儿：“看到草坪上的两个人了吗？正在抬箱子的两个人，他们分明是在抢东西！”

“或许是帮忙搬家。”伯爵还在往好的方向想。

“你就继续骗自己吧。”曹操说。

“没有人盼着打仗。”伯爵指着门口的重型卡车，“猴子，你过去，看看那些人到底在干吗，我们掩护你。”

“我？！”端木夜雨大吃一惊。

伯爵说：“把斗篷脱了，别带枪，背着弓，装成猎人，本色演出就行了。”

端木夜雨一边按照伯爵的吩咐做，一边盯着曹操。他实在难以理解，在这里滥竽充数的他，为什么要去执行这么危险的任务。

曹操用力往前一推，就把他推出灌木丛。

端木夜雨想不过去都不行了，只好整理一下衣服，大摇大摆地走向重型卡车。

毛线帽可能确实缺觉，端木夜雨走到他面前站了十秒钟，他都毫无反应。

端木夜雨转身扫了一眼灌木丛，挠挠头，用力干咳一声。毛线帽猛然惊醒，手忙脚乱地抓起步枪，颤巍巍地横在胸口：“谁？！别动！”他的手与声音都在战抖，甚至比面对枪口的端木夜雨还慌乱，“你从哪里来的？！干什么的？”

“我？”端木夜雨指指自己的鼻子，后撤一步，转身指指身后的路，“路过，路过——我是猎——猎兵——不，猎人。”

听到端木夜雨说自己是猎人，毛线帽不再那么紧张，认真地打量端木夜雨。

此时的端木夜雨，穿着破旧的登山服，背着破背包，肩头挂着弓，腰上横着箭袋。除了年纪小一点儿，看起来确实像猎人。

“打猎的？”毛线帽故作镇定，放低枪口，抹了一把油腻的分头，“现在还有用弓箭打猎的？”

“子弹太贵了。我打猎，就是为了让家人吃点儿肉。”端木夜雨虽然老实巴交，一旦撒谎也拦不住，“而且，箭头的创口可控，不容易损坏皮毛，也不会影响肉质。”

“哦，这样啊。不对，普罗旺斯庄园周围禁止狩猎，你不知道吗？”毛线帽突然紧张起来，把端木夜雨吓了一跳。

“这里确实不让打猎，但也没规定不许路过啊。你们不是庄园的人，管那么多干吗？你是干什么的？”端木夜雨的口气也横起来。

“关你鸟事儿！”毛线帽不耐烦地挥挥手，“哪儿来的回哪儿去，今天这里有——有宴会，闲人免进。”

“宴会？招待重要客人？”端木夜雨踮起脚向大门里看，“你们还缺新鲜的野味儿吗？”

“滚，赶紧滚！”毛线帽龇着参差不齐的黄牙，挥舞着步枪。

端木夜雨注意到，毛线帽的食指却没有扣在扳机上，显然是在吓唬自己。

就在端木夜雨转身慢慢挪动时，一个穿藏青色套裙的金发女子，从庄园另一边冲过来。

她三十五岁左右，保养得很好，衣装整洁如新，显然不是生活在蛮荒之地的人。

“请问这位先生，有何贵干？”她的声音柔和纤细，举止彬彬有礼。

女人一边说，一边轻轻压下毛线帽的步枪。

毛线帽开始有些抗拒，最后还是接受了。

“我是——路过的猎人。”端木夜雨小心地打量女人，拍拍箭袋，“听说你们要办宴会，需要新鲜的野味儿吗？”

“宴会？”女人瞥了一眼毛线帽，“抱歉，食材我们都已经准备好了，你请回吧。”

见端木夜雨不走，女人好像看出什么，走到端木夜雨面前，从口袋里掏出一张纸币，塞到他手里：“既然来了，就是缘分。这点儿钱虽然不多，还能买点儿吃的，你拿着。”

她虽然优雅、端庄，端木夜雨却感觉她有些紧张。

“哇，十灰币，发财了。”曹操把纸币举过头，对着阳光，“在这种鬼地方还能见到余烬城的钞票，太不可思议了，我以为这里的人只有美元呢。”

“喂，普罗旺斯庄园好歹也是余烬城的盟友。”伯爵听曹操这么说，有些不高兴，“再者说，灰币在华盛顿州还是很流行的。”

端木夜雨则关心另一个问题：“这点儿钱，应该买不到什么东西吧？”

“我哪知道这里的物价水平啊。”伯爵一把从曹操手里夺过钞票，卷成卷，塞进口袋。

端木夜雨心疼得直咧嘴。

伯爵则风轻云淡地说：“在余烬城市区内，能买一碗牛肉面，肯定不带牛肉，也可能是不带面的汤。”

“那把枪，肯定是恩菲尔德步枪。”曹操见伯爵有些不着调，赶紧说正事儿，“具体型号我说不好，但该系列最好的步枪，也是一个世纪前的老古董了，不知道他们从哪儿淘换子弹。”

“所以，他们根本不可能是普罗旺斯庄园的人。”伯爵盯着大门，挠挠头，“看来情况有点不妙啊。”

“那个女人应该是庄园里的人吧？”曹操问。

“普罗旺斯姐弟的女仆长，好像叫史黛拉，还是史泰龙、史努比？我记不清了。反正她肯定是普罗旺斯庄园的老员工，最少在这儿干十年了，按理说她应该不会背叛姐弟才对啊。”伯爵说。

“凡事无绝对。”曹操说，“也许她欠了赌债，也许被野男人诱骗，也许与姐弟闹矛盾。总之，没有无缘无故的爱，也没有无缘无故的恨。”

“不，绝对不会。”伯爵认真地回忆着，“我与史黛拉接触过，她很善良，不是忘恩负义的人。或者说，她压根儿就没有那个胆儿。”

曹操摇摇头，提着 AICS 突击步枪，转过身说：“伯爵，那边的情况你都看到了，是抢劫还是搬家，作为地狱猎兵小队队长，你应该有个准确判断吧？”

伯爵面色凝重，没有说话。

“你们呢？”曹操又看看其他人，像在征求意见，“你们觉得是什么情况？”

娜娜与阿尔伯特面面相觑，艾丽依旧是事不关己般的冷漠。

端木夜雨挠挠头，说：“确实有点像抢劫。我以前住的村子，也来过一批劫匪，不过被村民击退了。”

伯爵沉默片刻，下定决心似的点点头，猛然转身：“该来的一定会来，躲是躲不过的。”他做了一个朝脚下砸东西的手势，“各位，检查武器弹药，准备强攻。”

“强——强攻？”端木夜雨一惊，“攻什么？”

“你想干什么？”曹操上前拍拍伯爵的肩膀，“我们没有管这种闲事儿的义务。”

“闲事儿？”伯爵盯着曹操，嘴角抽抽儿，显然在强压怨气：“怎么能是闲事儿呢？普罗旺斯庄园是余烬城的盟友，我们身为余烬城的雇佣兵，他们遇难，我们袖手旁观？”

“但我们的任务是——”

“我们的任务是，前往普罗旺斯庄园搜集情报。”伯爵果断地说，“我身为奇美拉小队队长，认为只有强攻，才有可能完成这个任务。你作为监督官，有不同的判断，我愿意接受你的批评指正。”他顿了顿，凑到曹操面前，“那也得等到我把那群不知天高地厚的傻 × 全部干死之后。”

曹操干笑两声：“批评指正就免了，小队长，如果你一意孤行，非要发动强攻，我只有一个小建议。”她指指天空，“我们没有夜视装备，对方装备不明，最好趁天没黑就动手。”

“那个看车傻瓜都拿着一百年前的老枪，他们能有什么好装备？”伯爵不屑地摆摆手，“娜娜，你的无人机还能用吗？”

娜娜愣了一下，回答道：“还剩下一部三号机，但武器系统需要权限才能使用。”

“别管什么武器系统了，麻溜地撒出去，给我们提供一些情报支援。”伯爵转向端木夜雨，“你的箭术咋样？能把看车的傻瓜秒杀吗？”

“啊？！射——射人？活人？用箭？！”端木夜雨心头一紧，下意识地握住弓背，继而感到微微偏头痛，让他不得不摁住太阳穴，“我——试试吧。”

他说完，小心翼翼地走到灌木丛边，悄悄探出头，目测那个人离他六七十米。别说用一把复合弓射箭，就算把他父亲那支校正精准、装着二倍镜的猎枪给他，他都没有把握一击毙命。

他做了两次深呼吸，退回来，对伯爵说：“我以前只射过鹿，距离十五米左右，还得在鹿站着不动的情况下。现在，我离目标至少六十米，根本无法射中。”

“你不会靠近一点儿嘛，反正那个傻瓜也不会乱跑。”

“你就别为难他了。”曹操把一脸苦相的端木夜雨拉到身后，“小队长，我打第一枪，然后掩护你们。你带领艾丽和阿尔伯特，顺着围墙脚摸到门口。”她扭头看一眼端木夜雨，“你这把中世纪的武器，就不要拿出去丢人现眼了。你在这里保护好娜娜就行。”

“打枪的话，肯定会打草惊蛇的，等于还是强攻。”伯爵犹豫道，“弓箭至少是无声的，就算射不中，我们再补枪也不迟。”

“跟文盲交流就是费劲，难道你不知道消声器吗？”曹操说着，从背包里掏出一个消声器，“人类之所以发明枪，就是因为弓箭杀伤力有限。”

伯爵瞪大双眼，指着消声器问：“这是高级货，余烬城已经严令禁止消声器买卖了，你从黑市淘的吧？花多少钱？五千还是一万？”

“拜托，我这把 AICS 突击步枪，是厂商赠送的测试样品。”曹操得意地晃了晃手里的消声器，像展示商品那样，缓缓地套在枪上，“这是德制 SCC 四倍瞄准镜，有了它，六十米外，我能把弹头射进松鼠的屁股。”

“既然这么豪横，你开第一枪。娜娜，准备好的话，就把无人机撒出去。其他人，打起精神！”伯爵把手在头顶甩了两圈，“《地狱猎兵职业手册》上说，要尽量避免强攻，因为那样做会大大缩短我们的职业寿命。相信我，如果没有绝对必要，我肯定不会下达这样的命令。”

“有你这样的战前动员吗？”曹操讥讽道，“那个‘绝对必要’，不会是你想替普罗旺斯姐弟报仇吧？”

“闭嘴！”伯爵似乎被曹操戳到痛点，眉头一紧，“别说不吉利的话，什么报仇不报仇的，没准儿人家好好的呢。你不是打第一枪嘛，那就快去瞄准。艾丽、阿尔伯特，跟紧我。”

见其他人都行动起来，端木夜雨有些不知所措：“等等，我们这是要——要——去杀人吗？”

伯爵回头看着端木夜雨：“我们去斗舞，行了吧？”

端木夜雨知道伯爵在讥讽自己，还是鼓起勇气说道：“那个人——看上去也不像坏人。”他这么说，把其他人的注意力都吸引过来。

曹操问：“猴子，你想说什么？”

端木夜雨说：“我们对他几乎一无所知，他也许只是临时帮忙的呢。”

伯爵低声吼道：“猴子，你给我记住，这是战场，能出现在这里，就没有人是无辜的。我真怀疑你在蛮荒之地是怎么长大的，怎么活到现在的！”

“靠的就是不乱杀！”自加入地狱猎兵以来，端木夜雨第一次反驳伯爵，“你什么都不问，仅凭猜测就杀人，和那些把美丽家园变成蛮荒之地的坏人，又有什么区别？！”

伯爵眨眨眼睛，往后退半步，愤怒地盯着端木夜雨一会儿，觉得他所言颇有道理。很快，理性又战胜感情，经验与推理编织成的逻辑之网，把他紧紧包裹，让他把怒骂变成慢条斯理的说教：“你说得没错，我确实没有百分之百的把握，判断那个小子或者他的同伴该死。”他走到端木夜雨面前，稍稍弯腰，几乎脸贴脸，“对方是好人，你没开枪，什么都不会发生，皆大欢喜；对方是坏人，你没开枪，他先下手的话——一、二、三、四、五——”他挨个指点队员，最后落在端木夜雨头上，“六！我们六个人可能都会死。作为地狱猎兵，在死亡游戏中，我们不应该赌命。”

“他要是好人，你先开枪杀了他，他是不是很无辜？”端木夜雨冷冷地问道。

“雪崩之时，没有一片雪花是无辜的。”伯爵耸耸肩，摊开双手，“你向那个妇人开枪救我时，想过她是不是无辜吗？”

“那时不一样。”端木夜雨心虚地移开视线，“她用枪对着你，是她想杀你的。”

曹操把伯爵轻轻拉到一边，笑道：“别听他扯淡。那伙人，百分之百是劫匪。这里不是文明世界，好人根本活不下来。如果你非得有确凿证据才动手杀人，先倒下的一定是你。”她忽然收起笑容，眼神变得冰冷，“要想让自己活下去，宁可错杀，不能放过！”

“我只是觉得这样做太草率了。”端木夜雨叹口气，“他到底是什么人，都没弄清楚，就悄无声息地把他杀死，像猎杀一头畜生，那么我们跟畜生有什么区别？彼此都是娘生爹养的人。”

“知道我们为什么叫地狱猎兵吗？”曹操狠狠地揉揉端木夜雨的脑袋，把他的头发揉成雀巢状，“地狱猎兵，源自德语，原指一种躲在阵地后方和侧翼打冷枪的轻步兵。硬碰硬这种事儿，我们没有那种实力，也不擅长。”她把嘴凑到他的耳郭，低声说，“他当然不是畜生，我们也不是猎人，我们是地狱猎兵。”

端木夜雨不再争辩，拿着弓箭走到灌木丛边缘。

娜娜把最后一架无人机捧在手里，冲端木夜雨点点头：“别怕，我和你永远在一起。”

在禁枪的余烬城里，私藏消声器，是比私藏枪支更严重的犯罪行为。即便手眼通天的达官显贵，也绝不是掏钱就能解决的事儿。

道理其实很简单。偷偷购买枪支的人，可能是军迷、生存狂，或者受害妄想症患者，不一定会用枪杀人。就算地痞流氓杀人，也未必用消声器。购买消声器，只有一个用途，暗杀更高层次的人。

端木夜雨从未见过消声器，更不知道它到底有啥作用。

在蛮荒之地，遇到危险时，人们巴不得制造更大的声音，以此震慑敌人。

曹操扣动扳机时，枪口发出像打开香槟瓶盖似的声音，把他吓了一跳。他觉得消声器，应该让声音彻底消失才对。

对于六十米外的毛线帽，这种声音的大小，不再重要。也许他隐约察觉到死神在召唤，朝声源转过身。没等他判断出是什么声音，一颗弹头就钻进他的眉心。他像一堆烂泥，贴着卡车车厢慢慢滑下去。

曹操盯着瞄准镜，看了几秒，确定毛线帽被击毙，没有惊动其他人，冲伯爵做个“OK”的手势。

“走起！”伯爵冲艾丽与阿尔伯特挥手，“眼睛瞪大点儿，说不定还不止一辆车。”

三个人鱼贯而出。

曹操继续通过瞄准镜察看。

一个人走出大门，站在门口抽烟。

曹操发现，她距离庄园三百米。由于角度关系，庄园北部一半窗口不在她的有效射程之内。如果敌人从那里攻击伯爵等人，她根本无法阻击。

“你俩待在这里。”目送伯爵三人摸到围墙下，曹操收起AICS突击步枪，“我到前面掩护他们。”

端木夜雨一愣：“你也要过去？”

曹操盯着伯爵三人，点点头：“猴子，你照顾好娜娜，出现突发情况，让她先与我们联系，你们不要擅自行动。”

端木夜雨迟疑地扭头看着娜娜。

娜娜左眼不停地闪烁，脸上是事不关己的憨笑。

不待端木夜雨回应，曹操一跃闪出灌木丛，猫着腰，抱着 AICS 突击步枪，疾速跑向围墙。

端木夜雨挠挠头，看看灵魂出窍的娜娜，掏出别在腰里的 M1911 手枪，打开保险看了看，又塞回去，转而张弓搭箭，单膝跪地。在灌木丛里，他感觉弓箭才是保护自己的利器。

半分钟后，娜娜突然问端木夜雨：“猴子，你要是觉得很无聊，我陪你聊天吧。”

这句话，把聚精会神的端木夜雨吓了一跳，回头看看娜娜：“聊天？现在是聊天的时候吗？”

“你把眼睛瞪得那么大，什么都看不见，不觉得无聊吗？”娜娜问。

端木夜雨哭笑不得：“我在警戒，警戒，懂吗？保护你呢！”

娜娜左眼猛闪几下：“你警戒什么啊？庄园那边的情况，我看得比你清楚。”

“多一双眼睛盯着，应该更安全吧！”端木夜雨嘴上这么说，却把弓放在膝盖上。

“多留神就行了，不影响咱们聊天。”不知为何，娜娜脸上微微泛红，“我们不用看着对方，随便说话就行。”

端木夜雨这时才意识到，娜娜根本不是想陪他聊天，而是让他陪她聊天。

他笑道：“你能一心二用的话，想说什么就说吧。”

娜娜想了想，说：“我看你一直挠手，如果是因为帮我抹生发水造成的，我——我向你道歉。”

端木夜雨看了看左手，确实感觉还有点儿痒：“没事儿的。你说，那种生发水，是不是骗人的？”

娜娜像承认错误的孩子，挠挠头，支吾着说：“我的头皮是人工再造的，没有知觉，所以感觉不到生发水到底有没有用。”

“长头发还能感觉出来？”端木夜雨扭头看看娜娜，忽然想起阿尔伯特透露过娜娜的身世，不禁心生怜惜，话锋一转，“现在你记不记得以前的事儿？就是——就是你变成现在这样之前的事儿。”

“能想起一些，但都是碎片化的，很混乱。”娜娜摇摇头，“不过我还记得家人的样子。等我完成所有治疗，就回家乡与他们团聚。”

“家人？你还有家人？”端木夜雨心里既有些许同情，又有莫名的羡慕，继续问道，“你有父母和弟弟吧？我记得你说过我像你弟弟。”他猛地想起当时的场景，“不对，你好像又说没有弟弟。”

“我当然没有弟弟。”娜娜赶紧否定，继而蹙眉低头，像在回忆，“如果我没有弟弟——他是谁呢——他是——”

娜娜陷入苦苦思索中时，她身后的灌木猛地摇动起来，明显有什么东西冲过来，吓得端木夜雨浑身打哆嗦。

“谁？”他搭弓准备射箭，“出来！”

“别、别开枪！”伴随着结结巴巴的声音，一个白人大汉站出来，“我——我没有恶意。”

这个人身高足有两米，浑身是线条分明的腱子肉，穿着迷彩背心，梳着脏辫，额前还有一道钝器砸出来的伤疤，右前臂装着怪异的假肢，假肢末端有一个巨大的虎头钳，看起来像螃蟹的前螯。

端木夜雨紧张得连连咽口水，说话都有些语无伦次：“你——你——到底是什么人？”

白人大汉注意到，娜娜正在低头絮叨，犹豫两秒：“我是附近的人，你们是谁？到这里干什么？”

端木夜雨把弓弦拉得更紧：“这里只有普罗旺斯庄园，你家在哪里？”他看着娜娜，焦急地干咳两声，想要唤醒她，可是她没有丝毫回应。

白人大汉也盯着娜娜，说：“我就是普罗旺斯庄园的人。”

端木夜雨半信半疑，不停地打量他。

就在他准备将箭射出去的瞬间，普罗旺斯庄园那边传来密集且杂乱的枪声。

白人大汉意识到端木夜雨要射他，猛地举起右臂，挡住飞向面门的箭。右臂落下时，不偏不倚地砸到娜娜的后脑上。

他先攻击娜娜，倒不是觉得娜娜威胁大，而是为了确保攻击端木夜雨之前，身后无虞。

他右臂上粗笨的虎头钳，几乎与娜娜脑袋同宽。伴随着一声金属相撞的声音，娜娜像跳向池塘的青蛙一样，扑倒在地。

“娜娜！”端木夜雨见状，感觉大脑出现针扎般的偏头疼，头脑瞬间清醒，猛地扔掉复合弓，拔出腰里的手枪。

白人大汉的动作非常快。端木夜雨把 M1911 手枪刚举到腹部，他的虎头钳就扫到端木夜雨身前。

就在端木夜雨扣动扳机的同时，虎头钳就擦着 M1911 手枪扫过去。不知是白人大汉力道太大，还是手枪太破，明明没有砸中，手枪却散架了。

白人大汉见没有砸中端木夜雨，矮身上前一步，右肩狠狠撞向端木夜雨。

端木夜雨倒地滑出一米多，差点儿滑出灌木丛。

他感觉像被大卡车撞到一般，眼冒金星，浑身疼痛难忍，有出气没进气。

“对不住了，小兄弟！”白人大汉捋了捋辫子，抱歉地说，“我赶——赶时间。”

说罢，他一脚踹向迷迷糊糊的端木夜雨。端木夜雨侧身躲过。白人大汉一脚踹空，立即抡圆右臂往下砸。

白人大汉认为，处理身高不足一米七、体重只有六十公斤的亚裔，三击之内，一定会见到他的脑浆。

“给我起来！”端木夜雨耳边突然出现清晰的断喝声，“蠢货，你不能死！”

他感觉全身像触电一般抽抽儿，从汗毛孔渗到骨髓的刺痛，伴随着井喷般的肾上腺素，让他瞳孔收紧，从丹田发出不像人类的低吼声：“啊！”

“想想端木曦虹！”那个声音提高八分贝，“你不是一直寻找她吗？”

端木夜雨吼叫着，双拳交叉，硬生生地架住砸下来的虎头钳。

白人大汉万万没有想到，前一秒还在闭眼等死的少年，突然就有了反抗的勇气。这一钳子足以砸碎他的胳膊，他竟然吭都不吭一声。

端木夜雨架住虎头钳，用充满杀气的眼神，死死盯着白人大汉。

“有种，再来！”白人大汉抽回右臂，准备连砸，砸到端木夜雨变成肉酱为止。

就在他收回手臂的瞬间，端木夜雨以迅雷不及掩耳的速度，从箭袋中拔出一支箭，腹肌收缩、打开，将箭狠狠扎进白人大汉的小腿。

与此同时，白人大汉的虎头钳再次砸下。端木夜雨猛然起身，用肩膀扛住白人大汉的大臂，然后转身，顺势再抽出一支箭。

白人大汉没有砸中端木夜雨，又感到小腿疼痛难忍，猫腰把箭生生拔出，然后寻找端木夜雨，准备发起致命一击。

端木夜雨手里握着一支箭，冷冷地盯着白人大汉。

他耳边的声音渐渐变轻，最后变成嬉笑声：“给他展现一点儿真正的技术，就像那时候一样。”

端木夜雨双眼虽然死死盯着白人大汉，但注意力却被那个诡异的声音转移了。他不禁问道：“哪个时候？”

“就是那个时候，还有哪个时候！在车站、黑市、农场、河边，在那些肉贩子面前。”诡异的声音提醒道。

埋藏在内心深处的记忆，一幕幕地浮现在眼前。对端木夜雨来说，它们是如此熟悉，仿佛就发生在十分钟前。

“人肉——贩子！”端木夜雨喃喃自语。

白人大汉跺跺脚，晃动着右臂。看上去他微微有点儿瘸，右臂的假肢有点儿重，导致他的身体习惯性向右倾斜。他正正身子，盯着端木夜雨，准备发动下一轮攻击。

“还有车匪、路霸、野兽、暗傀……你孤身一人离开家乡两年了，你靠什么活下来的？靠你连只兔子都打不到的猎术吗？没有我暗中保护，你早就死了！”诡异的声音还在嘲笑端木夜雨，一声比一声大。

“你——”端木夜雨浑身乱颤，咬牙喝道，“你到底——是谁？！”

已经抡起右臂的白人大汉一愣：“我是谁？说出来我怕吓死你，你还是不知道的好。”

“少废话！”端木夜雨扫了一眼几米外仍趴在地上的娜娜，挑衅似的将箭举起，“让我给你展示一下真正的杀人技术吧！”

普罗旺斯庄园那边传来急促的枪声。

白人大汉怒吼着扑过来。

在端木夜雨看来，白人大汉的动作，似乎比刚才迟钝了，简直像慢镜头播放的画面一样。他调整呼吸，心中默数三个数，才向左前方踏出一步。

看起来威猛强壮的假肢，只是七拼八凑的废旧金属块，与真正的胳膊相比，无论速度还是反应都十分迟钝。从侧面发起攻击，便能轻而易举地打乱白人大汉的进攻节奏。

这个大胆而果决的想法，像被人直接塞进端木夜雨的大脑一样。他无条件地接受了，轻巧躲开虎头钳的同时，侧身将手中的利箭扎进白人大汉的大臂。

钻心的疼痛，让白人大汉更加愤怒，疯狂地抡起双臂砸向端木夜雨。他的吼声更凶猛，力量比以前更大。虎头钳砸在地上，发出令人恐惧的响声。

但是，他的攻击速度明显减缓，喘息声愈发沉重。

“他已经是强弩之末了，发动攻击，速战速决！”端木夜雨耳边的诡异声音，再次催促道。

端木夜雨闪动身子，死死盯着白人大汉的手臂。

白人大汉怒吼一声，抡起虎头钳。就在这个瞬间，端木夜雨拔出第三支箭，舞蹈般地移动身体。虎头钳发出蜂鸣声，贴着他的后背滑过。

两个人擦身而过之际，端木夜雨反手拔出插在白人大汉大臂的箭，转身将两支箭一起插入白人大汉肋部。

端木夜雨万万没想到，他竟然有那么大的力量，不仅将食指粗的利箭插入一半，还把比他高大、强壮的白人大汉推倒在地。

端木夜雨犹豫一下，猛地将一支箭拔出，再次刺向白人大汉的颈部。

白人大汉轰然倒地，一动不动。

杀戮的快意与求生的欲望随之迅速退却，端木夜雨大口喘息着，浑身乱颤，一丝寒意从心底升腾而起。

现在，他想找人说说话，随便谁都行，说什么都行，甚至希望诡异的声音能再次传来。然而，他身边什么动静都没有，喋喋不休的诡异声音也消失了。

普罗旺斯庄园那边的枪声戛然而止，整个世界仿佛都安静下来。

端木夜雨喘着粗气，四下张望，看到娜娜仍旧趴在地上一动不动。他意识到情况不妙，刚才与白人大汉殊死搏斗时，他把这个世界都忽略了。

他大步冲到娜娜身旁，想把她扶起来。他触及娜娜颈部时，发现她的后脑只是微微凹下去一块。

“娜娜，你别睡了，醒醒啊！”端木夜雨一边哭喊，一边轻轻地将娜娜翻转过来。虽然他有心理准备，但看到娜娜翻着白眼、嘴角流涎，脑海里还是“嗡”地一下。

“你怎么能这样？”端木夜雨放下娜娜，跪在地上，双手抱头，“你怎么能这样……”

就在他悲痛欲绝时，出现一件比战友死在面前更可怕的事儿。

娜娜的右眼突然转动，猛地起身，一把抓住端木夜雨的胳膊，语无伦次地喊道：“弟弟，是你吗？你——你是——弟弟——我是——”

娜娜完全变成另外一个人，这个人让端木夜雨感到陌生、惊恐。

端木夜雨使出洪荒之力，也无法挣脱娜娜的手。她反而起身，把他死死摁住。

“你——我——哪儿——妈——在哪里——他——在哪里——”娜娜一边问，一边用前臂死死压住端木夜雨胸口，让他几乎无法呼吸。

端木夜雨失声喊道：“娜娜，你想干吗？！我——我——我是你的队友啊！”

娜娜仿佛受惊一般，右眼猛眨两下。本已无光的左眼，也闪出幽绿的光，然后慢慢消失，缓声问道：“你——是谁？为什么——我们——会在这里？”

“啥？”端木夜雨感觉娜娜不再挤压他的胸部，猛喘几口气，“娜娜，你又失忆了？”

娜娜摇摇头，一脸茫然，双手抱头，仰头看看天空："失忆？我为什么会——失忆？"她说着，收回手臂，却坐在端木夜雨身上。

端木夜雨这时才意识到，娜娜不但手劲过人，身体也异常沉重。

就在端木夜雨想尽一切办法推开娜娜时，娜娜却翻身以骑乘姿势，骑在他的身上，纹丝不动。

阿尔伯特出现在他们面前，看到这一幕，愣住了。他实在想不明白，他们怎么能以这种姿势纠缠在一起。看到地上的白人大汉，他更是摸不着头脑。

看到端木夜雨在垂死挣扎，他跑过去拉扯娜娜，却听到娜娜不断念叨"失忆"二字，忽然明白了，赶紧从怀里摸出那枚车钥匙似的黑梭，转动底部旋钮，对准娜娜按了两下。

娜娜依然没有反应。

他靠近一些，又按了两下。

娜娜随即像被速冻一般，停止所有动作，只有右眼还在缓慢转动，有气无力地看着阿尔伯特。

阿尔伯特没有帮端木夜雨从娜娜胯下脱身，而是绕着他们转了三圈，不断检视着娜娜。

端木夜雨艰难地蠕动着，慢慢地从娜娜胯下钻出来，起身揉揉腰，自言自语："她的力气怎么这么大？身子怎么这么沉？"

他望着娜娜，原本心里积蓄的无名怒气，忽然全部消失了。

娜娜依然以标准的中国武术的马步姿势，蹲在原地。

“她这是怎么了？”端木夜雨看着阿尔伯特，指指娜娜，“她在干吗？”

阿尔伯特将目光从娜娜脸上移开，却依旧板着脸，盯着端木夜雨问：“哥们儿，她跟你说什么了？”

阿尔伯特不关心娜娜怎么了，却关心她对自己说过什么，让端木夜雨有些诧异。他指着娜娜说：“她好像一直念叨弟弟在哪儿，哎，我也听不清楚，叽里咕噜的。”

阿尔伯特放心似的点点头，继而又紧张起来，猛地抓住端木夜雨的肩膀：“听着，端木夜雨，她在调整——我是说，治疗娜娜的原发病时，应用了一些当时不太成熟的新技术，导致她的大脑里产生很多虚假的记忆。怎么跟你说呢，就相当于后遗症吧。她嘴里念叨的弟弟啊、家人啊、故乡什么的，其实都是虚幻的。”

端木夜雨听罢，愣了几秒才点点头：“我懂了。她是美国人，遇到意外，被家人送到龙骑兵研究中心治病。”

“她的家人都死了。”阿尔伯特用力咽口唾液，“她的父母、弟弟都死了，明白吗？至于她怎么来到龙骑兵研究中心，我还真不清楚，但接受治疗后没有办法回家是真的。估计她参加地狱猎兵，并不是为了赎身，而是真的无处可去。”

端木夜雨表情凝重，默默地点点头：“明白。”

“所以，无论她说什么，你都不要相信。她遇到危险时，辅脑为了自我保护，会产生一些幻觉，其实都是假的。”

“她真没有对我说什么。”端木夜雨强调道，“我明白你的意思了，她遇到危险时，所有表现都是幻觉。我有时也会做一些古怪的梦，听到一些怪异的声音。”

“我之所以跟你一再强调这些，是担心她的行为吓到你。”阿尔伯特松开端木夜雨，擦拭着额头上的冷汗，深深地松了口气，“她的性命，比你我的性命都值钱，甚至比奇美拉小队所有队员的性命都值钱。但是，我不想为她搭上自己的性命，也不希望你这么做。”

端木夜雨皱皱眉，似懂非懂，只好应付道：“好的，我知道了。”

阿尔伯特把梭形物对准娜娜按了一下，娜娜便站起来了，只是左眼依旧黯淡无光，整个人像提线木偶一样，毫无生气。

“她后脑被这货砸到了。”端木夜雨指指地上的白人大汉，“他下手太重了，我好像听到娜娜后脑发出金属撞击声，估计她的脑袋被砸坏了。”

阿尔伯特走到娜娜身边，像按摩师那样轻轻抚摸她的脑袋，面露愁容：“该死，恐怕伤到硬件了。”他愤愤地看了一眼地上的白人大汉，狠狠地踹了一脚。

“在这里没办法修好她，必须送回龙骑兵研究中心才行。”阿尔伯特无奈地摇摇头。

“我们已经到达普罗旺斯庄园了，马上就会有人来接——”端木夜雨没有说完，忽然意识到一个关键问题，指指娜娜，“咱们当中，只有她负责通信？”

阿尔伯特摆摆手：“不管她了，咱们与他们会合吧。”他在娜娜面前挥挥手，“试验体 103，你能听到我说话吗？”

娜娜没有反应。

“前进一步。”

娜娜依然没有反应。

阿尔伯特叹口气，抓住娜娜的胳膊，稍稍用力拉扯，娜娜就非常温顺地向前走一步，也只有一步而已。他骂道：“该死，她被打回默认设置状态了，希望数据损失不大。”

端木夜雨看着呆若木鸡的娜娜，不禁觉得她有些滑稽，问道：“需要我做什么呢？”

“拉倒吧！”阿尔伯特不耐烦地想摆手，突然想到什么，转过身，“你拉住她的手。”

端木夜雨一愣，羞涩地说：“这——这是干吗？”

“哪来那么多干吗？让你干吗你就干吗，没牵过女孩子的手吗？”阿尔伯特呵斥道。

端木夜雨不好意思地挠挠头，憨憨一笑：“还真没有，怎么牵她？”

“你应该牵过牲口吧？”阿尔伯特说，“动作都差不多，试试就会了。”

第七章　突　击

守在卡车后面的伯爵，紧紧贴着车厢，与另一边的艾丽交换一下眼神。

艾丽心领神会地扭过头，望向灌木丛，看到阿尔伯特走在前面，端木夜雨牵着娜娜的手，尾随其后，朝卡车走过来。

曹操看到这一幕，笑道："艾丽，你好像丢分了。"

艾丽却毫不在意，或者没有明白曹操的话外之音。她半跪在地上仔细端详几秒，嘀咕道："娜娜的样子有点儿怪。"

“不怪的话，无人机怎么会突然掉下来？”曹操指指娜娜，“能活着就好，她可是我们的VIP客户。”

确定娜娜至少还活着，而且还能走路后，伯爵松了口气，把注意力集中到眼前的战斗上：“现在没有无人机的情报支持，咱们干耗着也不是事儿，准备强攻吧。”

曹操探头看了看庄园里的城堡，扫了一眼半敞开的大门前卧着一具尸体，以及地上的血迹，把头缩回来说：“从这儿到城堡正门之间，有一百二十米的开阔地，我们直接跑过去，基本就是活靶子。北面那些该死的房子上，有十几扇窗户，一旦里面藏着狙击手，我就是神仙都掩护不了你们。”

“你不是已经打死一个了嘛！”伯爵打量二楼那些带血的窗户，“我打死一个，艾丽打伤一个，再加上开始被你干掉的愣头青，已经四个了。”他用拇指指指卡车，“车上装货的，加上司机，最多五六个人，他们应该已经——”

伯爵盯着卡车不说话了。

曹操也反应过来：“妈的，这不是有车嘛！”

伯爵冲艾丽做出“过去”的手势：“艾丽，你和我进入驾驶室，我把车倒进大门。曹操，你在这儿掩护，等我们进去后，你再带领阿尔伯特、端木夜雨和娜娜进去。”

“但愿他们没有重武器。”曹操点点头，“这破车，估计受不了一颗炮弹。”

伯爵倒不担心这个问题。在蛮荒之地，车与车质量的差距可以说判若云泥，从发动机到零部件，从品牌到规格，几乎没有两辆车是完全一样的。运气好的话，还能找到上世纪淘汰的老古董；运气不好的话，只能看到手工打造的山寨货，就像屁孩子制作的破玩具。就算驾驶经验丰富的老司机，也不一定能驾驭。

“这是啥玩意儿？！”虽说已有心理准备，当伯爵钻进驾驶室，看到方向盘的位置只有一个自行车扶手时，还是忍不住骂道，“他妈的自行车？！逗我玩吗？这怎么开？”他低头看了一眼脚下，“油门呢？”

他找了两秒钟，才找到油门踏板。

他用力砸了一下仪表盘，一根弹簧弹出来：“这他妈的是行为艺术吗？！找个方向盘能有这么难吗？！”

坐在副驾驶位子上的艾丽，看了看满口喷脏话的伯爵，依旧保持淡定，不言不语。

直到伯爵怒火稍稍平息，尴尬地看着她时，她才轻声慢语地说道：“其实我会骑自行车，而且开过手扶拖拉机。”

“你还开过手扶拖拉机？”伯爵摇摇头，“行了，行了，你给我坐好，小心点儿，我也是第一次驾驶四个轮子的自行车。”

他试着转动钥匙，踩下油门踏板，引擎顿时发出惊天地泣鬼神的吼声，驾驶室随之如经受八级地震般抖动。他耸耸肩，做出无可奈何的手势，然后握住自行车扶手，准备倒车。

虽然他在余烬城考过驾照，也驾驶过蛮荒之地生产的

“缺德改装车”，但他从不认为自己是当司机的料。以往执行任务时，他对于各种车辆，总是能避则避。

不过，当他磕磕绊绊地把卡车倒进大门时，却觉得自己不去当战斗机试飞员，简直是暴殄天物。

一路上平安无事。无论准备随时射击的曹操，还是庄园中潜伏的枪手，谁都没有开枪。卡车就这样直接倒行穿过开阔地，停在离城堡正门不足五米的地方。

“我数到三，咱们一起冲出去。”伯爵拎着 AN94 突击步枪，冲艾丽示意，“我先进去，你负责掩护。”

“明白！”

“你……”伯爵看着艾丽旅游观光似的淡定表情，一种莫名的不爽涌上心头，便想捉弄她一下，直接喊道，“三！”

他踢开车门，屏住呼吸，以这辈子最快的速度冲下卡车，两步扑到城堡半敞开的正门前。虽说他中途打了个趔趄，但也破了他有生以来最快的奔跑速度纪录。

他准备挺身进入城堡，却发现艾丽已经在门里半跪着左右观察。令伯爵难以接受的是，她依然是那副漫不经心的样子，好像不是身处危机四伏的战场，而是到闺蜜家喝茶，还是熟到可以穿睡衣串门的那种闺蜜。

大厅里空无一人，猩红色的高档地毯、装饰用的甲胄、兵器和可能很值钱的高仿字画，都被精心打包后堆在一边，连屋顶的水晶吊灯都完整地卸下来。看来，这群“劫匪”还挺有职业素养。

伯爵端着AN94突击步枪，小心地盯着大厅内的八个门口，慢慢地向大厅中央挪动。

大理石的地砖上到处都是干涸的血渍，目测至少洒下一天了。

伯爵看着艾丽，指指地上那条新鲜的血迹。那道血迹在大厅中央转弯，折向左边的房门。艾丽会意地点点头，轻手轻脚地挪过去，将耳朵贴在门上，倾听几秒，然后退后半步，猛地踹门，随即闪到墙后，躲开从屋内射出的子弹。

伯爵听出那是小口径自动步枪发出的声音。

持枪者十分慌乱，嘶哑地吼叫着，死死扣着扳机，两三秒内便打光弹夹里的子弹。由于是盲目射击，大部分弹头都钻入门对面的墙里。

伯爵没有躲闪，甚至没有看那道门。多年与这些不按常理出牌的土匪打交道，他已经相当了解对方的套路。他们绝对不会考虑队友的安危，相反却毫不犹豫地把队友当作肉盾。

一阵咒骂声和换弹夹的声音传出来。

就在同一时刻，艾丽猛地闪身，迅速向门内开了三枪，然后又躲到墙后。

门后是一道楼梯，楼梯尽头是一道木门。木门刚开一道小缝，就被伯爵一枪射穿。他的 AN94 突击步枪虽然不能发射 8 毫米的新式子弹，但打透这种木门没有任何问题。

“停，停！不要开枪了！”一声惨叫后，便是上气不接下气的求饶声，“你们是地狱猎兵吧?！我们投降，投降了！”

伯爵沉默几秒，隔空喊道 :“把武器扔出来！所有人，把武器全部扔出来！”

木门后颤巍巍地伸出一把破旧散弹枪，轻轻往前一抛，砸在楼梯的扶手上，落到一楼地上。

然后是一把左轮，直接砸向大厅中央，落地走火，一颗弹头射在墙边的水晶吊灯上。

伯爵见状，后退几步，喝道 :“双手抱头，慢慢地走出来！”

一个胖墩墩的金发青年，一手抱头，一手捂着胸口，表情十分痛苦。看样子，弹头应该是射中不知从谁身上扒下来的军用防弹背心，他才从伯爵枪下捡回一条命。

“别开枪！”一个半秃女人躲在胖青年身后，举着一根铁棍，“我们投降，我们投降了！我们有眼不识泰山，碍着各位军爷的生意了！”

“哼，现在怎么㞞了?”伯爵用枪口指着地砖上的血迹，“你们袭击普罗旺斯庄园时的胆量呢?”他猛地提高嗓门，额头的青筋都鼓起来，“这他妈的是普罗旺斯庄园！这么多年来，美国大兵都不敢进来，你们竟敢打劫?”

胖青年吓得双膝一软，跪到伯爵面前。他身后化着浓妆的半秃女人，咬牙切齿地踢了他一脚："我一再跟你说，这票儿做不得，你财迷心窍！"她转而看着伯爵，极尽谄媚地说，"军爷，如果不是女仆再三忽悠，我们哪敢袭击普罗旺斯庄园啊！"

"女仆？"曹操扛着崭新的 AICS 突击步枪，像闪亮登场的明星走进来，"史黛拉？"

"我不知道她叫什么。"半秃女人咧嘴露出残缺不全的破牙，"都是狗崽子汉斯与她联系。"她指着另一道门，"汉斯在那个房间里，估计他已经无法回答你们的问题了。没事儿，没事儿，他和我们不熟，我们也不知道他的任何情况。"

"真够义气！"伯爵摇摇头，喝道，"史黛拉在哪儿？"

"应该在书房里。枪响之后，她就跑进去了。她的胆儿可小啦。"

"让她滚出来！"伯爵压住怒火，"我不是让你们都出来吗？"

"书房有锁。"秃头女人挠挠头，"应该是很高级那种。"

"你去告诉她，就说余烬城的伯爵找她！她认识我。如果她实在想不起来，就说地狱猎兵调查普罗旺斯庄园。"伯爵回头看了一眼曹操。

曹操补充说："我们查不出真相，绝不会善罢甘休！"

"提醒她，我们有 C4。"曹操装模作样地拍拍背包，"什么锁都没用。"

秃头女人点头哈腰，起身离去。

“你不跟她去吗？”曹操问伯爵，“万一她跑了呢？”

伯爵没有说话，转身冲艾丽打个响指：“艾丽，警戒。”

他径直走到尾随曹操进来的阿尔伯特、端木夜雨与娜娜面前，盯着娜娜木讷呆滞的脸，问：“什么情况？她怎么了？为什么突然中断联络？”

“有个——壮汉突然冒出来，跟我聊了几句，没想到他却砸了娜娜脑袋，把她砸傻了。”端木夜雨盯着地上触目惊心的血渍，嘴唇轻轻嚅动。

“砸了她的脑袋？”伯爵眉头一紧，满脸疑惑，“哪来的壮汉，带枪了吗？”

“没有。”端木夜雨低声说。

“你那把手枪干什么吃的？”伯爵指指端木夜雨背着的弓箭，“那东西是玩具吗？”

“不是。”

“你认识壮汉吗？”

“不。”

“我就搞不明白了，我们与敌人互射时，你怎么还有闲心和陌生人聊天呢？你还真以为自己来做客呀？”伯爵被一问三不知的端木夜雨激怒了。

“我——我只是想弄清楚他到底是什么人，为什么会出现在这里。”端木夜雨的解释更幼稚了。

伯爵盯着端木夜雨吼道：“直接回答我，你为什么不开枪?！为什么眼睁睁地看着那家伙袭击娜娜?！”

“我又不——”自知理亏的端木夜雨，欲辩又止，“对不起，我只想问一下——他的来意。”

“问一下——来意?”伯爵摇摇头，“为什么要问他的——来意?你想什么呢?”

巨大的压力让端木夜雨向后退一步：“万一他——他只是路过的——普通老百姓呢。”

“你还真有闲情雅致!”伯爵走到端木夜雨面前，“不为刀俎，即为鱼脯。”他说着举手狠狠抽了端木夜雨一个耳光，“我交给你一个任务——只有这一个任务!”

端木夜雨顿感脸上火辣辣地疼，但他不退不动，只是低着头。

奇怪的是，伯爵也感觉头部出现一阵剧痛，好像忽然有根簪子扎进头颅。与之前偶尔出现的偏头痛不同，这次的感觉格外清晰而剧烈，让他几乎站不稳。他急忙用手摁住太阳穴，怀疑自己是不是被端木夜雨气得患了脑卒中。

伯爵觉得自己还没有问清楚。他最讨厌别人说半句话，他当然也不可能半途而废。

“那——那就是——”他咬着牙，待头痛感稍缓，颤巍巍地指着娜娜，问端木夜雨，“保护她，不惜性命地保护她，不是骑士精神，也无关绅士风度，这是没有任何借口的任务，你明白吗?你身为地狱猎兵，这是唯一能证明你存在价值的方式，而你——”他苦笑着摇摇头，“你却滥发妇人之仁，根本没有完成任务。”

见伯爵极度失望，曹操过来打圆场：“怎么能说他根本没有完成任务呢，娜娜看起来应该没有大问题吧？”

伯爵示意曹操别插话：“端木夜雨，你知道我加入地狱猎兵时，队长是怎么处置执行任务失败的菜鸟吗？”

端木夜雨嘴唇嚅动：“抱歉，我不知道。”

“通常情况下，队长会一笑而过，毕竟人非圣贤孰能无过，菜鸟怎么可能一下子就变成老到的兵痞呢？”伯爵拍拍端木夜雨的肩膀，突然后撤半步，猛地举起 AN94 突击步枪，对准端木夜雨的额头，“但是，并不是任何失败都能被原谅。我们不是军人，不是余烬城当局豢养的龙骑兵，你明白吗？任何人都不会考虑我们的感受，甚至生死。当他们下命令，要求我们不惜代价完成任务时，他们是真的——”他的脸色越来越难看，持枪的手抖动得越来越厉害，“他们就是真的希望我们牺牲一切……”

“该死，我是怎么了？”他放下枪，用力拍打额头，“这是怎么——怎么回事儿？我的头——怎么这么痛？”

“嘿，你们先冷静一下。”当所有人都不知所措时，阿尔伯特突然走到伯爵与端木夜雨中间，“我觉得——我知道你是怎么回事了。这几天，我们一直出现间歇性偏头疼，对不对？”他指指自己的额头，望着曹操，“你也出现过这种症状，对不对？”

曹操点点头：“嗯，我最近一次出现这种症状，就是昨天晚上用枪对准你的时候。”

“那我的判断就应该没错了！”阿尔伯特兴奋地说。他扭头看了一眼双手抱头跪在一边的胖青年，做了一个让大家围拢过来的手势，压低声音说，“曹操，你可以再试一次，把枪对准我，试着扣扳机。”

“你这是什么招式？”曹操不解。

阿尔伯特诡异的要求，让伯爵一时忘记愤怒，扭头看着曹操。

负责警戒的艾丽，也把视线落在曹操身上，看看会发生什么。

曹操没有把枪口对准自己人的习惯，但大家这么迫切希望试验，就慢慢地举起 AICS 突击步枪，对准两米外的阿尔伯特。

开始并没有什么异样，当她打开保险的瞬间，一股莫名的心悸从心底涌起，继而变成越来越强烈的偏头痛。她的手搭在扳机上时，就变成几乎难以忍受的锥心之痛，甚至难以持枪。

“这是——什么情况？”她放下枪，偏头痛瞬间消失。

“虽然我不敢百分之百确定，但我认为应该和我们注射的‘打孔者’有关系。”阿尔伯特指指自己头部，“你们还记得霍尔说过，那东西会抑制我们的负面情绪，让我们更适应复杂的环境或战况吗？”

“原话应该不是这样，不过差不多就是这个意思。”伯爵点点头。

“所以，我们突然出现偏头疼，应该是‘打孔者’在抑制我们的负面情绪。大家好好回想一下，我们每次出现这种剧烈偏头疼时，是什么样的心情。”阿尔伯特指指胸口说。

伯爵稍做回忆，微微点头，说道：“我明白你的意思了。每当我们出现负面情绪时，‘打孔者’就会用偏头疼转移我们的注意力？”

“不，偏头疼应该只是‘打孔者’发挥功效时产生的副作用。”阿尔伯特异常肯定地说，“单纯的疼痛，并不能让人保持稳定的心理状态。它应该直接控制我们的大脑，帮我们彻底消除负面情绪。”

所有人都下意识地摸摸自己的头部。

端木夜雨心里一怔，自言自语地说：“完全消除了——我们的负面情绪？”

“对，包括恐惧、迟疑、恶心、怯懦之类的感觉。”阿尔伯特补充道，“‘打孔者’应该具有判断能力，通常情况下不会发挥作用。只有当我们身处战斗中，或者负面情绪特别强烈、可能突破某个阈值时才会发挥作用，不然我们每天应该头疼好几十次。”

“好几十次？兄弟，你平时的负面情绪是不是太多了？”

伯爵干咳一声，“简而言之，就是我们的脑袋里，趴着一条拥有判断力并且能控制我们行为的虫子，是这个意思吗？”

“它可能比我们想象的还要聪明。”阿尔伯特抓住曹操的枪管，对准自己的眉心，“它甚至能分辨敌友，阻止我们向队友开枪。”

“甚至扇个耳光都不行？”伯爵盯着端木夜雨，挠挠头，“这他妈的有点吓人啊，还他妈的事先不通知。”

“毕竟这玩意儿还处于试验阶段，我们都是小白鼠。”阿尔伯特苦笑着耸耸肩。

曹操放下枪，面色非常凝重：“这是能改变人类生存方式的发明，如果大规模推广‘打孔者’，也许我们就能拥有再也不会出现互相伤害的世界。”

就在端木夜雨兴奋地点着头，准备赞同曹操的观点时，耳畔突然出现哈哈大笑的声音：

“她想得太多了，那只不过是动物保护同类的本能而已。‘打孔者’毕竟是寄生虫，杀死宿主，它还能活吗？”

“你——你说什么啊？！你怎么这么说呢？！”端木夜雨莫名其妙的质问，把在场所有人的注意力吸引过去。

曹操一脸茫然：“端木夜雨，你在说我吗？”

“不，不，我是说……”端木夜雨语无伦次，最后决定实话实说，“我可能出现幻听了，感觉耳边有人跟我说话。”

“这种现象，从什么时候开始的？”阿尔伯特突然紧张起来，“在注射‘打孔者’之后吗？”

“是的。”端木夜雨随口答道，又猛地摇摇头，“也不是，注射‘打孔者’之前好像也出现过。”

“谁让你整天胡思乱想呢！”伯爵不耐烦地摆摆手，“什么幻听不幻听的，别瞎凑热闹了，阿尔伯特说的已经够吓人了。”

就在这时，去找史黛拉的半秃女人只身返回来：“各位军爷——”她见艾丽用枪指着自己，自觉地把两只手举过头顶，单膝跪下，“各位猎兵老爷，那个女仆不识抬举，不肯离开书房，说只有你们去，她才肯出来。”

“也许是个陷阱。”曹操小声猜测，“说不定她在书房里搞什么机关。”

“不，不可能。”伯爵笃定地说，“史黛拉胆小如鼠，说她背叛自己的主人我都不信，更别说敢用诡计袭击地狱猎兵。”

他沉默两三秒钟，最后吩咐道：“我知道书房在哪儿，曹操跟我去。艾丽，阿尔伯特，你俩守在这里，看好俘虏。”

端木夜雨向左右看看，指指娜娜，问道：“我还是保护她吗？”

“从现在起，你他妈的给我离她远点儿！”伯爵指着端木夜雨吼道，“你他妈的拉屎撒尿都必须在我的视线之内，听懂了吗？！”

明明是没好气地呵斥，不知为什么，端木夜雨却会心地答道：“是！”

“说‘明白’！妈的，能不能给老子长点儿记性？地狱猎兵要说‘明白’！”

“明白！”

刚进入大厅那会儿，端木夜雨还没觉得这座房子有什么特别之处。这种大房子，在他以前生活的村子里随处可见，大厅还没有他家的谷仓大。真正让他惊叹不已的，是屋里的装饰，比如铺满走廊的高级羊绒地毯、柔顺如水的丝质窗帘、每隔五步就有一个雪白石雕塑……这些精致绝美的装饰，让通向书房的走廊变得富丽堂皇。在他看来，这栋房子简直就是宫殿。

书房位于二楼中央，可能是整座城堡最安全的地方。主人可能没有把贵重物品或金银财宝存放于此，但可能保存更珍贵的东西，比如从四面八方涌进普罗旺斯庄园的情报。那些东西，和他们的性命一样重要。

伯爵敲了敲书房的门。像红木一般的门板，却发出金属的声音。

“呦，还有虹膜扫描啊！”曹操饶有兴致地指指墙上的摄像头，“在蛮荒之地，这可是罕见的高级货。”

“装样子的，千万别用眼睛直视。”伯爵把曹操拉到一旁，指指天花板，又指指两边的雕像，“小心点儿，这里到处是机关，防止有人强行进入。”

麦克风里传出一个怯生生的女人声音：“您真的是伯爵？地狱猎兵的贝塞里安？”

“通常能问这种问题的人，基本都是我的朋友。”伯爵一边察看哪里有监控摄像头或者窥视孔，一边冲门摆摆手，“你把朋友关在门外，不礼貌吧？更何况这也不是普罗旺斯庄园的待客之道。”

“我知道，我知道！”女人停顿几秒，“在我开门之前，伯爵先生，我希望您弄清楚一件事儿。如果我真的背叛了普罗旺斯姐弟的话，现在只要我按下一个键，就能把你们三个人活活烧死，而不是跟你们废话。”

伯爵下意识地向后连退三步，警惕地看了看木门两边，没发现类似火焰喷射器的东西。

“确实是个聪明的女人。”曹操笑道，“她一下子就让你无话可说了。”

伯爵把枪背到身后，走到书房门口。

女人隐隐地叹口气，似乎见伯爵等人没有恶意，便打开门锁。

伴随着一串有节奏的咔啦脆响，木门缓缓向内打开。这时端木夜雨才注意到，门板不仅是金属材质，而且足有二十厘米厚，坦克炮弹都未必能打穿。

高档的防弹门里，无论是环墙而立的书橱、围着茶几的沙发，还是摆在实木办公桌上的台灯，都是书房应该有的摆设，连布局和位置都和普通书房无异。

史黛拉站在书桌前，脸色虽然因紧张而显得惨白，仍然露出礼貌而又不失端庄的微笑：“伯爵先生，好久不见。”

伯爵给曹操与端木夜雨介绍：“这位就是史黛拉女士，普罗旺斯庄园的女仆长。”

史黛拉将两手交叉置于小腹处，躬身冲曹操说道：“幸会。”

伯爵一屁股坐在沙发扶手上，上下打量史黛拉：“既然你是女仆长，请问，你的女仆在哪儿呢？”

史黛拉当然明白，眼前这位地狱猎兵，对自己手下那几个蠢女仆压根儿就没有兴趣，便直入主题地答道：“她们都死了，整个普罗旺斯庄园，可能只剩下我一个人了。”

直接的回答，打乱了伯爵设计好的表演套路，愣愣地坐在那里，好半天才问道：“怎么回事儿？你说清楚，怎么会这样呢？”

“今天是 4 月 3 日。”史黛拉捂着额头，像在组织语言，“四天前，也就是 3 月 31 日晚上，三个陌生人来到庄园大门外。他们披着破旧的斗篷，穿着罩衣，看上去像流浪汉或者拾荒者。以前我们也遇到过类似的人，通常不予理会或者给点儿残羹冷饭打发走。但是这次不一样，主人允许他们进入庄园。”

“为什么？”

“他们好像和主人认识。”史黛拉皱着眉头，痛苦地回忆着，“不过那时主人姐弟俩的脸色都不太好看，看起来有些——怎么说呢，算是惊恐吧。”

“他们到底长什么样，什么打扮？”伯爵忍不住打断她。

“都是一米六左右的身高，全身被斗篷裹着，连手都看不见。其中一个似乎病得厉害，脸上缠满绷带，弓背驼腰，不住地喘气。”史黛拉想了想，“领头的，说话声音很细，一字一板的，应该是女的，但看不清面孔，听声音，我感觉她二十岁左右，或者更小。”

伯爵点点头：“继续说！他们进来后都做了什么，吃饭？过夜？”

“他们直接来到书房。”史黛拉轻轻抚摸一下桌面，也许是职业习惯使然，抬手看看手指上有没有灰，“他们和主人谈了大概半个小时。我进来送茶时，听主人向他们强调，‘绝对没有出卖他们’之类的话。”

伯爵看了看同样满脸狐疑的曹操，继续问道：“‘绝对没有出卖’，而不是‘绝对不会出卖’，也就是说，这三个人已经被人出卖了，来到这里只是为了求证？”

“我完全不知道他们在谈论什么，不久后他们便离开了。那时是 9 点 04 分，我记得很清楚。”史黛拉撩了一下额前的刘海，“他们临走时，女主人祝他们在球场玩得愉快，欢迎随时再来。”

“球场？”伯爵摸摸下巴，“什么球场？足球场？篮球场？

还是代号？”

“原话我记得不太准确，但肯定有球场这个词。”

“然后呢？你继续说。”

“然后，主人的心情一直很不错，特意命人准备一些茶点，和我们一起吃，像要庆祝什么。主人通常只有在谈成一笔大生意时，才会和我们一起吃茶点。”

“让我猜猜，你的主人是不是高兴得太早了？”

“确切地说，是我们庆祝完毕，灾难才降临的。”史黛拉的脸色忽然变得很苍白，嘴唇微微嚅动：“那三个人乘大部分人熟睡后，血洗了庄园。”

“少他妈的胡扯淡！”伯爵突然大骂。他猛地打开AN94突击步枪的保险，不过没有把枪口对准史黛拉，“普罗旺斯庄园有二十名训练有素的武装保安，其中还有几个从地狱猎兵退役的老兵，怎么可能让三个流浪汉做掉了？！”

“我知道您不会相信，我也不相信，尤其是看到他们的尸体时。”说这句话时，史黛拉出乎意料的镇定，仿佛知道伯爵会这么问。

“等等！”曹操突然插话，“他们袭击庄园时，你在哪儿？”

“我在马厩里。我经常失眠，睡不着就想去看看马，顺便给马添点儿草料。”史黛拉顿了顿，“听到枪声和惨叫声，我很害怕，就躲在马厩里，天快亮时才敢进屋。”

“看来你的运气真好，轻松躲过一劫！”伯爵站起来，双手拄着书桌，死死盯着史黛拉，“你不觉得你的解释没有任何可信度吗？女仆长，我的耐心可是有限度的！”

“别，别，你听我说！”史黛拉虽然不知道伯爵想干什么，依然摇摆双手往后退，几乎靠到书橱上，“可能我的表述不准确，但我所说都是千真万确的！我真的不知道到底发生了什么！”

“让我来告诉你吧。”伯爵身体前探，鼻尖几乎贴到史黛拉脸上，“你欠了一大笔钱，也许因为赌博，也许因为吸毒，所以你勾结北边来的亡命之徒，夜里放他们进入庄园，偷袭了武装保安，然后瓜分了庄园的财产。”伯爵冷笑着，“以楼下这帮臭番薯烂鸟蛋的战斗力，怎么可能血洗普罗旺斯庄园？因此，你一定勾结了另一伙人，对吧？”

史黛拉不仅没有被戳穿的恐惧，反而诡计得逞似的笑了，“所以，伯爵，不，贝塞里安先生，在您的推理中，血洗庄园的人，一定是拿着枪的匪徒，对吧？”

伯爵向后退了一步，面带疑惑：“难道不是？”

“所有推理都是苍白无力毫无根据的。如果您和我一样，看到那些尸体，只需看一眼，就会知道您的推理大错特错。”史黛拉低沉地说道。

第八章 谜 底

恐怕普罗旺斯姐弟怎么都不会想到，他们死于非命之后，会被像处理垃圾一样，埋在跑马场旁边。那里，离他们家族墓地不到一百米。

史黛拉的解释似乎也颇有道理，人手有限，尸体又不能不处理，只有先草草埋葬，日后再找人移到家族墓地。如果有人参加吊唁，再举办隆重的葬礼。

天还没有完全暗下来，西边的山丘顶上还残留着一丝橘红色的余晖。

伯爵等五个地狱猎兵举着手电筒，跟在史黛拉和两个幸存的“劫匪”身后。娜娜走在这支队伍中间，依然像行尸走肉那样，双眼无神，双臂直垂，偶尔会对手电筒产生兴趣。她慵懒的样子，就像一只老猫。

“就是这里。”史黛拉在跑马场的围栏前站定，指指脚下，“他们就埋在这里，今天早上才埋的。”

伯爵拿着手电筒，沿着栅栏扫视，发现地上全是新土，于是问道：“庄园的人都埋在这里？”

“不包括我和住在马厩旁边的老乔。”史黛拉指着不远处的一排木制房子，“其他人应该都在这里了。”她下意识地摸了摸脖颈儿。

“差不多四十口人吧？”伯爵看了看面前的坟包，“你和那个马夫，把他们埋葬的？”

“老乔当晚就跑了。”史黛拉无奈地摇摇头，指指身后两个拿着铁锹的“劫匪”，“只能找外面的人帮忙。”

“我——我们是拾荒的，倒卖点儿废铜烂铁。”半秃女人见伯爵表情凝重，担心史黛拉解释不到位，便鼓起勇气补充道，“她叫我们来收尸，说值钱的东西让我们随便搬，我们就过来了。我们前后搬了两次，车子不够大，也搬不了多少。”

“所以说，他们根本就不是坏人。”端木夜雨提高嗓音，故意说得很慢，甚至还用眼角余光瞥着伯爵，“可惜，我们还误杀了他们几个人。”

“没事儿，没事儿，死了就彻底解脱了！”半秃女人连忙摆手，“他们活着比死还难，只是没有勇气去死罢了。”

“他们也太可怜了。”端木夜雨话中夹杂着淡淡的遗憾，“我们却什么都没问，就……”

“闭嘴！滚到后面去！”伯爵不耐烦地将端木夜雨推到身后。看他恼羞成怒的样子，应该是被端木夜雨触及内心柔软处，“你们三个，给我听好了。我不管你们是好人还是坏人，我只知道我是普罗旺斯姐弟的朋友。现在我朋友死了，余烬城失去了重要盟友，于公于私，我都需要给他们一个交代。如果你们不能给我提供满意的交代，我只能让你们全部交代了，听懂了吗？”

“懂，懂！”半秃女人转身拍了一下胖青年的脸，“还愣着干吗？军爷都下命令了，快挖！”

一铲子下去，难闻的异味便破土而出，弥漫开来。除了伯爵与娜娜，其他人都皱起眉头，捏着鼻子。

曹操甚至还往后退了几步。

“有那么难闻吗？”伯爵冷言冷语地问曹操，“你应该习惯尸体的味道了吧？”

“早就习惯了，但不代表我不讨厌。”曹操毫不避讳地说。

坑很浅，显然埋尸人压根儿就是糊弄。第一具尸体很快露出来。穿着被血浸透的迷彩服，应该是某个保安。

“姐弟俩应该没有埋在这里。”史黛拉往右指了指。

“不！”伯爵死死盯着血肉模糊的保安，“先把他挖出来！”

埋保安的坑中，还埋着两个人，都是壮年男子，都穿着相似的迷彩服。虽然没有完全挖出来，但浸透胸前背后的血迹就已经让人感到触目惊心。见惯杀戮的伯爵，也皱着眉头，想象着死者被屠杀时的惨状，不过有一点他觉得完全不符合逻辑。

他清清沙哑的嗓子，指着半秃女人喊道：“你们把三具尸体翻过来！”

半秃女人面露难色，但在伯爵急切地催促下，只好硬着头皮、捏着鼻子，将尸身的浮土慢慢扫净，将尸体逐一翻转过来。

所有人扫视尸体一眼，都倒吸一口凉气。

支离破碎的胸膛，内脏从残破的腹腔溢出。被利刃连砍数次的面部，已经扭曲变形。

端木夜雨吓得连退几步，几乎撞到艾丽怀里。他正要说抱歉，却看到艾丽要呕吐。

艾丽无法控制翻江倒海的胃部，扭头想吐时，端木夜雨却撞到她怀里，又把呕吐物生生咽下去，脸色更加惨白。

她只是镇定了两三秒钟，貌似再次加压的呕吐物，便从口中喷涌而出。她赶紧猫腰扭头，一堆黏稠物呼的一声喷到脚下。

“中午吃的东西可能不卫生。”艾丽掏出手帕擦擦嘴角，淡定坦然地看着天空，完全不像被残破尸体恶心到的样子，然后又补充一句，“肚子一直不舒服。”

端木夜雨虽然已经习惯了艾丽装腔作势，这次忍不住要拆穿她：“你不是吃坏肚子吧？”他指指捂嘴巴捏鼻子的其他人，“大家不是一样嘛！”

几乎把胃吐出来的阿尔伯特，强打精神，站到曹操身边，与表情凝重的伯爵一起打量尸体。

曹操摇摇头，自言自语：“看来‘打孔者’也无法抑制恶心啊，也不是什么高科技的神药嘛。”

“你可以向霍尔投诉。”伯爵漫不经心地说，“让他们在下批次产品中，必须增设这种功能。”

“这不正是我们这批小白鼠的价值嘛。”曹操用手电筒在三具尸体上扫来扫去，“等等，看伤口，这些人好像不是被枪杀的。”

三个可怜的武装保安，皮肉翻卷，内脏四溢，但浑身上下确实没有一个弹孔。如果凶手只是谋财，不可能在子弹如此昂贵的情况下，击毙他们后再乱刃分尸。

“那谁，过来一下。”伯爵冲史黛拉招手，“你第一眼看到尸体时，是不是这副模样？”

史黛拉走到伯爵面前，不看尸体，直接回答：“是的，惨不忍睹，就像被凌迟过一样。每具尸体都是这样的。”她指指左边，“包括两位主人。”

“你确定听到了枪声？能分辨出是什么枪吗？”伯爵问。

“我确实听到了枪声。我不会打枪，无法辨识是什么枪射击的。”史黛拉回答道。

“如果有枪声，至少说明他们抵抗过。”曹操指着尸体说，“不管对手是什么人，把尸体破坏成这样，肯定得花很长时间，不可能是枪战后完成的。”

伯爵轻轻叹口气，本想用 AN94 突击步枪捅一下尸体，试探两次又放弃了：“不像枪伤，也不像刀伤，怎么回事儿？”

“难道是锈银森林那边过来的食人族？”曹操说完赶紧摇摇头，“不可能，绝对不可能。食人族绝对不会到这里觅食，外面能填饱肚子的东西多的是。”

伯爵好像受到启发：“食人族？还真有点儿像。慢着——”他低头仔细查看死者的胸口和颈部，“这应该是爪痕吧？！”

“啥？”阿尔伯特瞪大眼睛，“他们是被挠死的？怎么可能呢？都啥年代了！”

“没错，确实是爪痕！”伯爵异常激动，好像发现新大陆一般，“是棕熊的爪痕！”

“应该不是棕熊。”端木夜雨躲在伯爵身后，小心翼翼地说，“我见过被棕熊拍死的人。”他挥拳比画着，“棕熊攻击人时，一般都用爪拍、舌舔，这些人的身上，虽然皮肉外翻，但不缺肉。”

“狼呢？”伯爵追问，“比如北美灰狼。”

“北美灰狼——也不像。”端木夜雨对这种书面称谓有点不适应，“他们身体上没有一点儿咬痕。犬科动物攻击人，常见的攻击手段是扑咬喉咙，这三个人的喉咙是完整的。”

“如果是人呢？”曹操推断道，“如果人使用类似耙爪之类的武器呢？”她看了一眼伯爵，“你懂的，北方匪徒喜欢把手里的家伙弄得花里胡哨的，用来吓唬人。”

“不可能！”伯爵的语气非常笃定，“我不相信装备突击步枪与防弹背心的雇佣兵，会被精神错乱的加拿大土匪秒杀！”

“万一他们中间有奇能异士呢？”曹操像想起什么似的，面部微微抽搐一下，“比如说，能挡子弹的代偿者。”

“别闹，我从来没听说过代偿者能挡住子弹。”伯爵微微停顿一下，“而且——其实，普罗旺斯庄园的保安里就有三个代偿者。”

“五个。”史黛拉接过话茬儿，“普罗旺斯姐弟都是代偿者。”她指指自己的额头，“所以他们总是戴着面具，结伴而行，甚至同吃同睡，就是因为生活不便，互相有个照应。”

“五个代偿者！”伯爵摇摇头，“这就能解释，为什么普罗旺斯庄园凭借这么少的人手，能在乱世中屹立不倒了。既然如此，到底是什么鬼东西能用蛮力屠杀了他们呢？”

端木夜雨渐渐适应了现场的尸臭，也接受了惨不忍睹的尸体。一个越来越确定的想法，促使他接近尸体，扒拉尸体上残破的迷彩裤，仔细端详：“我觉得——这应该是——可能是遭到红脸袭击的结果。”

连端木夜雨都不确定的分析，却让在场所有人惊呆了。胖青年因为害怕，不由自主地扔下铲子。

所有人沉默无语，现场静得出奇。

死寂中，娜娜轻声低喃：“红——脸？”她红通通的左眼，闪出几道绿光后，便恢复了可怖的原状。

“猴子，饭能乱吃，话不能乱讲啊，会吓死人的。”看似毫不在乎的伯爵，目光中夹带着鼓励，“说说你判断的依据。”

“依据？”端木夜雨挠挠头，“我也说不好，只是看样子有点儿像而已。”他指着自己的口鼻比画，“红脸这个部位的骨甲特别厚，如果不是为了进食，它们不会噬咬猎物。”

“好像是这么回事儿。”一直沉默的阿尔伯特点点头，目光触及尸体后，立即收回去，“龙骑兵的教科书上讲过，红脸习惯用四肢和突出的骨甲进行攻击，除非迫不得已，一般情况下不会咬人。”

“龙骑兵的教科书上有没有讲过，红脸不会主动袭击人类的定居点？”伯爵指指庄园，“比如这样的豪宅。”

“讲过，但也有特例。”阿尔伯特顿了顿，“几年前，中国内蒙古绿海地区的一个小村庄遭到红脸袭击，几乎全毁。落单的一个雄性红脸，因为迷路四处游逛，到处袭击人的事例，不胜枚举。”

“落单的雄性红脸随便放两枪就能赶走，根本不会进村杀人的。”曹操猛吸一口气，皱着眉头，“这里还有一个小问题，就算它们挡得住子弹，打得过代偿者，它们毕竟只是没有思维的畜生，没有理由杀光所有人啊。”

虽然遭到众人否定，原本对此不敢肯定的端木夜雨，反而对自己的判断莫名地坚定起来：“我确定，他们就是遭到红脸袭击才死亡的。我父亲的师傅阿克曼，就死在红脸爪下。他的尸体运回村子时，就是这副样子！”

曹操刚要反驳，就被伯爵举手打断：“猴子，我相信你的推断是正确的。”看到众人诧异的表情，他指指端木夜雨，“各位，这个傻小子，平时就是三脚踢不出一个扁屁的软蛋，他像今天这么较真，还是第一次吧？”

端木夜雨一时分不清伯爵是夸赞还是贬损，挠挠后脑：“是——是吧？”

“这算什么理由？”曹操大笑道，“反正你是队长，按照《地狱猎兵职业手册》里的规定，队员必须无条件服从队长。所以，你开心就好。”

“这也太扯淡了吧？”阿尔伯特苦笑着，问，“报告怎么写？就说红脸袭击了普罗旺斯庄园？团灭余烬城最北方的盟友？”

“这不关你的事儿，反正报告由我来弄。”伯爵不屑地说，“对于这个结论你若有意见，可以向疤面提出抗议，不过我保证，他绝对不会理你。”

半秃女人见伯爵认定杀人凶手是红脸，松了一口气，谄媚地笑问："各位军爷，既然你们认定红脸是凶手，能不能放我们走了？"

伯爵稍做思索，指指史黛拉："你留下。回余烬城后，你为我们的报告作人证。"他叹了口气，不太情愿似的，"你们两个，把他们埋好后，滚吧。"

"谢——谢谢！"秃头女人和胖青年感动得涕泪横流，快速埋好尸体后，踉跄着向庄园大门跑去。

曹操盯着两个人迅速消失在夜色中的背影："我去送送他们。"

伯爵抓住她的大臂，与她对视了一秒，用几乎只有他们能听见的声音说："就不能放他们一马吗？都是社会底层只想活命的人，干吗要斩尽杀绝？"

曹操翻腕，反关节控制住伯爵，眼里充满厌烦与失望。她转身看了一眼其他人，也把声音压到最低："作为监督，我有权怀疑你的判断。假如他们晚上带百八十人过来，把我先奸后杀了，你的妇人之仁，会把你送上总部的绞刑架！"

"那不是妇人之仁，只是我觉得——"伯爵欲辩无言，只能摇摇头。

"我知道你心地善良，所以这种事就让那些没底线没原则的人去做吧。你放心，我不会告诉他们的。"曹操瞥了一眼端木夜雨等人，"我不是求你，而是命令。"

"快去快回。"伯爵无奈地摇摇头，"赶回来吃晚饭。"

他转身朝史黛拉打个响指：“喂，美女，你会做饭吗？我们都饿坏了，你进屋给我们弄点儿像样的东西吃。”

史黛拉很想说自己不是厨师，根本不会做饭。女仆长，听起来好像领班，但在不雇用管家的庄园里，地位却是仅次于主人的最高级管理员。像做饭这种低等人从事的工作，她既没有时间也没有精力过问。更何况在庄园里还有服务十年有余、厨艺十分精湛的法国大厨。

史黛拉把最后一个盛着炒面的盘子轻轻放到端木夜雨面前，小心翼翼地站到一边。此刻，她竟然有些佩服自己，毕竟现在庄园里能找到的食材，就是这些可能过期的、连拾荒者都未必看得上的烂面条和一些勉强能调味的辣椒油。

“餐具都被他们搬走了。”史黛拉指指长桌上的一排烛台，“这都是纯银制作的，配上烛光用餐，非常有情调。”

“没事儿，餐具我们自己有。”伯爵端起盘子，嗅了一口，微微皱起眉头，“总之呢，谢谢你提供的晚饭，我们确实有一阵子没吃上热乎饭了。”

曹操用筷子挑起面，尝了一口，从嗓子眼儿里发出绵长沉闷的质疑声，迅速把筷子放下。看到她强忍没吐的表情，端木夜雨也放弃吃面的念头，用眼角余光扫了一眼餐盘，也把筷子放下。

唯有艾丽，表情依旧木然，稀里哗啦地把整盘面条吃得精光。

史黛拉似乎受到鼓舞，急忙问艾丽：“姑娘，你觉得面条的味道怎么样？”

“还行。”艾丽满足似的拿起桌布擦擦嘴角，就像贵族千金吃完大餐那样。如果她不用桌布擦嘴，就更像了。

艾丽称赞道：“你的手艺不错。”

史黛拉感到有些不自在：“从来没有人这样夸过我。”

就在这时，阿尔伯特推开餐厅门，看着桌上的烛台，愣了一下，问道：“为什么不开灯？发电机不是能正常工作吗？”继而他摆摆手，“算了，算了，没事儿。”

他走到餐桌前，从桌子下面拉出两把椅子，示意跟在他身后的娜娜坐下。娜娜的动作僵硬而迟缓，尤其是头部，无论她是站是坐，始终盯着前方，好像一个操作不得当的提线人偶。

伯爵迫不及待地问道：“与最高统帅部联系上了吗？”

“信号非常不好，站到屋顶都没用，不过勉强能发出一封邮件。”阿尔伯特一边用叉子卷起面条，一边对娜娜竖起大拇指，“谢天谢地，这个功能还没有损坏。”

“我不是让你使用普罗旺斯庄园里的无线电台吗？就是书房里那个。”伯爵说。

“你开玩笑吧？”阿尔伯特苦笑着摇摇头，“那是俄罗斯海军军用制式加密级电台，我可没有破解那种鬼东西的本事。”

“加密电台？”史黛拉脸色一红，“抱歉，我真不知道还有加密这回事儿，以为打开开关就能用呢。”

“靠，这是什么玩意儿？！”阿尔伯特把刚送进嘴里的面条吐出来，连吐几口，“呸，呸！谁做的垃——”他看了一眼史黛拉，干咳两声，把下面的话强行掉头，“唉，别说，这面条越来越有回味儿，还不错。”

“您没必要勉强自己。”史黛拉的双颊微微泛红，“巧妇难为无米之炊。”

伯爵白了一眼毫无自知之明的史黛拉，把冲到嘴边的脏话咽回去，转而和声细语地说：“史黛拉女士，你能暂时回避一下吗？”

“我正想收拾餐具呢。”史黛拉心领神会，迅速起身，临走时还不忘轻轻带上房门。

曹操旋即跟上去，把房门悄悄拉开一条缝，向外看了看。确信史黛拉已经走远，她才冲伯爵点点头。

“开灯。”伯爵冲曹操打个响指。

白色灯光闪烁两下，又黯淡下去，屋内依旧是蜡烛带来的昏黄之光。

“阿尔伯特，你发出的邮件，是按照我说的写的吗？”伯爵神色凝重地问道，“你确定把红脸袭击普罗旺斯庄园、姐弟俩已经遇难的情况交代清楚了吗？”

“当然！”阿尔伯特从怀里掏出半截压缩饼干，“不过我再次声明，老大，这里的信号非常差，我无法确定你们的最高统帅部能收到这封邮件。”

“今天中午发邮件时，你也是这样说的，结果不是收到总部的回复了嘛。”

“问题是，这次我连能不能收到回复都无法确定。”阿尔伯特指指正襟危坐的娜娜，无奈地摇摇头，“这孩子现在只能执行一些非常简单的指令，她能不能理解回复是什么意思，都不好说。”

“你是瞎子吗？看一下邮箱不就知道结果了嘛。”

“咱们出发前，我就向你解释过，娜娜的远程通信终端是设置好的，只有她能使用！”阿尔伯特有些怒了。

“先不管这些了。”伯爵狠狠地摆摆手，“按照计划，无论如何明天都会有人来普罗旺斯庄园接我们吧？”

“如果天气允许，说不定还会派来直升机。”阿尔伯特口气稍缓，“暂定的接应时间是明天中午 12 点，奇美拉小队的第一个任务，到那时就可以正式宣告圆满完成。”

“那是奇美拉小队的最后一个任务。”伯爵夸张地鼓鼓掌，“恭喜各位，并不是所有地狱猎兵小队都能圆满完成任务。在我们业内，这已经算是善始善终了。”他看着娜娜，注意到她仍然呆坐在桌前，像出席外交会谈的官员那样严肃，“那什么，阿尔伯特，你确定把她交回总部时，她肯定能通过验收吧？我可不想明天中午那个矬子从直升机上走下来，对我们说三道四。”

阿尔伯特焦虑地看着娜娜，没有直接回答伯爵。他敲了敲娜娜面前的餐盘：“吃点儿东西吧。你能理解我的指令吗？”

娜娜用眼角余光瞥了一眼盘子里的面条，不置可否。

“说实话，以我的技术水平和目前的设备状况，连她到底出了什么问题，恐怕都无法确定。不过，我会尽力的，再做些测试。对了，我们今晚不用离开这里吧？”

“当然。已经到了最后关头，我们顺利度过这一夜就行了。”伯爵轻描淡写地说，“除了你和娜娜，我们四个就不分组了。一人值守三个小时，没什么事儿就早点儿休息吧。”

“同意。”曹操点点头，“我们可以睡在普罗旺斯姐弟的卧室里，体验一下大户人家的尊贵。”

端木夜雨听到“卧室”和“大户人家”两个词，着实有点儿兴奋。当他们被史黛拉领到那间卧室时，不禁心凉了大半。

如果床和家具被搬走在意料之中，没想到窗帘与吊灯也不见了。

“他妈的怎么连门也要？”对除了命什么都要的拾荒者，见怪不怪的伯爵都觉得不可思议，问史黛拉，“难道你家主人卧室的房门里有夹层？”

“门板都用作抬尸体了。”史黛拉指指卧室对面的走廊，那里的地板上还有道道血渍，“两个主人身首异处，总不能装在塑料袋里拎出去吧？”

虽然伯爵不觉得把死人脑袋装在塑料袋里有什么问题，但对“为什么会有死人脑袋”这件事格外敏感：“等下，你说姐弟俩都是身首异处？他们的头都被砍下来了？”

史黛拉迟疑几秒，似乎在琢磨自己刚才的表述是否准确：“我说的身首异处，就是说头和身子分开了，至于是砍下来的，还是切下来的，我无法判断。”

“其他人也是这样吗？”伯爵追问。

史黛拉摇摇头，仔细回忆一会儿：“应该不是，绝对不是，只有两位主人是这样的。”

“这明显就是冲姐弟来的。”伯爵面色发白，额上渗出冷汗，“这得有多大仇恨啊！”

史黛拉不解地望着伯爵：“您是说，他们是故意砍下两位主人的头？我家主人一直与人为善，没听说他们有仇家呀。”

“为了确保他们彻底死亡。”曹操冷冷地插话，“还记得那天晚上来找你们的三个流浪汉吗？我觉得他们和这件事脱不了干系。”她盯着伯爵，“务必在报告里强调这一点。”

伯爵不太喜欢被人命令，但曹操异常严肃认真的口气，还是让他点点头：“嗯。”

曹操把手搭在史黛拉的肩上：“女仆长，你说你听到那三个人和普罗旺斯姐弟的对话，如果要举行听证会的话，请你一字不落地复述出来。”

“一字不落？我恐怕做不到，但大意我不会记错的，就是

‘绝对没有出卖你们’这种话，以不同的说法重复了好几遍。”史黛拉比画道，“比如‘没有理由出卖你们’之类的。我只是去书房送茶，还不能停留。而且，我进去之后，他们就不再说话了。”

“等等！”伯爵像想起什么，“你不是说，三个人临走时，姐弟俩还祝他们在什么地方玩得愉快吗？”

“球场。”史黛拉点点头，“祝他们在球场玩得愉快。”

“这个词也要写进报告。”曹操强调，“千万别忘了，这可能是唯一的线索。”

伯爵摇摇头：“一个词算什么线索？球场多了去了，足球场、篮球场、网球场，到底是什么球场？”

“咸吃萝卜淡操心，反正又不是让你去查。”曹操转身对其他人说，“圆满完成任务，才是地狱猎兵存在的意义。我们的任务是搜集情报，其他的事情，要参透‘关你屁事儿’‘关我屁事儿’的哲学，明白吗？”

“关你屁事儿，关我屁事儿……”端木夜雨一本正经地点点头，“明白！”

“你明白个屁！”伯爵脸色泛红，“你他妈的不是言之凿凿地对我们说，那都是红脸干的吗？”

端木夜雨显得很委屈，支吾着说：“红脸把人头咬下来这种事，我确实听说过嘛，没有撒谎的。”

“闭嘴，这里的人到底怎么死的，还是交给专家尸检后再下结论吧，你就别瞎分析了。”伯爵指指拆掉房门的卧室，对端木夜雨说，“我第一班，曹操第二班，接下来就是你，最后是艾丽。艾丽，天亮前如果我们不醒，你必须叫醒我们。”

“明白。”艾丽答道。

“至于你们呢，”伯爵转向阿尔伯特，指着娜娜问，“你打算在卧室里弄她呢，还是找个我们看不到的地方？”

“别那么粗俗好不好？怎么能叫‘弄她’呢？真够猥琐的！”阿尔伯特摸摸娜娜的脑袋，“我只是帮她做检查而已，在隔壁的房间就行，不会打扰你们休息的。”他愣了一下，换另一只手搓揉娜娜的后脑，“哎呀，头发长出来了！”

阿尔伯特把众人的目光吸引到娜娜头部，发现原来不到一厘米的金色头发，现在的长度已经和伯爵的头发差不多了，看上去像平头假小子。

众人回想，吃晚饭的时候，她的头发还没有这么长，这是怎么回事儿？

“真长出来了！”端木夜雨会心一笑，忽然意识到什么似的，低头看看自己的左手，脸色一下子白得像身旁的墙纸。

他感到指尖的瘙痒感早已消失，取而代之的，却是一层黑色绒毛，左手五个手指，看起来像五个牙刷。那层毛，还在以肉眼可见的速度生长。

他大惊失色，把手举到阿尔伯特面前：“我的手指摸过娜娜的头部，怎么也长毛了？！你看，好像还在长，怎么办啊？”

阿尔伯特幸灾乐祸地坏笑着，双手抱在胸前，看着端木夜雨的手指，点点头："傻小子，这就是把妹的代价。长就长吧，权当买个教训。"

"我只是摸了一下，你别乱说好不好？"端木夜雨急得抓耳挠腮，四下求人，正好与艾丽冷漠的目光相交，愣了一下，"艾丽，你别听他乱说。我和娜娜，什么都没有的，我只是帮她涂点儿药而已！"

"哦。"艾丽轻描淡写地应了一声，转身举着手电筒走进卧室。

曹操面带同情的神色，拍了拍端木夜雨的肩头。

"喂，醒醒！"

端木夜雨就像被突然惊醒的猫咪，本能地拨开搭在肩头的手："嗯……嗯嗯……"

"睡傻了？"曹操站起身，扫了一眼卧室内其他酣睡的人，用脚尖轻轻踢了一下端木夜雨的肚子，"起来，起来，懒猴儿，该你值守了！"

听到儿时熟悉的中文，端木夜雨突然坐起，猛地睁开眼睛，却被射在脸上的手电筒强光照得短暂失明："别照了，我马上去。"他一边遮挡光线，一边扶墙起身摘下复合弓。

"接下来是艾丽，别叫错人。"曹操正要放下 AICS 突击步枪，犹豫一秒，说，“你刚才——好像又喊‘夕红’了。”

端木夜雨打了个激灵：“哦，我的朋友，估计是我想她了。”

“你确定她是你的朋友？”曹操把嘴贴近端木夜雨的耳郭，压低声音，放慢语速，“你喊的是‘端木夕红’。”

端木夜雨从未想过，遇到一个懂中文的人会有如此尴尬的事儿，支吾道：“她其实是——”他意识到再隐瞒下去毫无意义，就直接说，“其实她是我的——姐姐。”

曹操冲门口努努嘴：“我们出去聊。”

一种让端木夜雨浑身发冷的厌恶，让他想大声拒绝曹操，但曹操已经走出去，根本不给他拒绝的机会。他站在卧室里不想出去，又想到自己必须出去值守，于是艰难地往外走。

走廊里也是一片漆黑，不知道曹操为何要关闭手电筒。端木夜雨只好循着曹操的脚步声，来到她面前。

他不等曹操询问，就直接说：“其实也没什么好说的。”

“小声点儿，别惊动他们。”曹操指指阿尔伯特的房门。

端木夜雨看看那道房门，门缝里还挤出一线微弱的黄光，于是说：“我们到楼道那边聊吧。”

穿过走廊时，端木夜雨注意到，走廊里每扇窗户前面都挂着厚重的窗帘，他下意识地想掀起其中一块，看看里面是怎么回事儿，却被曹操喝止：“你干吗呢？”

“值守不是不放过任何可疑的地方吗？”端木夜雨不解地挠挠头，“窗帘后面藏着一个人怎么办？”

曹操小心翼翼地挑起窗帘一角，轻敲两下玻璃："你看看，这里面能放下脚吗？你往外看看，能看到什么？"

端木夜雨瞪大眼睛往外看："什么都看不到啊。"

"没有星星，没有月亮，明天可能会有电离风暴。在这种天气条件下，从室内往外看，不可能看到任何东西。"曹操指指手电筒，"如果用它往外照，以手电筒这点儿功率，连大门口都照不到，却能把你变成活靶子。所以，值守这种事儿，最好的选择，不是你主动寻找每个潜在的敌人，而是想办法让潜在的敌人发现不了你。"

"嗯，有道理。"端木夜雨轻轻点点头，"还是你们老兵经验丰富。你要是不说，我这种菜鸟，好心都能把大家害了。"

"你们的训练课没有这些内容，这都是队友用生命换来的经验。"曹操放下窗帘，打开手电筒，"当然，我的做法也不一定正确。伯爵就喜欢用扎眼的光源或者道具做诱饵，他则躲在暗处观察。我们是地狱猎兵，没有一成不变的操典，或者不可改变的条例。更多时候，我们只能凭经验或直觉随机应变，同时下定决心，对每个潜在之敌痛下杀手——无论他们是谁，无论他们何时出现。"

"潜在之敌？"端木夜雨似懂非懂地点点头，"你是指那些血洗普罗旺斯庄园的红脸？他们还会杀回来吗？这里什么都没有了啊。"

"谁知道呢！不过更可能是穷得发疯的拾荒者，比如史黛拉请来的那帮人，或者他们的亲戚朋友，都有可能吧。”

“如果真是拾荒者，你会冲他们开枪吗？”端木夜雨问道。

听懂端木夜雨的言外之意，曹操不仅没有回避，反而饶有兴致地反问：“假设真是拾荒者，你打算怎么办？”

“我会——我会——”端木夜雨支吾着摇摇头，“会和他们解释清楚我们的要求吧。”

“然后呢？”曹操追问，“你向他们解释，我们不小心杀害了你们的同伴？接下来你向他们道歉？让他们把同伴的尸体带回去厚葬？你觉得他们会答应吗？”

“总之不能什么都不问，就直接开枪杀人吧？”端木夜雨摇摇头，“那样做，我们和蛮荒之地到处烧杀劫掠的车匪有什么区别呢？”

“当然有区别！”曹操纠正道，“我们是地狱猎兵，有人向你解释过‘地狱猎兵’在德语中的意思吗？这是咱们的大老板普鲁士人取德语意思而命名的，翻译过来的大概意思是，在地狱里狩猎的人，你懂了吧？”

“但——”端木夜雨鼓起勇气，说出憋了好久的心里话，“就算在地狱里，也并非都是恶鬼啊，可能还有冤死鬼、饿死鬼呢。”

“呵呵，地狱里什么鬼都有，但就是没有好人。小兄弟，你读过《圣经》吗？”曹操摇摇头，脸上露出极为诚挚的表情，“在地狱里，大多都是犯了错又没有得到救赎与原谅的人，也就是神学术语中的‘罪人’。在地狱里猎杀‘罪人’，以他们的血肉为食、以他们的灵魂为玩具的家伙，才是恶魔。”她盯着端木夜雨木讷的脸，停顿几秒，继续说，“所以，你别搞错了。我们不是上帝从天堂派遣下来肃尽邪恶的天使，而是在地狱里狩猎的恶魔。也正是因为这里是地狱，我们只能默认所有人都有罪，哪怕这种罪是单纯的倒霉或者投错胎。”

端木夜雨扭过头，避开曹操的视线。

曹操根本不考虑端木夜雨能不能接受她的观点，继续说道：“‘要想拯救蝴蝶，就必须学会杀死蜘蛛’，这是普鲁士人写在《地狱猎兵职业手册》里的信条。这是他以及成百上千个地狱猎兵，历经无数血战之后，用鲜血和生命作为代价换来的真理。”她轻轻抚摸一下端木夜雨的脸颊，“你不也是这么做的吗？你从一个并不知道是否有罪的大汉手里救下娜娜，不是也做得很好嘛。”

曹操这么一说，与大汉激战的画面又浮现在端木夜雨的脑海。此时他才隐约意识到，普鲁士人总结出的“要想拯救蝴蝶，就必须学会杀死蜘蛛”那句话是如此精辟。如果那时候，他看到大汉出现的瞬间就开弓放箭，娜娜就不会被大汉打中后脑，变成现在这副植物人似的可怜模样。

他下意识地看了一眼不远处渗出灯光的门缝，看来阿尔伯特还没有将娜娜恢复正常。现在他仔细想来，导致出现这种后果，责任还在自己。

端木夜雨挠挠头，问曹操：“您加入地狱猎兵很久了吧？你什么时候明白这些道理的？”

“你是问我什么时候变得如此冷血吧？”曹操耸耸肩，“不，不是地狱猎兵造就了现在的我。我加入地狱猎兵之前，我的双手就已经沾满鲜血，该杀的，不该杀的，反正我都杀了。杀第一个人以后，我就不再想谁该死谁无辜了。”

“你杀第一个人时，一定是被逼无奈吧？”

曹操盯着端木夜雨几秒后，露出一抹坏笑：“私密必须交换的。如果我回答你这个问题，你能告诉我‘端木夕红’到底是谁吗？”

“你为什么对她感兴趣呢？”端木夜雨尴尬地摇摇头，“说实话，我并不想知道你第一次杀人的原因。”

“那时我是杀手，职业的，所以杀人只是一种糊口的工作。”曹操一脸风轻云淡，“当时我心里想的就是赶紧杀死人，早点儿拿到赏金回家洗澡睡觉。该你说了，端木夕红是你亲姐姐吗？”

“我说跟你交换私密了吗，没有吧？”端木夜雨退后半步，连连摆手，“我真不想谈她的事情。地狱猎兵不是规定彼此不问过往吗？”

端木夜雨的态度非常坚决，反而让曹操更加好奇。通常她对菜鸟的过往毫无兴趣，但现在她却一心想弄明白这件事儿：“其实我并不关心你的隐私。作为华裔，我觉得‘端木夕红’这个名字有点儿拗口。端木这个姓，即便在中国，也是稀有的吧？”

端木夜雨依稀记得，父亲对自己讲过关于这个姓氏的来源。故事很长，最后的重点却异常简短。他家原本不姓端木，是决定到那个梦中不断浮现的“故乡”定居之后，为了掩人耳目，才改姓“端木”。如曹操所言，这在中国都是罕见的姓氏。

“不过英语中的‘端木’，倒比你们姐弟俩的名字要好说些。”曹操伸出左手食指，在右掌中一边比画一边说，“‘端木夜雨’‘夕红’，念起来简直就是南美洲土著人的名字。不过，写出来看，意境还是不错的。嗯，端木夜雨，端木夕红，你父母还挺有品位的。”

“品位？”端木夜雨一脸茫然，“什么品位？”

“你叫端木夜雨，夜色的夜，下雨的雨。”曹操拉过端木夜雨的手，在他手心写起来，并用汉语说，“按照字面意思理解，应该是夜晚的雨，没错吧？”

端木夜雨虽然感觉不出曹操在写什么，但对自己名字的解读没有任何异议：“嗯，是这个意思。我记得爸爸说过，生我的夜晚，正下着雨。”

“你姐姐叫端木夕红，字面上是夕阳红的意思吧？虽然不太好理解，但结合你的名字来源，毕竟先有傍晚的夕阳，再有夜晚的雨，从名字就能看出你们谁大谁小。”曹操像解析命理的算命先生，莫名地笑起来，“中文真有意思。”

端木夜雨抽回手："不对，不对。我姐才不是'夕阳红'呢，她是——"他仔细想了想，"她叫'端木曦虹'，晨曦的曦，彩虹的虹。"

"晨曦的曦，彩虹的虹。"曹操在空中比画着，脸色慢慢变得凝重，"不对吧？如果曦虹是早晨的彩虹，她应该是你的妹妹才对。"

端木夜雨满脸疑惑："为什么？"

原本这只是无聊的文字游戏，见端木夜雨如此认真，曹操便煞有介事地分析道："很简单嘛，你名字的意思是'夜晚的雨'，她的名字是'晨曦的虹'。只有夜晚下雨，早上太阳出来时才会看到彩虹，这是生活常识。"

端木夜雨沉默了两三秒钟，脑海里无比清晰地闪现出梦中的画面——端木曦虹伸出手，一边安慰他一边轻声呢喃："藏在这儿，别动，我们会保护你的……"

因为她是姐姐，所以他要听她的话、服从她的安排应该是天经地义之事。如果她是他的妹妹，她怎么可能主动保护哥哥呢？说不过去啊！

不，最可怕的，还不是谁保护谁的问题，而是他为什么会质疑这个问题，为什么会在曹操提及这个问题之前，他从未想过端木曦虹到底是他的姐姐还是妹妹。为什么对于经常出现在梦里的女孩，他却能心安理得地接受她是他姐姐，并且千里迢迢来到余烬城寻找她？

越想关于梦中的端木曦虹，他的偏头疼就愈发剧烈。他只能下意识地回避，就好像被什么东西粗暴地剥离。

此时此刻的端木夜雨，终于明白这到底是什么感觉：“是‘你’——是‘你’对吧？为什么——为什么要——”

“喂，你没犯病吧？”曹操扯了两下端木夜雨的胳膊，“我是随便推测的，你别激动啊。”

“没事儿！”端木夜雨轻轻摇摇头，“我突然感觉头有点儿晕。”

“估计又是‘打孔者’发挥作用了。我就知道，这种控制人情绪的狗屁产品肯定有猫腻。”曹操安慰道，“你先忍一下，明天我们就要返回余烬城了。如果你实在坚持不了，就回去休息，我替你值守。”

端木夜雨狠狠地晃了几下脑袋，眨眨眼睛，卸下肩上的复合弓：“我已经没事了，谢谢！”

曹操依然有些不放心，执意让端木夜雨回去休息。

他拍拍曹操的肩头：“我真的没事了，我就守在楼道里。万一出现情况，喊一嗓子，你们都能听见的。”

“记得先开枪再问话。”曹操严肃地叮嘱道，“作为值守，就算你挨八刀，也要把警报传给队友，不然整个小队都完了。”

“明白！”端木夜雨拍拍腰间的手枪，“你放心吧！”

连续两个晚上没有睡好觉的曹操，此刻确实有些疲倦。她拍了拍端木夜雨的肩膀，转身回卧室休息。

确定曹操将门掩实之后，端木夜雨才慢慢地走到二楼楼梯口，用手电筒往下面胡乱晃两下。与其说他在值守，不如说他想办法给自己壮胆。他扶着光滑的木质扶手，慢慢地走到楼道中间，那里刚好正对着一楼门口。他关闭手电筒，背靠楼梯，半倚半坐。

无边的黑暗中，只有阿尔伯特与娜娜所在的房间透出一道微光，偶尔摇曳两下，显然是他们走动时挡住了昏黄的灯光。

差不多过了十五分钟，端木夜雨才听到伯爵发出越来越响的鼾声。他不确定所有人都已睡熟，于是深吸一口气，闭上双眼，用微弱到连他自己都听不清的声音呢喃："你能听到我的声音吧？"

他并没有指望得到回应，至少没指望立即得到回应。虽然曾经的他与这个"你"也如此主动地对过话，但从未有过真实的应答。

恐怕是因为没有找到正确的问候语吧，他猜测。

"我知道你能听见我的声音，你一直都能的。"端木夜雨微微抬起头，仿佛看穿漫无边际的黑暗。

"其实你就是'打孔者'吧？"端木夜雨停顿几秒，"很久以前，早在伯爵、艾丽、阿尔伯特注射'打孔者'之前，我就经常出现这种偏头疼，只不过和他们的偏头疼不一样，总是莫名其妙地选择忘却。现在想来，这应该都是你的杰作吧？"

他又等了十秒，依旧没有听到应答，继续说道："我想起来了，几天前的晚上，你让我杀伯爵时，我把一条蠕虫吐出来。当时我以为只是身体不适应的原因，所以把‘打孔者’排出体外。现在我明白了，原因就是我的大脑里已经有一个‘打孔者’，才把它排挤出来，对吧？”

有生以来，端木夜雨的自言自语第一次得到应答：“并不是因为那个虫子是新来的，才把它排挤出去。”他耳畔的声音，犹如洪钟般响亮，“而是因为我的生命，比它更高贵，所以它选择自尽。它基因中携带的卑微，并不会因为先来后到而发生改变。”

端木夜雨的呼吸急促起来，猛地起身，连续追问好几个困扰他的问题。但是，无论哪个问题，都没有得到应答，让他不禁有些生气，于是恶狠狠地说：“如果你什么都不说，好吧，等回到余烬城，我就把你的事情，向霍尔和盘托出。他会利用高科技手段对付你的，无论你拥有什么基因，那时候都没有意义了。”

“哈哈，哈哈！”端木夜雨忽然意识到，在他并不算长的人生中，似乎在哪里听到过这种笑声。笑声如此癫狂、如此亢奋，好像世界都已经倒塌变形，化作一块扭曲而丑陋的哈哈镜。

“别逞强了，孩子。我知道你根本就不是硬汉，从来就没有敢于牺牲自己的觉悟。不，恰恰因为你是个软蛋，那时我才会选择你。我知道，无论在什么情况下，你首先想到的都是自保。就算你的父母、兄妹、青梅竹马的玩伴儿遇到危险，只要不殃及你，你都能心安理得地看着他们死去。”

“你选择——我？”端木夜雨实在无法控制自己的声音，用几乎能震动走廊的声音质问：“什么意思？哪个时候？”他停顿一下，意识到自己一直忽视了一个问题。

耳畔的声音，如果是他的幻觉，或者精神分裂的臆想，它应该用母语同自己说话才对，但它始终用他五六岁时才跟随村中长者学会的英语讲话。在英语的语法之中，“兄妹”并不是虚词，而是异常明确的亲属称谓。他下意识地拍拍额头，上面已经渗出一层冷汗：“我好像有个哥哥，他叫什么来着？我怎么想不起来了呢？”

“端木晨风，他叫端木晨风。”耳畔的声音异常清晰。

遥远的天边传来连串闷雷声。同一瞬间，端木夜雨也像被闷雷击中一般，感觉浑身像触电似的酥软。

关于哥哥的信息，毫无征兆地猛然涌入脑海。犹如汪洋大海般的信息，让端木夜雨几乎完全呆滞，感觉头昏脑胀得难以忍受。他连喘几口粗气，稍稍适应后，准备细细回想好好消化时，那些走马灯似的画面突然全部消失，无论他怎么努力，也捡不起任何碎片。

“你在耍我吗？”端木夜雨跪下，几乎以头触地，“我对过往没有记忆，就是你在作祟吧？”

“不只是记忆，还有情绪，你难道不觉得奇怪吗？明明你是失忆者，却装得像什么都不在意一样，像什么都没有发生过一样，安然地苟活至今。你与伯爵插科打诨，与艾丽谈情说爱，与每个人谈笑风生。”

“什么呀？！我从来没有跟艾丽谈情说爱！”端木夜雨捏捏额头，“不，不，那不是重点。如果我哥哥叫端木晨风，我叫端木夜雨，那么端木曦虹应该是我妹妹吧？曹操说得没错，我要找的人，那个在梦里经常救我的人，是我的妹妹。”

“姐姐和妹妹，对你来说有什么区别吗？她只是你给自己树立的生存目标而已，是你把自己骗到余烬城的一个借口。如果她在你的记忆中都不存在了，你应该跑回北方吧？加拿大，还是锈银森林？或者找个偷渡的小港口，漂洋过海去中国？”

姐姐还是妹妹，对端木夜雨而言，当然有本质性的区别。如果是姐姐，为了安慰六神无主的弟弟，说出“我会保护你”，自然情有可原。如果她是比自己还小的妹妹，她怎么可能选择牺牲自己保护哥哥呢？

相比这个疑问，还有另一个疑问，更让端木夜雨心惊胆战。

端木夜雨接着问：“你是什么意思？难道我对端木曦虹的记忆，也是你施舍的吗？是你想去余烬城，才来诱导我的吧？”

那个声音立即回应道：“‘施舍’这个词不够准确，用‘引导’可能更合适。我确实需要来到余烬城，但怎么说呢，对于为什么我会诱导你来到余烬城这件事，原因我也不是很清楚，这是需要你帮我寻找的答案。”

“需要我——帮你？”端木夜雨挺直上半身，“你在说什么？你怎么不知道自己为什么要来余烬城呢？”

“说来话长，一言难尽。你只需记住，你不是我的奴隶或者工具，我们必须合作才能生存下去。相信我，如果你真把我交给余烬城当局，我可以让你当场暴毙，而且死得很难看。”那个声音稍微顿了顿，“再者说，你也想找到妹妹，毕竟她是你活在世上的唯一亲人。”

端木夜雨沉默几秒，点点头：“好吧，我答应你，但是你至少应该告诉我你的名字吧？”

“名字只是一个代号而已，你随便叫我什么都行。我寄生在你的大脑里，与你形影不离，因此，我已经不再是我，你也不单纯是你。如果你以后能把我当作你自己，对咱们都大有裨益。”

这番其实相当可疑的话，却让端木夜雨产生一种斯德哥尔摩综合征似的感动：“那——我以后怎么称呼你呢？喊声‘你’就行了？”

“不，你不能那么喊，也不用喊。”那个声音十分决绝，“我寄生在你的大脑里，你不是爱因斯坦，大脑能支撑两个完整意识交流，那样做只会对你不发达的大脑造成不可逆转的损害。”

“什么不可逆转？”

“别那么激动好吗？脑细胞不可再生，因此人活在世上，大脑每时每刻都在受到不可逆转的损害。”那个声音顿了顿，

“你可以这样理解，我绝大多数时间都与你的大脑处于同种状态，就可以将额外损害降到最低。如果你唤醒我，非要找我东拉西扯，我们聊的时间越长，你的大脑负担就越重。不信，你摸摸你的鼻子。”

端木夜雨将信将疑地摸摸鼻子，感觉指尖湿漉漉的，打开手电筒察看，发现指尖上出现一抹黏稠的鲜血。

“这是？”

“这就是我们聊天产生的副作用。从我们说第一句话开始，你的大脑就已经超负荷运转了。如果不是我有意抑制你的兴奋，你现在应该疼得嘴歪眼斜了。现在，我要恢复到我们同步状态，如果有特殊情况，我会主动和你沟通的。如果你想联系我……请省省吧，一般情况下，我无论如何都不会理你的。”

“喂，等等，你——”端木夜雨刚想喊，忽然感到头部出现一阵难耐的剧痛，让他战抖不已。这次，他彻底感觉到那声音所言不虚。

五分钟左右，端木夜雨才勉强缓过劲儿来，扶着墙缓缓站起。伴随怦怦的心跳，莫名的空虚紧紧包裹住他，让他感到元气大伤。

“先把第一个任务完成再说吧。”他深吸几口气，掸掸膝盖上的尘土，“姐姐也好，妹妹也罢……”

端木夜雨仰起头，活动一下僵硬的颈椎，从腰间拔出M1911手枪，掂量几下：“等着我吧。”

第九章　亡灵巫师

拉美西斯望着氤氲无星的夜空，心里越发不安。

马尔科姆选择这个交货地点，前不着村后不着店，连个栖身的地方都没有。离此最近的建筑，还是来时路上离此地六七百米的一座废弃磨坊。

他想打开手电筒，看下手表，确定此刻的时间，但包括他在内的所有队员，都已经隐藏在半人高的杂草中，此时出现半点儿光亮，都有可能暴露他们的位置。

远处传来一声闷雷，让神经高度紧张的先知再也沉不住气了："小魔女，你再联系一下马尔科姆，问问他到底什么时候到！"

代号"小魔女"的通信兵甚至没有把手从步枪上挪开的意思："你是傻 × 吧？这种天气启用远程通信，只能听到电流声。"

"不试试怎么知道？"先知争辩道，"我也不是没见过电离风暴，那玩意儿离这里还远着呢。"

"说得容易，反正电流声又不刺激你的耳朵！"

"你这种态度，实在太欠收拾了！"

"嘘！"拉美西斯猛地挥手，"别吵，仔细听！"

所有人都屏住呼吸倾听，还下意识地互相靠近。由于经营得当，法老小队拥有地狱猎兵中最豪华且齐全的装备，还有大量没有兑换的贡献点数。正因为每发子弹都需要用血汗钱兑换，法老小队成员都自觉地养成了抠门的习惯。这种习惯已经变成他们日常生活的一部分，或者说是增加生存概率的战术策略。

现在可不是展现节俭品质的时候。

"先知，准备好照明弹，其他所有人打开夜视仪，注意查看电量。"拉美西斯点击一下自己的防毒面具，开启内置夜视仪。

由于他有点儿色盲，所以不喜欢那些能够模拟成像、让视野鲜艳得如盛夏午后透彻的新式夜视仪，反而更喜欢老装备，即便会让他眼前出现墨绿色的诡异画面。

不过，即便在白天，周遭也应该是差不多的颜色。半人高的野草，在锈银森林边缘密密匝匝地形成一道足有十几公里的隔离带。再往北走十五米，就会越过美国和加拿大的边界，进入一片与身后截然不同的世界。那里更适用比蛮荒之地更加直截了当的求生法则，几乎容不下半点儿文明行为。

很难想象，在这种地方，会有人出钱或者用别的东西，来购买或置换美军的高科技设备。他们选择把锈银森林作为交货地点，是因为这里是所有势力的管制盲区。从这里带走任何东西，都很难追踪。

离他们最近的树丛似乎动了一下。拉美西斯死死盯住那里。几秒钟后，那里果然又动了一下。

“鸟。”拉美西斯稍稍松了口气，看到在树枝上停稳的那只飞鸟，“猫头鹰？”

那是一只胖乎乎的灰色猫头鹰，双爪紧紧抓着树枝，一对大得与脸几乎不成比例的眼睛盯着他们。

据说猫头鹰的夜间视力是人类的一百倍，那么即便没有夜视仪，居高临下的它应该也能看清藏身草丛中的地狱猎兵。

被一只猫头鹰盯得虽然有些不爽，但也不是什么大事。拉美西斯刚想把目光移向他处，忽然又愣住了。又有一只深色猫头鹰悄然落在枝头，与之前那只猫头鹰只有数米之隔。

“我咋感觉有点儿不对劲儿呢？”拉美西斯自言自语。

当第三只猫头鹰收拢双翼，进入他的视野时，负责后方警戒的队员也注意到这种违反常理的情况。短短一分钟，十五只猫头鹰在那棵树上错落而立，像列队的哨兵死死地盯着他们。

“保持警戒！”实在无法理解这种现象的拉美西斯，只能下达这种命令。那些已经六神无主的队员，却认真地执行他的命令，举枪四下张望。

接下来，四周就变得更加诡异。

风吹草动，无数影影绰绰的黑影渐渐现出身形。他们或弯腰驼背，或像躲避什么似的不停闪动……

法老小队所有队员都意识到自己遇到了什么。

“暗傀！”先知惊呼一声，举枪连开两枪。弹头撕破寂静的夜空，精准地钻入前面两个暗傀的额头。

他们的脑袋顿时如血花盛开。

无须任何人提醒，拉美西斯就知道自己的这个副队长是个操蛋的蠢货。先知是队里唯一和他一样，在马尔科姆手下服役，一起出生入死好多年，所以他对先知还是能包容的。但是，此时此刻，他的忍耐迅速达到极限，想都不想，转身举起枪托，砸在先知脸上。

明知此刻不能有任何动静，他还是忍不住举着拳头喊道：“都他妈的别动！”

虽然暗傀的可怕传说有很多，但他们生前毕竟是人，只是遭受重度核辐射后，基因发生突变，才变成这种僵尸模样。

他们在有微光的夜里，攻击性很强，但在现在这种漆黑的夜里，他们可能会选择安静地休憩。

因此，即便在荒郊野岭遇到成群暗傀，理论上他们也能全身而退。一旦打开手电筒，或者点燃火把，都是愚蠢的自杀行为。

“放下发射枪！”拉美西斯压低声音，冲拿着信号发射枪的队员喊道，“你紧张个屁，都给我消停点儿！”

“你不是说不用担心暗傀吗？”小魔女似乎很淡定，“我没紧张啊，他们不会主动攻击我们吧？”

小魔女的话，让拉美西斯冷静下来。虽说被上百个暗傀包围，会让任何正常人感到绝望，但仔细一想，暗傀埋伏于此，直到现在才现身，不是说明他们确实一直被人暗中操控吗？

“不会吧？”拉美西斯这时才意识到一个关键性问题，“难道来取货的人是——亡灵巫师？”他难以置信地看看队员。

所有队员都伏在草丛中，大气不敢出，死死守护着从神秘老者手里取来的“货”。

仿佛像帮助拉美西斯解答疑问，一个暗傀打开手电筒，一步一顿地向他走过来。手电筒的光圈随着他踉跄的脚步左右摇晃，扫过每个队员身上。

所有队员都压低枪口。

他们主动放弃攻击，不是因为感觉安全，而是确定有人操控暗傀群后，觉得主动放弃攻击更安全。

如果是野生暗傀，即便攻击性再强，也不过是只会莽冲莽打的变异人。任何一支训练有素装备精良的地狱猎兵小队，只要合理配合，抵挡百余个暗傀的围攻并不难。

但是，暗傀群一旦受到亡灵巫师操控，就会变成一支拥有信息共享能力的可怕军团，足以消灭任何一支精锐特种兵分队。

面前这些暗傀进退有序，肯定是被亡灵巫师操控着，而且操控技术绝对达到炉火纯青的地步。

靠近拉美西斯的暗傀，让经历过黑潮的拉美西斯感到浑身不适。他起身后退几步，本能地端起突击步枪，却被暗傀生硬且别扭的声音吓住了 :“你——货——带来了——没有？”

举着手电筒的暗傀，歪着头，用空洞无神的双眼盯着拉美西斯，暗青色的头上已经没有一根头发，显然他很久以前就遭受了重度核辐射，基因彻底变异，甚至连性别和年龄都看不出来了。

事实上，暗傀是不能说话的。这个暗傀之所以能说话，只能说明远程控制他的亡灵巫师水平太高了。

“请问阁下是？”拉美西斯下意识地使用敬语，“您是马尔科姆先生的朋友吗？”

“我？马尔科姆的朋友？不是！”暗傀停顿两三秒钟，嘴角抽搐几下，“马尔科姆——我——生意。”

“哈哈！”听到这句话，拉美西斯反而松了一口气，“那是，那是，马尔科姆跟谁都是生意关系。”他指指身后，“货在我们这里，请问交给谁？”

“我。”

说出这个字，暗傀突然浑身哆嗦起来，手里的手电筒晃了几下。

就在拉美西斯不知道发生什么的时候，三个暗傀从不同的方向围过来。

法老小队队员自然不敢阻拦，自觉地后退、散开。

站在拉美西斯面前的暗傀，用手电筒照着三个暗傀。三个暗傀的动作很迅速，一起抓起草丛中的麻布包向锈银森林跑去。确切地说，是向趴着十五只猫头鹰的那棵树跑去。

“你——做得很好。现在——回去吧。”暗傀冲拉美西斯挥挥手，示意他赶紧离开。

“等等，阁下。”拉美西斯支吾着，“那什么，运费，按约定，运费应该当场结清的。”

“马尔科姆——会——和你联系。”暗傀关闭手电筒，“我——还没有验货。”

“但是，按照老规矩，应该——”通过夜视仪，拉美西斯注意到，所有准备离去的暗傀，瞬间转身，齐刷刷地盯着他，吓得他赶紧说，“没事儿，没事儿，我再跟马尔科姆联系。我们马上走，马上走。”

他头也不回地往回跑，甚至没有管队员。其实也没有这个必要，几个队员一直盯着他的一举一动，他要后退，必然跟上。尤其在这种瞬间就可能变成暗傀腹中食物的情况下，连蠢笨的先知都知道最应该做什么。

三个暗傀将麻布包轻轻放到树下，退后两步。

此刻，从阴暗的树丛中，走出一高一矮两个人影。事实上，是一个戴着夜视仪的年轻女人，小心翼翼地推着一个宽轮轮椅，轮椅上坐着一个六七十岁的老人。

他们在麻布包前停下。

轮椅上的老人，精瘦干瘪的脸上布满皱纹，卷曲的灰白头发披在肩头，看起来比实际年龄更苍老。他睁开双眼，却闪出慑人心魄的目光。

四周的暗傀向老人围拢，多半举着手电筒，照向地上的麻布包。他们的手上下左右微微抖动，以致光线摇摆不定。

“验货吧，雪梨。”老人对身后的女人说，“看看这些糙人有没有弄坏我们的筹码。”他的声音沙哑，像刻意压着喉咙的摇滚歌手，但颇有穿透力。

雪梨把夜视仪移到头顶，理了理金色短发，撸起袖口，小心地打开包裹，仔细比对金属壳上的编码。

暗傀手里的手电筒依然乱抖。雪梨打开麻布包后，他们抖动得更厉害。

老人举起双手，像摆弄提线木偶那样，微微晃动手指：“抱歉，雪梨，我不擅长这种精细操作。”

手抖得最厉害的那个暗傀，把手电筒递给后面的暗傀。后面的暗傀用两只手握住手电筒，光圈才停在麻布包上。

雪梨快速把设备拽出麻布包，仔细查看："在这里虽然无法拆卸，从识别码和外壳的制作工艺水平看，应该错不了。"她站起身，拍打膝盖上的尘土，指指面前的设备，"这是一个无人驾驶型 F35DR 飞机上的核心控制单元，没有正式编号，应该是某种试验型产品，与情报中的描述基本一致。"

老人点点头，整理一下睡袍似的米白色外套，说："它的暂用编号是 XD9901，使用的技术和材料相当传统，计算能力与性能，别说超过迪米特机工厂最先进的量子脑，就连世界上主流的几家 AI 研究机构的产品都不如。但是，它毕竟是小型化实用产品，比实验室里那些温度稍微高一点儿就冒烟的阿猫阿狗强多了。这是真正的人工智能，和铁骨城到处推销的挂羊头卖狗肉的 GILRS 系统完全不是一回事儿。"

雪梨似懂非懂地点点头："所以，这东西也算是很有价值的高科技产品，才能成为筹码，对吧？"

"不，它并不是有价值的高科技产品。它之所以能成为筹码，是因为它里面携带包括美国空军敌我识别信号在内的绝密信息。这些信息，如果落到任何大国科研机构手里，都会给美国造成巨大损失，不得不花费大量时间、金钱与精力进行弥补。这种成本，可能远远超过开发这种设备的费用。"老人抬起头，长长出了一口气，"只有这种筹码，我们才拥有让美国交还 MIKO 的资本。”

对老人的话，雪梨有些不解，问道：“如果 MIKO 真的跑到美国寻求庇护，美国人应该能发现 MIKO 的价值。就算美国人为了保护军事绝密信息与我们交易，但交易之前，他们一定会想尽办法弄清楚 MIKO 的秘密吧？”

“现在美国的生物技术发展到什么水平，我心里还是有数的。”老人不屑地摆摆手，“MIKO 的技术，远远超出美国科学家现有的认知能力。这绝对不是靠采集一点儿血样，分析几段 DNA，就能逆向解析出来的。”

“如果，我说如果，MIKO 并没有到美国寻求庇护，我们付出这么大的代价，寻找到这个东西，应该怎么处理呢？”

老人冷笑道：“当然是联系中央情报局的朋友，说我们在锈银森林发现了他们丢失的核心控制单元。只要这东西没有被强拆，美国人就不会担心军事绝密信息泄露，最后多半是不了了之。”

“我们就这样无偿地还给美国吗？”雪梨看了一眼麻布包，“我还以为你会把它卖给中国或者搞个拍卖会呢。”

“知道我们从美国空军窃取一架无人战机核心控制单元的国家，现在只有一个，没必要招惹不必要的麻烦。调律人小组之所以没有消失，生存之本就是低调。”

雪梨还是有些不放心：“虽然那些地狱猎兵和马尔科姆是一伙的，但是，余烬城也算是一个知情的国家吧？”

“哦？也对啊。”老人故作惊讶地点点头，“那怎么办？”他指指左前方，“你还能追上去，把他们灭口吗？”

雪梨扭头看了一眼：“逃命的人，应该是跑得很快的。”

“随他们去吧。”老人呵呵笑道，“雪梨，你记住，我们处于暗处时，永远拥有先手优势。因此，对于那些已经成为过去完成时的东西，根本无须在意。我们只需考虑即将发生的事情就可以了。”

“明白，路西斐尔先生。”

路西斐尔打个响指，三个暗傀一前两后地将麻布包抬起来，以异常协调的步伐向北方的森林深处走去。其他暗傀默默地转过身，慢慢地向南走去。

“咱们也走吧。如果 MIKO 没有逃到美国，也不会待在余烬城，我们就不得不亲自狩猎了。”路西斐尔抹了一把脸，“不知为什么，我有一种预感，无论是哪种结果，在一两天内就能见分晓了。”

第十章　残　局

虽说不是第一次值守，但今晚端木夜雨却感觉特别疲惫。他很想找忽隐忽现的“小兄弟”问一问，这是不是同他聊天的副作用，但那个家伙已经说自己不会再搭理他，他就没有必要去打扰了。

他没有一直待在黑灯瞎火的二楼，而是在一楼楼道里转了很久。这里虽然同样看不到外面，却能让他更安心。如果有人要发动夜袭，无论如何也得从一楼开始。

可能是因为体型太大，或者因为不值钱，大客厅的座钟并没有被搬走。它依旧荡着钟摆，记录着不知属于谁的一分一秒。

凌晨 2 点半，离端木夜雨下岗还有一个半小时。他连打几个哈欠，决定回到二楼待会儿。

他感觉上楼时，比平时要吃力。爬到二楼时，他就拄着膝盖喘半天。

他抹了一把额头，没有汗。浑身疲惫不堪，好像是心理暗示的结果。

“那个——”一个女孩声音传来。

端木夜雨猛地打了个激灵，一边拔出 M1911 手枪，一边举起手电筒，循声寻找：“谁？哦，是你呀。”

半开的房门前，娜娜直直地看着端木夜雨。她的身形和神态，看起来和之前不太一样。他还不能理解“妩媚”的含义，但看到此刻的她，呼吸突然急促起来。

“你的头发——”端木夜雨注意到，娜娜身上最明显的变化是，已经长发披肩，而且变成茶色。

娜娜愣了一下，用手轻轻抚摸着发梢，并没有因为长发齐肩而高兴：“端木先生，你能帮我个忙吗？”

“端——端木先生？”端木夜雨第一次听到有人这样称呼自己，尴尬得满脸通红，支吾着问，“你怎么变得这么客气？我们是队友啊，互相帮忙是应该的。”他忽然意识到什么似的，直视娜娜，“你这是……修好了吗？”

“修好？”娜娜好像对这个词很抵触，“差不多吧，还有点儿小问题没有解决好。”

沉默中的对视，让端木夜雨感到有些不自在，干咳一声，没话找话：“我值守呢，不能离岗。如果不需要多少时间的话，你尽管说。”

“当然不费时间的。”娜娜不好意思地挠挠头，“你能帮我看一下地图吗？”

端木夜雨知道自己看地图有一定的难度，但还是爽快地点头应允：“没问题！”

他来到娜娜身边时，被一头如瀑布般冲下肩崖的长发吸引，愣了一两秒，忍不住伸手轻轻捋了一下：“这么长的头发，可以扎个双马尾。”

“双马尾？”

“我——我的一个朋友扎过，挺好看的。”端木夜雨意识到自己失态，赶紧松开手，“估计你扎那样的发型，也很好看。”

他尴尬地避开娜娜的目光，转身进屋。

屋中唯一的光源，是桌上的油灯，昏黄羸弱的灯光中，勉强看到灯下的地图。

“是这张地图吗？”端木夜雨指着地图问，“你为什么不让阿尔伯特帮你？”他四下看了看，发现阿尔伯特躺在屋角的沙发上睡觉，手里还掐着一块控制板。

“他很累了，让他睡会儿吧。”娜娜把手指压在唇上，做出噤声的手势。

不知是不是错觉，端木夜雨觉得娜娜笑起来的样子，和之前明显不一样，嘴角翘起的弧度更大，酒窝更深。

“你——没事吧？”端木夜雨指指头部，“你头疼吗？或者哪地方不舒服吗？”

“没事儿的。”娜娜走到端木夜雨身旁，非常熟练地将头发撩到耳后，指着地图说，“就是这张地图。”

端木夜雨皱皱眉头，仔细打量已经旧得变形的地图 ：“上面应该是英文吧？”

虽然是有些浮夸的美术体，但地图上的每个单词，从图例到说明，都是确凿无疑的英文。她让自己看地图，地图有什么好看的呢？

“确实是英文。”娜娜指指自己的眼睛，“我的视力可能出现一点儿问题，请你帮我找个地方。”

“找什么地方？”端木夜雨低头看地图，不经意的一瞥，注意到地图左上角有一个陌生的地名，“通向西雅图？这是什么地方？从这里再往西，就是太平洋了吧？”

“西雅图？”娜娜略做思索，“看来这是‘愚者之灾’前出版的地图。”她眨眨眼睛，像突然想起什么，“那时西雅图还没有沉到海里，有些地形和现在不一样，该死！”

“该死”这个词，她说得很轻，专心看地图的端木夜雨根本没听到 ：“‘愚者之灾’之前应该发生一个世纪前吧。”

娜娜纠正道：“是四十年前。”

“你在哪里找到的这张地图？”

娜娜指指墙边的书架。看来那群拾荒者对图书等毫无兴趣，这里的书，他们完全没有动过。

“在四十年前出版的地图上，找什么呢？世界核大战爆发后，好多地方都不存在了。”

“我也才知道这是四十年前的地图。”娜娜皱皱眉头，心有不甘地盯着地图看，在几个地方戳了戳，“能帮我看看这是什么地方吗？”

“你不是能看见嘛，为什么让我说？”端木夜雨越发觉得可疑了，但他还是低头念道，“这里是西——西瑞玛酿酒厂；这里是桑尼——不，阳光度假山庄；这里是什么购物中心，应该是人名，拼写不像英文。”端木夜雨尴尬地摇摇头，指向最后一个地方，“这是——是霍特科姆——后面的单词，我不知道是什么意思。”

“怎么拼写的？”

端木夜雨一字一板地说：“G-O-L-F C-O-U-R-S-E。”

娜娜抬起头，默默说道：“高尔夫球场？”

“什么是高尔夫球场？”

“就是打高尔夫球的地方啊。”娜娜一脸亢奋，诡异地咧嘴笑道，“和足球场篮球场不一样，它的面积很大，有树林有小河，反正挺漂亮的。”

端木夜雨不敢相信：“有树林有小河，还怎么打球？高尔夫球场到底有多大？”

娜娜瞥了他一眼，正准备伸手比画，却摇摇头：“我也没去过。”

端木夜雨憨笑道：“等咱们回到余烬城，就去体验一下。”

娜娜先是一愣，继而微笑着点点头：“好的。”她突然沉默了片刻，转而说道，“端木先生，谢谢你！”

“你别这么叫我，真受不了。”端木夜雨挠挠头，一脸傻笑，然后突然觉得眼前一黑，什么都不知道了。

娜娜举起拳头，冷冷地看着倒在地上的端木夜雨。

“喂，兄弟，醒醒！别装死啊，都啥时候了？”

端木夜雨闻声猛地睁开眼睛，木呆呆地看着抓着他衣领的伯爵。

伯爵见端木夜雨醒了，松了一口气：“猴子，你醒得还挺及时啊，不然我都要吓尿了。”

端木夜雨这时才发觉自己的双腮火辣辣地疼，看来已经被抽了好几巴掌了。

“怎么回事儿？我怎么在这里？”端木夜雨惊惶地四下张望，发现自己仍在娜娜的房间里，一圈人围着自己。那些人中，不仅有队友，连史黛拉也在。

他怔怔地问：“你们都看着我干吗？”

伯爵被他这句话气笑了：“你还好意思问我们干吗？！你到底在干吗？我他妈的让你值守，你竟然跑到这里装死！”

“我确实在值守啊。”端木夜雨低头慢慢回忆，“昨天夜里，我好像被娜娜叫到这里看地图，然后就什么都不知道了。娜娜呢？她能为我作证的！”

娜娜不是和阿尔伯特在一起吗？众人把目光全部转向靠在墙角的阿尔伯特。他捧着一杯水，目光呆滞，一口一口地小啜。见众人齐刷刷地盯着他，他才猛地抬起头。

伯爵死死地盯着阿尔伯特：“娜娜不是和你在一起吗？现在怎么不见了？你俩到底是谁最后见到她的？”

“应该是猴子。”阿尔伯特一边说一边摸摸后脑勺，“24点左右，我应该遭到了娜娜袭击，然后什么都不知道了。我醒过来，就看到猴子躺在地上。”

“零点左右？”曹操盘算一会儿，“不对，零点我在这里，你还在修复娜娜。”她指了一下方桌，“那时娜娜就一动不动地坐在那里。”

阿尔伯特摆摆手：“我估计，那时娜娜已经醒了，装成还被我控制一样，所以你离开后，她就打晕了我。”

“你真牛啊，兄弟。”伯爵哭笑不得，“你一个训练有素的职业军人，还能被小姑娘打晕了？”

“她才不是小姑娘，她是——”阿尔伯特欲言又止，“对不起，是我疏忽了。”

“疏忽？那叫疏忽？”伯爵猛然指着阿尔伯特吼道，“你到底有没有搞清楚，你和娜娜是龙骑兵委派我们不惜代价保护的任务目标。现在可倒好，你们一个晕了，一个丢了，你知道这意味着什么吗？”

“我知道她的价值，比你们任何人都清楚。”阿尔伯特摇头苦笑，继而哭丧着脸说，“但是，事已至此，我也没有办法。”

“没办法就是理由？有招想去，没招死去，懂吗？”

“别吵了！”曹操插话，“你们想一想，如果娜娜真想跑，为什么不在打晕阿尔伯特之前逃走呢？”见没有人解释，她转向端木夜雨，“她是不是故意等到你值守时才行动？”

“不会吧？”端木夜雨一脸莫名其妙。

“她就是看你这个菜鸟太菜了！”伯爵没好气地说，“她没看错，你确实一点儿用都没有。”

“不，不对。”曹操摆摆手，“娜娜连职业军人都能击倒，无论我还是艾丽值守，熟人偷袭熟人，很容易得手的。她等到端木夜雨值守才跑，肯定另有原因。猴子，娜娜都跟你说过什么？”

端木夜雨挠挠头：“她只是让我到屋里看地图。”

“看地图？”伯爵、曹操与阿尔伯特齐声问道，“哪来的地图？！”

“就在桌上啊。”端木夜雨指指桌面，“那上面有一张四十年前的地图，就压在油灯下面，你们没看到吗？”

阿尔伯特仿佛找到了救命稻草，挣扎着站起身，扑到桌前，上下查找："没有啊！哪里有地图？她那么聪明，怎么可能留下这样的破绽？"

"你是不是对我们隐瞒了很重要的事儿？"曹操问阿尔伯特。

"抱歉，这是机密，你们无权过问。"阿尔伯特无可奈何地摇摇头。

"好吧，龙骑兵什么都是机密。"曹操瞪了阿尔伯特一眼，转向端木夜雨，"她为什么让你看地图？那是什么地图？"

"我觉得应该是废旧的地图。"端木夜雨回忆一会儿，"花里胡哨的，对了，'愚者之灾'前出版的。"

"'愚者之灾'前出版的？"伯爵挠挠头，"没什么用吧？别说地名，有的地方都不存在了。"

"她那么聪明，为什么一定要让猴子看呢？"曹操也有点儿想不通。

"我也不知道原因。"端木夜雨木呆呆地说，"她指了几个地方，让我念给她听。"

"让你念给她听？她看不清还是不识字？"曹操更奇怪了。

"等等。"阿尔伯特忽然激动起来，转身抓住端木夜雨的衣领，"她说让你帮她的理由了吗？"

端木夜雨有些慌乱："她只是说，修复以后，她的视力有点儿弱。"

曹操把阿尔伯特的手拽开："如果你不愿意与我们分享你的机密，就别在这里问三问四。"她用脚尖轻轻捅了捅端木夜雨的小腿，“她让你找什么地方？”

“什么水泥厂，不对，是酿酒厂，一个度假村，还有……”端木夜雨停顿一下，猛拍额头，“球、球场！她给我指的地方，我其实没念完，说到一个高尔夫球场时，她就不再让我说下去了。”

“高尔夫球场？”曹操来回踱了几步，“你确定不是足球场篮球场吗？”

伯爵突然扭头盯着站在门口的史黛拉：“你昨天好像跟我们提到过球场，好像是你的两位主人说的。”

史黛拉慌张地说：“啊，球场，是，我说过。”

“麻烦你再复述一遍。”

史黛拉见所有人的目光都集中到自己身上，不禁有点紧张，认真地琢磨一会儿，说：“那三个流浪汉，离开庄园的时候，主人对他们说，‘祝你们在球场过得愉快’。”

“应该不是一个单词。”曹操继续踱步，“不知道为什么，我总觉得三个流浪汉、你们的两位主人和娜娜说的，完全是一个地方。”

“娜娜头一次出来执行任务，怎么能和他们扯上关系呢？”伯爵摇摇头，“她应该和我们一样，昨天才听到球场这个词，就是吃晚饭的时候。”

“不，是在吃晚饭之前！”阿尔伯特纠正道，“我想起来了。吃晚饭之前，娜娜就坐在我旁边，她一定听到咱们的讨论。”

伯爵反问：“她听到又能怎么样？那时候她不是像木偶一

样，没思维没表情吗？”

“所以——所以——”阿尔伯特艰难地选择自认为恰当的词汇，“所以，最迟在那个时候，她已经醒了。”他挠挠头，懊恼地说，“该死，这个狡猾的小狐狸，竟然把我们都耍了！”

看到阿尔伯特还在给自己加戏，曹操按捺不住心中的怒火，冲过来把阿尔伯特推到墙上，用 AICS 突击步枪压住他的脖子：“帅哥，别演戏了。请你给我们讲清楚，娜娜到底怎么回事儿？她是怎么耍我们的？”

“你想干吗？”阿尔伯特怒吼道，“我是余烬城龙骑兵少尉！你这是威胁我，我有权拒绝回答你们的任何问题！”

曹操不管那一套，手上用力，同时大声吼道：“余烬城龙骑兵的爱德华·阿尔伯特少尉，你的行为已经威胁到整支小队的安全。你应该知道，根据《地狱猎兵职业手册》里的规定，我们会怎么解除这种威胁。如果你不知道，我给你重复一遍，‘那些不让你活下去的人，你也可以不让他们活下去’。”

阿尔伯特冷笑道：“难道你还敢杀了我？”

“冷静，冷静！”感觉气氛不对的伯爵赶紧上前将他们拉开，“你他妈的疯了吧？”他假装呵斥曹操，“他是龙骑兵军官，我们的保护对象！”

他扭头盯着阿尔伯特：“曹操以前是职业杀手，如果她想杀你，一定会让你死得很漂亮。余烬城当局不仅不会找她麻烦，说不定还会因为她把你的全尸带回去受到嘉奖。你要相信我，刚才她的眼神，是真的起杀心了。她以前也这样看过我，我差点儿挂了。”

曹操很配合地点点头：“你得感谢我的枪卡壳了。”

“我们现在是队友，队友就应该相互信任。如果彼此怀疑，结果就是全部挂掉。少尉，你最好认真对待她的问题。她是没有安全感的人，一旦她怀疑你，这里的人都没办法救你。我再提醒你一次，她是从业十年的职业杀手，你应该知道我在强调什么。”伯爵冲阿尔伯特挤挤眼睛。

见阿尔伯特犹豫，曹操知道伯爵的规劝起了作用，于是立即跟进：“阿尔伯特，你的任务是保护娜娜，对不对？如果娜娜丢了，你会被送上军事法庭的。如果你把实情告诉我们，我们一起把娜娜找回来，不是两全其美吗？”她指指端木夜雨，“你确定那个地方是高尔夫球场？我这里有新地图，你找到那个地方，我们乘坐外面那辆卡车过去，她跑不掉的。”

“卡车？”阿尔伯特不屑地仰头苦笑，“门口那辆拾荒者的破车？那辆车如果没有完全报废，应该被娜娜开走了。什么球场，说不定那是娜娜故意让咱们去的地方。不，一定是她故意留下的破绽，把咱们引到错误的地方。”

曹操示意阿尔伯特继续分析。

“以她的智商，不可能留下如此明显的破绽。如果她真需要猴子帮忙解读地图，最后一定会杀他灭口的。”阿尔伯特连说带比画，“事实是，她只是打晕了他，为什么？就是为了让他误导我们，让咱们去那个莫名其妙的球场，从而给她逃跑腾出时间！”

“她的智商到底有多高？”曹操追问。

阿尔伯特支吾道：“总之，她的智商在我们所有人之上。正因为如此，她才会变成现在这样。”

曹操没有说话，显然对阿尔伯特的回答并不满意。

在场所有人都觉得阿尔伯特在应付。

阿尔伯特见所有人都盯着自己，意识到他再也无法隐瞒，决定说出娜娜的真相：“关于娜娜的具体情况，我其实也是一知半解。她的真正名字叫贝娅娜，也就是‘试验体 101’。我不知道她的身世或者来历，但肯定不是余烬城的公民。她也许是实验室买来的奴隶，也许是从隔离区抓来当作活体试验品的难民。”

“D 级材料。”曹操点点头，“用来进行各种活体试验的 D 级材料。”

阿尔伯特惊诧地看着曹操：“你也知道 D 级材料的来源？唉，看来余烬城的保密工作，真是千疮百孔啊。”

“都是传闻而已。”曹操认真地说，“不过，隔离区的老农都知道你们在进行人体活体试验，娜娜是不是 D 级材料，还是秘密吗？”

“她可不是普通的活体试验材料，而是经过精心筛选、万里挑一，才选出来的。”阿尔伯特顿了几秒，“筛选的标准就是智商。”

“智商？”曹操一怔。

“根据辅脑的工作原理，理论上，越是聪明、反应快的试验体，就越能发挥它的性能。因此，他们想找到一个真正的天才进行辅脑性能测试。贝娅娜的智商据说超过一百六，在所有可用的D级材料中，她的智商最高。”阿尔伯特说。

“所以，你们就打开她的脑袋，植入一个辅脑？”曹操摇摇头，“这和霍尔最初的说法完全不一样。看来什么车祸啊，美国人送来救命的，都是骗人的。”

“我说过，我并不知道贝娅娜的具体来历。”阿尔伯特摊开双手，做无奈状，“也许真的是她在哪里遭遇车祸，从医院里直接运过来也不一定。但是，她肯定是D级材料。另外，为了维持辅脑的能量消耗，我们还为她更换了一条大功率的能量脊椎，每星期要充一次电。”

“所以，你们才会给我们布置一个星期的任务。”曹操与伯爵交换一下眼神，“我就知道，这种任务，都是你们事先计算好的。”

“以前的所有测试都非常成功，你们看到的娜娜，也就是‘试验体103’。”阿尔伯特指指脑袋，“她这里其实有一个模拟程序，以辅脑为主，依靠她大脑的共同运算形成的人造人格。她可能不太聪明，但更容易沟通以及控制。”

“原本的她呢？”虽然不太明白，端木夜雨还是鼓起勇气问道，“她叫什么来着？对，那个贝娅娜呢？”

阿尔伯特瞥了他一眼：“贝娅娜，就叫贝娅娜。对她来说，就像做一个梦，很长的梦，不知道什么时候才能醒来的梦。”

“但她还是醒了。”曹操问，“你是她的直接负责人，到底是怎么回事儿？”

“我真不知道。不过我觉得，应该和她头部受到击打有关。尤其最后一次，可能伤及辅脑的主要元件，导致抑制她原始人格的功能出现故障。今天早上她可能就醒了，只是假装顺从，借机观察周围环境和我们，寻找逃跑的机会。”阿尔伯特懊恼地搓搓脸，补充道，“另外，也是我的失误。我发现她有些不正常，不应该直接重启控制她的系统。我应该先关闭系统，回到余烬城再说。她伪装得实在太好了，不然我也不会疏忽。”

曹操不太相信阿尔伯特的解释，举起 AICS 突击步枪说：“如果她真如你说的那样高智商，她怎么不带走我们的武器？怎么不在昨晚乘我们酣睡时，把我们杀掉？她应该知道，不管她跑到什么地方，我们都不会放过她的。”

端木夜雨羞涩地举起手：“我的手枪不见了，是不是她带走了？”

“你那把 M1911 手枪丢了？！”伯爵点指端木夜雨，“你知不知道那把枪，是队长——算了，反正她已经死了。”

“这就能解释通了。手枪里本来就没有多少发子弹。袭击久经沙场的地狱猎兵，未必有胜算。她的目的是逃走，而不是杀人，快速离开这里才是明智的选择。”阿尔伯特分析道。

“你们怎么总是把别人想得那么坏？她根本没想杀人！”

端木夜雨纠正道，“她拿走我的手枪，也许仅仅是为了防身。”

“我们不是在分析嘛，凡事无绝对。分析问题不能夹带任何感情和偏见，结果才能正确。”阿尔伯特也纠正道，“她本身就是高智商的天才，种种迹象表明，以前控制她的辅脑，现在可能反过来帮助她了。龙骑兵中心设置了防止她逃跑的应急预案，包括昏迷和断电，她一定是用什么方法避开了。也许我检查时，无意识地关闭了这些功能。”他突然像想起什么，走到端木夜雨跟前，问道，“你说她让你看地图上的字，不是在地图上找位置？”

端木夜雨诧异地点点头：“她特意指出几个地方，叫我念给她听。如果她看不懂地图，也许就没必要让我念地名吧？”

“这应该是应急预案里的‘认知滤网’功能发挥作用了！”阿尔伯特恍然大悟，“现在她看任何文字和数字都是乱码，和文盲无异。”

端木夜雨小声问道：“她不杀我，并不是因为善良？”

阿尔伯特没有搭理端木夜雨，掐着下巴说：“若是‘认知滤网’发挥效用，她让你辨认地名，绝对是有意而为。那么，她指出的球场，极有可能是她的一个落脚点。”

“至少目前这是唯一的线索。”曹操说，“地狱猎兵都是粗人，做事简单直接。”她看着伯爵，“现在我们有两个选项，第一，我们在这里守到中午，等总部派人来接我们。我们向他们解释清楚这里出现的意外，然后装作懊恼的样子滚回余烬城，就当什么都没发生过。”

伯爵面无表情，转身望着窗外，低声说：“无论如何我都不会选择这个选项。大家准备一下，该干活儿了。”

曹操说：“我的第二个选项还没说呢。”

“还用说吗？我的小队队员失踪了，我们既没有身处险境，又没有执行紧急任务，没有理由放任不管。”

见伯爵要去寻找娜娜，阿尔伯特不仅不高兴，反而哭丧着脸说：“相信我，你们根本找不到她的。她要么跑得无影无踪，要么给你们设下陷阱。无论如何，你们都不能去找她。”

伯爵瞥了他一眼，指指站在门口的史黛拉：“这是我小队的事儿，跟你无关。你和她留在这里，中午余烬城的人到了，让他们再派些人手。娜娜对龙骑兵应该很重要，所以就别怕花钱了。海陆空机器人等家伙，都给我招呼上。”

他点指其他人：“还能动的，都跟我坐车去追。”

“我都说了，那辆破车早就没了。”阿尔伯特无奈地摇摇头，“不是被她开走了，就是被她破坏了。”

“这么大的庄园，总该有其他交通工具吧？”伯爵指着史黛拉，“我记得姐弟俩还有一辆越野车，对吧？”

“早被人开走了，连三轮摩托都没留下。”史黛拉满脸沮丧，“不过，确实还有一些交通工具，可能——不太好用。”

上部　完

"混沌之城"系列科幻作品

地狱猎兵

HELL HUNTERS

第二部 下

墨熊◎著

金城出版社
GOLD WALL PRESS
·北京·

目录

第十一章　美女与野兽

娜娜决定恢复自己的原名——贝亚娜。

开车这种机械而简单的功能，本已预设在辅脑程序中，但贝娅娜第一眼看到拾荒者货车的“方向盘”时，还是愣住了。她向来对野蛮人的“创意”和“改造”不屑一顾，对这种破车能顺利行驶根本不抱希望。但是，“自行车扶手”这玩意儿，确实有点儿难为她了。

“哼！”贝娅娜哼了一声，心想，“这也能难倒我？”

在并不漫长的一生中，贝娅娜克服了一个又一个看起来难以解决的困难。她绝对不会允许自己在离自由只有一步之遥的时刻放弃。

她已经做好迈出这一步的准备——她的脚尖已经放在油门踏板上。

看天色应该是凌晨3点钟的样子，离换岗还有一段时间，如果不出意外，等伯爵等人反应过来，她应该走得很远了。

“再好好想想，还有什么遗漏？还有什么可能阻止自己逃跑，或者能暴露自己的行踪？”贝娅娜深吸一口气。

她并非是举无遗策的高人，而且现在还是争分夺秒的关键时刻，更没有必要对自己的行为吹毛求疵。

她轻轻踩下油门，让卡车以尽可能轻、尽可能静的状态驶向门口。在离开普罗旺斯庄园的一刹那，全力加速，朝她已经确定的方向却找不到路的“球场”前进。

在蛮荒之地的夜晚开车，是一件非常危险的事情，尤其开启大灯时，几乎是故意吸引每个“牛鬼蛇神”的注意。

通常这时候他们应该安心休息才对。

贝娅娜听说过“黑潮”的传闻，如果这一带确实有成千上万的核辐射变异者活动，车匪路霸确实会收敛一些，至少晚上会找一个易守难攻的山洞，把所有武器架到洞口，并安排人轮流值守，而不是冒险蹲在路边，等待可能也在躲避核辐射变异者的猎物。

哦，不，它们现在不叫“核辐射变异者”了，为了避免阴谋论爱好者借题发挥，联合国重建委员会给核辐射受害者起了一个学名“暗傀”。在某种意义上，这个新名词更符合核辐射变异者的形象，它们的肤色比以前更暗，毛发更少，行动与反应更迅速，好像也在进化一样。

贝娅娜并没有见过暗傀，但辅脑中存储的信息已经够用。如果没有亡灵巫师操控，这些蠢货应该不会在晚上袭击开着大灯的卡车。虽然也有各种例外的报告，但在她看来，更像坊间奇谈而不是真实事件。

自行车扶手固然笨重，但影响卡车行驶的最大障碍还是糟糕的路况。“愚者之灾”中使用的核武器与动能弹，不仅破坏了自然环境和基础设施，最重要的是彻底剥夺了人类对文明世界的修复能力，让原先被视为交通网络的大路小道变成了一条条扭曲破碎的线段，而连接这些线段的加油站，则变成一个个藏污纳垢的废墟。

幸运的是，并没有蟊贼或难民躲在加油站里。路边竖着一块指示方向的金属牌，上半部分已经模糊不清，下半部分则隐约显示“高尔夫球场”的字样。指示箭头朝向正东。

东方渐露鱼肚白。

贝娅娜关闭卡车大灯后，花了一些时间确定行进方向。为了防止被追踪，她完全终止了与龙骑兵总部的联系，甚至在临行前还破坏了那台随身携带的远程通信器。其实这样做，也毫无必要。正因为此，她失去卫星导航，只能凭借储存在辅脑中的模糊信息判断自己是否找到了正确的道路。

如果找不到三个神秘人呢？如果自己的判断或者推理开始就是错误的，他们根本就不是她要找的人呢？

没关系，她还有“B 计划”。

虽然她的“B 计划”更加激进与冒险，但和她平时在余烬城中的所作所为一样，愿意承担那份风险。当然，如果有必要的话，风险更小的“A 计划”才是首选，尤其经历上一次失败，变成现在这副模样之后。

重新上路时，一大群叫不上名字的飞鸟从林间乍起，树冠都在震颤。贝娅娜不知道是因为这辆破卡车的动静太大，还是其他惊扰，但现在她没时间思考这些。如果之前的判断没错，她离目的地已经不远了。

辅脑的信息显示，高尔夫球场是供富贵之人娱乐的大型运动场所，它最大的特点就是，看上去不像运动场，而像花园，里面有小山丘、河流、树林，最重要的是，到处是经过修剪的鲜嫩草坪。

且不说经历“愚者之灾”，这种地方在完全无人维护的情况下，恐怕三五个月就会面目全非，连它的主人都无法辨认。

贝娅娜看着远处冉冉升起的太阳，在灰暗的氤氲之中，它仍然是万事万物生存之本，仿佛在耀眼的光线之下，一切邪恶与阴谋都无处遁形。

确实，在蛮荒之地，无论人还是动物，在夜晚伏击猎物，是成功率最高的狩猎常识，但对于真正的暴徒或者傻瓜来说，任何常识性判断都毫无意义。

贝娅娜隐约预感到这里有些不正常，便放慢车速。在感到车篷上有东西蠕动时，她丝毫不觉得意外，只是有一些出于本能的恐惧。

听动静，那东西应该不重，但动作非常敏捷。

无论暗傀还是车匪，都不会选择这种奇怪的攻击方式。事实也验证了贝娅娜的推测，她微微翘起嘴角，选择缓缓向前而不是踩刹车。

一个被灰色斗篷罩住身体的人突然蹿出灌木丛，挡在车前。

贝娅娜用力踩刹车，差点儿把脚踝崴断。即便如此，这辆破卡车的制动系统依然反应迟缓，不知用什么拼接而成的扇形挡泥板，重重地撞在灰斗篷的胸口。

“嗯？”

伴随类似撞到水泥墙上才能发出的沉闷声，灰斗篷重重地飞出去，在地上打个滚，半跪着身体，就像什么都没发生似的，拍打膝盖。这个简单动作，却隐约显露出破旧兜帽下不可名状的诡异情形。

那是一小块白骨。

贝娅娜不由自主地打开车门，慢慢走下来。几乎在同时，一个快到难以置信的身影从卡车另一边闪出来。

它早就守在那里，用同伴做掩护，偷偷地跟踪贝娅娜，等待最佳攻击时机。

犹如雌性红脸捕猎时才有的模样。

这一刻，贝娅娜终于能确定自己走对了路，来到对的地方，找对了人。

“所以——”她举起双手，嘴角挂着浅笑，“你们——就是 MIKO 吧？”

无论车篷上的灰斗篷，还是车前的灰斗篷，还是她身前的灰斗篷，三个并不高大的身影，听到“MIKO”这四个字母时，都愣了一下。毫无疑问，她身前的灰斗篷应该是另外两个灰斗篷的头儿。那个灰斗篷不仅最先镇定下来，而且抬手示意两个同伴不要动。

不过，在灰斗篷摘下兜帽的一瞬间，轮到贝娅娜愣住了。

那是一张端庄秀气的脸，甚至余烬城整容中心的漂亮模特都无法与之相比。当她眨着灰色眼眸、撩着棕色短发、莞尔一笑时，仿佛整个世界的罪孽与痛苦在这一刻得到救赎，连自认为理智到极点的贝娅娜，都不禁心头一动。

明眸皓齿的美少女伸出右手，搭在贝娅娜肩头：“你是——路西斐尔的手下吗？”

贝娅娜立即感觉重若千斤的力量，以及犹如鹰爪般的锐利。

这是非常陌生的名字，连贝娅娜的辅脑中都没有记录，但这显然不是目前最重要的问题。

即便笑面如花，声如银铃，美少女身上的杀气依然裹挟着每个单词，让贝娅娜意识到，接下来她说的每个字都非常重要，重要到能决定她还有没有机会说别的话。

“我不认识路西斐尔。”她决定直奔主题，“我来自余烬城，和你们一样，都是试验品。”

美少女的腮部微微抽搐，龇牙咧嘴。

这时，贝娅娜才注意到，美少女上下两排牙齿像狼牙一样锋利。

“你……”美少女不解地挠挠额头，“你怎么知道我们是MIKO？难道是余烬城官方告诉你的？”

这本来就是非常烧脑的问题。贝娅娜要说清楚这个问题，就要解释自己辅脑的联络功能、自己在龙骑兵总部找到的支离破碎的情报、要解释自己与奇美拉小队队员在普罗旺斯庄园的发现、要解释如何把所有信息整合到一起并做出正确结论的能力……

不过，她可以用一个非常简单的单词，概括以上所有的解释——推理。

贝娅娜轻描淡写地说道，语气中甚至还有一丝骄傲：“只是单纯的推理。”

“推——理——”被卡车挡泥板撞倒的那个灰斗篷，一字一顿地重复着。听声音，她应该也是女生，“推理是——什么意思？”

“我不想描述推理的过程，直接说结果吧。”这个解释，贝娅娜早已在心里反复推敲过多次，“首先，MIKO，也就是你们，应该是从某个秘密实验室逃出来的试验品，你们拥有人类与红脸的基因，是用远超常人理解水平的生物技术制作出来的混种生物。”

“如果你不是路西斐尔的手下，绝不可能知道这种绝密之事。”美少女脸上的笑容一下子消失了。

“我不知道路西斐尔，但幻想拥有人类智慧的红脸之人，在余烬城比比皆是。”贝娅娜微微一笑，“这原本是余烬城一家公司的设计构想，不过被你们变成现实而已。而我正是从那家公司了解到 MIKO 构想以及它的性能。”

美少女点点头：“然后呢？”

“然后，你们在逃亡的路上，得知普罗旺斯庄园就是情报中心，也许在你们逃亡之前就知道了，至于什么时候知道都无所谓了，并不影响我的结论。”贝娅娜说，“于是你们找到普罗旺斯庄园，希望得到庇护。姐弟俩肯定做了什么，才让你们觉得他们已经背叛了你们之间的约定，于是三天前你们又去拜访他们。经过交涉，他们给你们提供了一个藏身之地，也就是我们面前这个球场。然而，在同一天夜里，你们又改变主意，决定不能放过他们，便痛下杀手，血洗普罗旺斯庄园。”

“他们与路西斐尔合作只是时间问题。”美少女遗憾似的撇撇嘴，“我了解路西斐尔的手段与财力。那两个情报贩子，不可能拒绝他开出的条件。”

“我看到了你们的杰作。你们不加掩饰也无法掩饰的杰作，更加确定你们与红脸之间的共同之处，或者是 MIKO 的真貌。”

“那可是非常有价值的情报，尤其只有你一个人知道的情况下。”美少女摇摇头，指间传出的力量似乎更大了，“为什么你不用它来牟利？余烬城也好，美国也好，中国也好，总归会有人愿意为此出一笔大钱。”

“我说过，我和你们一样，是试验品。”虽然不知道对方掌握了多少余烬城的信息，但贝娅娜还是摆出一副成竹在胸的模样，“确切地说，我只是一个 D 级材料，既没有拥有财富的权利，也不想拥有这样的权利。我想要的，只是自由。一无所有的我，唯一能用来寻找自由的只有推理——除了我之外，没有人能做出的推理。”贝娅娜点点自己的额头。

“只有你能做出的推理？嗯，那也就是说——”美少女抿嘴轻笑。

“也就是说，如果你杀了我，世界上再没有人知道你们在哪儿了。”贝娅娜强作镇定，“但你们不会那样做，因为我死在这里，就说明高尔夫球场不再安全，总会有第二个人发现你们的小秘密——无论他们推理出来，还是用别的方式得到。”

“那还真有点儿遗憾了。”美少女耸耸肩，笑着回头看两个同伴，“虽然这个球场不错，餐饮啥的都令人满意，不过你既然这样说，我们只有考虑搬家了。”

“家，对——”

贝娅娜终于松了一口气——谈话已经进入了她所希望的方向，甚至比预料中还要容易，这些MIKO——至少眼前这位美丽的棕发少女，确实表现出了人类应有的智慧——那种属于社会性动物、以“沟通”作为一切行动前提的智慧。

“你们需要一个家，一个安全的藏身之处，一个可以躲避那个路西斐尔——或者无论什么人的安乐窝。”她耸耸肩，“但如果你们能找到这样的地方，就不会冒险去普罗旺斯庄园寻求协助了。”

美少女终于放下了一直搭在贝娅娜肩上的手：“让我想想，接下来你是不是要说，你能帮我们找到这样的地方，所以我们不会杀你？”

非常漂亮的推测，显然是经过推理之后得出的结论。贝娅娜不禁觉得，与那些只能勉强听明白人类简单指令的智能生物相比，眼前这三个试验品确实很强，绝对不负MIKO代表的“王冠”之名。

“我想要的，只是在充满异类的危险世界里活下去。你们呢？想征服世界，还是长生不老？”贝娅娜问道。

美少女静默几秒，灰色的眼睛直直地盯着贝娅娜，直到车篷上的灰斗篷发出诡异的低鸣声，她才嚅动嘴唇，用类似毒蛇吐芯时发出的嘶哑声回应：“看来我们老大很喜欢你。”

她用拇指指指身后，“我们会给你一个机会，不是证明你的忠诚，而是证明你的能力。”

“证明我的能力？”这句话对于贝娅娜来说，简直像得到上帝的指引，脸一下红了，“谢谢！”

她抬头看车篷顶部，那个原本俯卧的灰斗篷，已经站起来，于是对美少女点点头：“我不能保证什么，只能保证我会拼尽全力。”她想起什么似的停顿一下，“我叫贝娅娜，你们呢？”

“碧昂丝。”美少女指指自己，然后指向车篷上的灰斗篷，“她叫克丽丝，”再指向站在车前的灰斗篷，“她叫爱丽丝。”

在碧昂丝扭头的一刹那，贝娅娜看到她脖子上文着一个大写的英文字母“B”。

第十二章　戎马征程

虽然从开始就对史黛拉提议的交通工具不抱希望，但在伯爵心目中，起码是辆电动三轮车之类的交通工具，再不济也有四个轮子，起码能运载各种破烂东西。

史黛拉并没有把他们引向像车库的地方，而是往庄园后面跑马场旁边的那栋屋子走去。

“别，别！”伯爵紧张地嘀咕，“别是马——别是马——”

史黛拉扭头看了伯爵一眼，露出有别于自己职业特点的那种坏笑，不言不语。

没等他们靠近马厩，伯爵就听到马打响鼻的声音，他拍着额头轻叹："我 ×，还真有马！这他妈的还是 2070 年吗？！"

"嘿，你瞎叨叨什么？"曹操反而亢奋不已，脚下虎虎生风，一下子超过伯爵和史黛拉，"马可是蛮荒之地最好的交通工具，你干了这么多年地狱猎兵，不会不懂，别矫情了。"

伯爵当然明白马的作用。这种载具不耗费任何昂贵的燃料，不抛锚也不爆胎，维护简单，动静还小，随处可见的草料配上一些伊普西龙研究所的添加剂，就能满足它们一天的需求。在蛮荒之地，它比任何现代交通工具都有优势。

但是，伯爵就是不喜欢马，主要原因是马不喜欢他。无论什么品种，他都配合不好，有一次还差点儿把他命根子踢爆。

"咱们是追一辆卡车好吗？"伯爵冲着曹操吼道，"在可能出现黑潮的情况下骑马，想啥呢？"他顿了顿，指指跑马场旁边那排新坟，"还可能遇到红脸呢！妈的，黑潮加红脸，上帝，今天是怎么了？！"

"那辆破车根本跑不快的，你相信我！"曹操头也不回地奔向马厩，一下子没影了。

即便对马匹心存恐惧的伯爵也不得不承认，面前的马，确实是好马，它们头小腿长，健硕有型，毛发鲜亮，看来它们一直受到精心照料。它们与蛮荒之地那些趴冰卧雪、辛劳一生，最后还被吃肉吸髓的同类相比，简直就不是同一世界的同一物种。

曹操挨个拍打那些马的脖子。她与那些马，就像久别重逢的老友，通过肢体语言互述衷肠。

史黛拉颇为得意地捋捋身边白马的鬃毛：“这五匹马，都是普罗旺斯姐弟俩精心饲养的宝马良驹，任何一匹马的时速，都不输给电驱车。”她顿了一下，指指曹操抚摸的那匹马，“它叫泡泡，是姐姐的最爱。它的身价，抵得上五辆普通汽车。”

“吹牛吧？”伯爵不屑地指着那匹马，“就那破玩意儿，比五辆汽车还值钱？开玩笑吧？”

那匹马确实很普通，看上去体型、肩高比另外四匹马要小很多，毛色也杂乱，就像一块白麻布上毫无规律地溅上一大片墨汁，丑得非常有个性。

“那是因为你还不了解它的能力。”史黛拉耸耸肩，“它是最先被买家订购的。”她指指另外四匹马，“它们也有主儿了，只等主人来取。不过，其中两匹马的买主已经被你们打死了。不过没关系，你们可以代替买主接收，反正我已经收到全款了，但泡泡除外，目前它已经属于余烬城拓荒团的一个土豪了。”

“看来我也没的选啊。”伯爵摇摇头，随意指指面前那匹茶色马，“就它吧，我骑那匹怎么样？”

史黛拉竖起大拇指：“好眼光，它叫——”

伯爵摆摆手：“我压根儿不想知道它叫啥，我随便选的，能骑就行。笼头鞍子在哪儿？算了，你未必比我强多少，还是我自己找吧。”

“我骑这匹。”曹操拍拍白马脖子，“它叫什么？”

史黛拉说：“白雪。”

“这么巧吗？”曹操扭头看看和端木夜雨一起进来的艾丽，“她也叫白雪，还是让她骑吧。”

“让我骑马？”艾丽依旧是不管身后洪水滔天的淡定，“我不会骑马。”

“不会吧？”伯爵瞪大眼睛看着艾丽，“圣武士的训练不包括骑马？以前加入地狱猎兵的姐妹都会骑马，而且骑术精湛。”

“我是例外。”艾丽几秒后才支吾道，“我和马品性不合，它们总喜欢把我甩下去。”

“我和马特投缘。”伯爵笑道，“我上辈子一定是卖马肉的，现在这些畜生见到我，就想用乱蹄踢死我。”

他的话音未落，那匹茶色马就冲他打了一个响鼻，吓了他一跳。

曹操说：“我和伯爵会骑马，可以带着艾丽和端木夜雨。你俩抱紧我们的腰就行，不会有事儿的。”

端木夜雨犹豫着，指指身边的黑马：“我选这匹黑马，行吗？”

伯爵愣了一下，盯着端木夜雨：“你会骑马？”

“会是会，但骑得不是很好。我八岁时学过，好多年没骑了。”端木夜雨羞涩地解释。

“呦，你们村儿挺富裕嘛。”伯爵阴阳怪气地说，口气酸酸的，“我八岁时，只能他妈的玩泥巴，几个混蛋还捣乱，糟心透了。”

端木夜雨挠挠头，做进一步解释：“我家养的都是又瘦又懒的杂种土马，主要是用它们干农活和拉车，它们和这些宝马没法比的。”

“别遗憾，现在你已经有了体验宝马的机会了。”曹操冲艾丽努努嘴，“端木夜雨，你和艾丽身高差不多，你们骑乘一匹马。艾丽，你抱紧点儿，别掉下去就行。”

虽然伯爵嘴上说不喜欢马，但因为职业需要，他与马可谓交情深厚。按照骑龄，他比曹操大得多，从他备马娴熟的动作就能看出来。他准备停当之后，曹操还在忙碌着。

当然，也可能是因为曹操更在乎马的感受，所以动作比较轻缓。勒肚带的时候，她还征求马的意见，问它感觉舒不舒服。

“你们先忙着，我出去透透气。”伯爵感觉马厩里的味道太刺鼻，就走到外面连吐几口唾液，长舒几口气。

他习惯性地抬手看表，看了半天才意识到秒针一直不动，摇摇头，苦笑一下。

从太阳的位置判断，现在应该是早上 8 点左右。按照端木夜雨的计算，顺利的话，中午之前他们就能赶到高尔夫球场。

如果不出意外，现在贝娅娜应该到达高尔夫球场了。等他们赶到时，估计球场里的人早就跑光了。

想到这里，他烦躁地连连叹气。

曹操整理完骑具，也出来透气。她看到伯爵无比沮丧的表情，问道："怎么了，脸色够十五个人看半个月的。"

伯爵摇摇头，表示自己没事儿。他扭头看看马厩门口，说："那俩二把刀能行吗？你不去帮帮他们？万一傻小子哪块整不到位，小丫头不得和他一起被马踩死啊？我看他们好像对彼此都有意思，咱们得维护点儿啊！"

"这个你都能看出来？可以嘛，我还以为你这个老处男是木头疙瘩呢。"曹操嬉笑道。

"你怎么知道我是老处男？没根没据嘛。"伯爵也跟着曹操插科打诨，随后话锋一转，低声说道，"艾丽的白亡症已经到晚期了，活不过二十岁，他们感情再好也不会有结果的。"

"如果从现在开始，至少还有三四年好日子过。"曹操从来没有这么认真过，"余烬城医疗条件那么好，艾丽身体素质也不差，没准儿她是个例外呢。她已经是白亡症晚期了，依然活蹦乱跳的，还能当圣武士。我觉得只要她坚持服药，再活二十年应该没问题，没准儿比我们活得还久，除非——"

见曹操欲言又止，伯爵非常配合地叹口气，然后问道："除非啥？"

"除非他们活不过今天。"曹操的表情突然凝重，压低嗓门问，“你确定总部让他们跟我们执行任务吗？两个孩子，就算会用枪，对我们来说都是累赘。”

“你怎么瞅谁都像孩子呢？他们已经差不多成年了。”伯爵更正道，“他们是通过花乃子的严格测试才进入地狱猎兵的，明白吗？在华盛顿州，能通过花乃子测试，那可是值得骄傲一辈子的事儿。通过测试的人，必须是坏得很有品位那种。”他瞥了马厩一眼，看见端木夜雨和艾丽正在聊天，便指着艾丽说，“那个丫头是圣武士，你知道什么是圣武士吗？应该比我还能打吧？”

“端木夜雨呢？”曹操还是坚持自己的看法，“他是菜到无法再菜的菜鸟，这两天他做的事，还不能说明问题吗？他连最简单的放哨都做不好的。”她放慢语速，“这是他第一次执行高危险任务吧？我看还是让他和阿尔伯特待在这里。他有点儿潜力，以后有的是立功晋级的机会。”

“没有第一次哪有第二次？我第一次执行任务，就杀了七个人！”伯爵忽然加重语气，一边比画一边说，“我就靠一百多年前的破春田枪，连准星都没有，膛线都是平的！”

“喊什么喊？我听过这件破事儿。”曹操不屑地说，“你闭着眼睛开一枪，打中司机，卡车翻到沟里去，煤气罐摔漏。车上的人开枪，引爆煤气，七个人当场尸骨无存，最后功劳算在你头上，是不是这样？你知道这叫什么吗？这叫狗屎运！不是每个人出门都能遇到狗的，更别说遇到狗屎运，贝塞里安！”

“运气是实力的衍生产品好吗？”伯爵拍拍曹操的肩头，“你刚才说端木夜雨有点儿潜力，我觉得可不是一点儿半点儿，而是大得没边儿。只要时机对了，他就能表现出来。记住，战士在战场上才能成长，而不是在父母的怀里！”

“我只是建议而已，不听拉倒。你是队长，你决定。”曹操见说服不了伯爵，转身走向马厩，忽然又停下，扭头看着伯爵，“别忘了，你第一次执行任务时，你的队长中了八枪。不是每个人都有好运气，就算有，也会用完的。”

端木夜雨开始还有些担心自己的骑术退步，但是，普罗旺斯庄园训练有素的马，和他村里只会犁地驾车的土马相比，不仅温顺，而且更易驾驭。无论行走还是狂奔，它的身体都不会变形走样，好像有意照顾它背上的骑手。

端木夜雨虽然知道他的坐骑训练有素，还是不敢让它尽情狂奔，毕竟他身后还贴着艾丽。艾丽似乎非常害怕，紧紧抱着他的腰，几乎与他合二为一。

“猴子，咱们不是旅游观光，你能不能提点儿速？”伯爵催促道。

“我的骑术不太好，不敢让马跑得太快。”端木夜雨解释道。

其实他是担心把艾丽摔下去。

“跑起来吧，我没事儿。”他身后传来纤细的声音，“咱们不能拖累大家。”

端木夜雨像得到老师鼓励的小学生，抖缰绳，磕马镫，黑马随即亢奋起来，嘶鸣一声，离弦之箭一般向前飞奔，不仅立刻超过伯爵，还赶上了一直遥遥领先的曹操。

曹操在一个类似十字路口的地方勒住马，掏出一份新版地图和一个液晶屏小黑盒。

端木夜雨勒住黑马，在曹操身边停下，问道：“我们走错了吗？”

曹操看看地图，看看四周。茂密的树林连着灌木，形成天然隐蔽地带。两条简陋得像牲口踩出来的泥泞小路上，密密麻麻地布满轮胎印、马蹄印和人脚印，一时很难辨别出哪条车辙是贝娅娜驾驶的卡车留下的。

“卫星定位系统彻底失效了。”曹操晃晃手里的小黑盒，抬头看看阴沉沉的天空，“看天气，两三天之内会有电离风暴。”

“你有卫星定位仪呀？”端木夜雨眨眨眼睛，“以前你怎么没用呢？”

“用脑子想想，我们为什么从来没有走错路。”曹操讥笑道，“你以为我们在训练，或者演习？演习也要分辨方向和位置好吗？”

“为什么没有给我们配备呢？”端木夜雨突然反应过来，

“我们的贡献点数还不够，对吧？”

“你想多了。这是今年才面世的最新产品，我自己花钱买的。”曹操把小黑盒塞回衣兜，“我的贡献点数，都用来换各种补给品，再拿出去变现的。”

“还允许这样做？”

“先不要着急羡慕，这种买卖肯定是血亏的。靠这赚钱，还不如在隔离区种田养鹅呢。”曹操回头看一眼追上来的伯爵，“我只是没有地方使用贡献点数而已。”

曹操这么说，反而让端木夜雨更加好奇：“你应该已经赚够贡献点数，拿到余烬城的公民权了吧？”

没等曹操说话，伯爵便嬉笑着插话：“那是因为她在地狱猎兵里有个——”

曹操知道伯爵接下来要说什么，赶紧打断他：“干正事儿。”她指指正前方，“我们沿着这个方向一直走，对不对？”

顺着曹操手指的方向，伯爵与端木夜雨看到几个人朝他们不紧不慢地走过来，貌似还携带着武器。

端木夜雨仔细看了看：“他们披着地狱猎兵的斗篷吧？没错，是地狱猎兵的斗篷！”

即便在两百米外，那几个墨绿斗篷还是异常扎眼。地狱猎兵执行任务时，都披着这样的斗篷。但是，不是披着这样斗篷的人就是地狱猎兵。

这种斗篷没有技术含量，谁都能伪造。即便是真的，也可能是地狱猎兵的遗物。

“他们都携带着枪，立即下马，保持警戒！”曹操吩咐完便跳下马。

端木夜雨还没有反应过来时，艾丽已经翻身下马。他坐在马上，看看众人，满脸疑惑：“你们为什么要下马？骑马不是跑得更快吗？”

“你还能跑过子弹啊？”伯爵举着 AN94 突击步枪，“你可以在马上射箭，我们可不愿意在马上摆弄突击步枪。”

端木夜雨觉得伯爵说得有道理，赶紧下马，小心翼翼地站到艾丽身边，抽弓搭箭，瞄准前面的人。

艾丽已经进入作战状态。

但是，紧张的气氛只持续了几秒钟。

“他们是不是——法老小队啊？！他们不应该出现在这里啊！”曹操盯着前面的几个斗篷，自言自语。

“他们都戴着防毒面具，看标志，应该是法老小队的人。我和他们的队长很熟，过去问问。”伯爵摸摸下巴，大摇大摆地迎上去。

曹操不放心，持枪跟在伯爵身后。

“呦，这不是法老小队的大老板拉美西斯陛下吗？”距离三十米时，伯爵冲最前面的人挥挥手，“真是冤家路窄啊，哈哈！”

领头的人没有停下，边走边喊：“伯爵殿下吉祥！”

两个队长相隔三米时停下，互相打量几秒，上前握住对方的手。

所有队员都并排站在他们的队长身后。

端木夜雨注意到，从防毒面具到军靴，从斗篷到武器，对方浑身上下所有装备都比他们的好。

“你们小队有七个人，是不是有人攒够贡献点数要走人了？”伯爵问。

拉美西斯回头看了一眼自己的队员：“带新人，为地狱猎兵服务呢。你这儿不是也有两个菜鸟嘛。”他注意到艾丽，低声问，“那个是姐妹会的圣武士吧？又分给你一个？”

“可能因为我和她们教团有缘吧。可惜她们不收爷们儿，不然我就过去了。”说完，伯爵嬉皮笑脸地转移话题，“你们也是在——执行任务？”

“我们还能逛街啊？”拉美西斯也嬉笑着问，“你要看我的任务代码？”

“我没挣那份钱。”伯爵回头与曹操交换一下眼神，“不过我有点儿好奇，你们怎么会到这种鬼地方来？”

“你以为我愿意来啊？最高统帅部布置的紧急任务，让我们来调查一下黑潮情况。”

“黑潮？忒吓人了吧？”伯爵笑道，“都是谣言吧？你们这种逛大街的样子，好像刚吃完大餐回来。”

拉美西斯没有接伯爵的话茬儿，扭头和副队长先知交换眼神。虽然他们都戴着面具，并看不清彼此的眼睛。

“其实——我们发现了不少暗傀——活动的——迹象。”拉美西斯边琢磨边说，好像生怕说错什么，“但是呢——”

先知突然大声插话：“应该不是黑潮！”

拉美西斯吓了一跳，回头狠狠瞪了先知一眼，继续说道：“暂时还没有直接证据证明出现黑潮，不过也不能说不是。对了，你们怎么会出现在这种鬼地方？”他注意到背弓挎箭的端木夜雨以及远处三匹高头大马，“那应该不是地狱猎兵的马吧？难道上次说的新品种已经到了？”

“新品种确实到了，不过还在调教中。这几匹马是我们临时征用的。”曹操没时间扯淡，直接问道，“你们有没有遇到一辆卡车？三轮车改装那种，驾驶员是个女人——女孩。”

“昨天我们倒是看到两三辆改装车，不过与我们同向。今天我们连个人毛都没看到。”拉美西斯说。

伯爵往前凑了凑，低声问：“兄弟，能帮个忙吗？我们必须马上找到那个女孩，她应该就在附近。这是非常重要的任务，不容有失。”

拉美西斯拍拍伯爵的肩膀：“现在我们最重要的任务是活着，好好地活着。你真把我当兄弟，就听我一句话，赶紧回家吧。提醒你啊，就算没有黑潮，你们也不一定能找到她。如果有黑潮，你们肯定有去无回。”

说完，他挥挥手，法老小队队员依次从伯爵等人身边走过去，谁也没说一句话。

“我感觉这家伙故意隐瞒什么。”曹操盯着法老小队的背影小声说。

“那还用怀疑吗？”伯爵点点头，“拉美西斯有屁都夹回家去放。”他冲其他人挥挥手，“各位，上马吧。可能真出现黑潮了，咱们必须抓紧时间。”

11 点 40 分，伯爵等人遇到了他们组队以来的第一个暗傀。最先发现的人，还是走在最后的端木夜雨。

在一片杂草丛生的烂泥地中，三四个怪异的身影猫着腰，像在找什么东西似的。其中一个忽然抬起头，与百米外的端木夜雨目光相碰。

以前端木夜雨也远距离见过暗傀。它们经常在村庄附近游荡，像寻找食物的灰狼，既想填饱肚子又不敢靠近人类，偶尔乘村民不备，偷取成熟的农作物，得手后便迅速溜之大吉。

他父母曾经说过，以前的暗傀不怕人，还具有攻击性。现在它们变得温顺了，但更加聪明机敏，好像恢复了遭受核辐射前的一点智商，也许它们也在慢慢进化。

总而言之，暗傀不只是人们简化了它们的称谓。它们曾经也是光明正大的好人，是一些人把它们变成了见不得天日的暗傀。它们报复人类，或者善待人类，都有充分的理由。

那个暗傀直瞪瞪地与端木夜雨对视，让端木夜雨心里隐隐发毛。

“艾丽，那就是暗傀吧？”端木夜雨先是小声问身后的艾丽，尔后大声喊，“你们看，那东西，是不是暗傀？”

伯爵和曹操闻言立即勒马观望，神色非常紧张。尤其与暗傀打过多次交道，甚至险些丧命的伯爵，面色发白，下意识地伸手摸枪。

那个暗傀彻底站起来，浑身上下的毛发早已掉光，腰间围着一块脏兮兮的破布，看样子年纪不小了。它身边的两个暗傀，也紧紧地盯着伯爵等人。

“妈的，怕啥来啥！”伯爵抹了一把脸，“这也太突然、太不厚道了吧？猴子，试试你的弓，能不能一箭射中一个？”

“射它们？它们也没有攻击我们啊，为什么要射它们？”端木夜雨嘀咕道。

“我靠，你还有善良的机会吗？”伯爵气得恨不得把滥发善心的端木夜雨拉下马，狠狠踢几脚，“等它们招惹你的时候，你连放屁的机会都没有了。”

就在他们争执时，三个暗傀忽然转身逃遁，眨眼间消失在树林内。

“没有攻击性，应该是进化的暗傀。”曹操稍稍松口气，“如果是黑潮，早就张牙舞爪地冲过来了。”

“不一定。”伯爵摇摇头，“亡灵巫师并不是也不可能每时每刻都关注他控制的暗傀，他通常只对暗傀下达诸如‘杀掉所有人’或者‘守住这片区域’的命令。没有接到亡灵巫师的命令，暗傀可以自由活动，想干啥干啥。”他指指暗傀消失的方向，“它们没有攻击我们，但会把我们出现的信息，传达给亡灵巫师。”

亡灵巫师，就是人们对能控制暗傀之人的称呼，动听但不美妙。

“你懂得挺多嘛。”曹操明显不相信伯爵的话，调侃道，“千万别跟我说你还有一个朋友是亡灵巫师，我生死不怕，但是胆小。”

“我还能骗你吗？”伯爵一本正经地说，“我朋友的朋友的朋友，认识一个亡灵巫师，好像在什么鬼地方经营一个矿场。”

“行了，就别吹牛了。”曹操一磕马镫，催马前行，“我们大概到高尔夫球场附近了，都睁大眼睛，别再撞上那几个暗傀。”

伯爵知道高尔夫球场是什么地方，因此也就从未来过。这个高尔夫球场，四周依然具有典型的蛮荒之地特色，除了树林、小河、草坪、乱飞的麻雀和到处乱窜的松鼠，再无他物。

路过一片泥泞的草地时，曹操放慢速度，向左右看了看：“不对，以那辆卡车的自重，经过这里肯定会留下轮胎印，我们可能走错了。”

“也许是被雨水冲没了呢。”伯爵挥挥手，“都下马，认真搜索，不要放过任何可疑痕迹。”

他们搜索了半个小时，一无所获。

伯爵打量杂草丛生的球场，感觉靠两个菜鸟，根本不可能发现有价值的线索。就在他焦头烂额之际，突然注意到远处小树林边上，停着像皮卡的汽车。

他使出洪荒之力，吹了一个响彻天地的口哨，把所有人喊回来，指着皮卡喊道 :“上马，过去看看！”

四人上马疾驰，在离皮卡二十米前停下。

皮卡驾驶舱内，突然冒出一个戴着诡异面具的人，二话不说，把手里的霰弹枪对准四人。

三个人以最快速度下马。艾丽面对黑洞洞的枪口，却不慌不忙，连抽枪的动作都做得很优雅。

“哥们儿，别冲动！”伯爵把 AN94 突击步枪举过头顶，“我们是余烬城的地狱猎兵！地狱猎兵，你懂吗？！应该知道余烬城吧？”

看样子，那个人身材不高。隔着面具，也看不清他的表情，但也没有放下枪的意思。

“请问，你能听懂英语吗？我们只是在寻找一个女孩。”见那个人没有反应，伯爵连说带比画。

那个人还是没有反应。

伯爵退到曹操身边：“他是不是中国人，你用汉语试试。”

“凭啥认为他是中国人？”曹操小声笑道，“就因为身材矮？现在中国人身材可不矮。”她说完，看看那个人，上前一步，刚要说话，那个人放下枪，浑身抖动起来，像羊痫疯之类疾病突然发作。

他极力控制着身体，从牙缝里断断续续地挤出几个字：“什么——女孩？”

伯爵见那个人没有恶意，稍稍松口气，缓声说道：“一个深色短发，不，也可能不是短发的年轻女孩，披着和我们身上一样的斗篷。不，也可能没有披斗篷。总之，个头不矮，挺漂亮的。”他意识到自己把自己都绕糊涂了，猛地摇摇头，“不，不，她也可能开辆卡车，那种大卡车，很破，改装过，有很多——”

“等等，离他远点儿！”曹操连喊三声，一声比一声高，但是伯爵却毫无反应。

曹操冲过去，抓住伯爵的胳膊往回拽。

伯爵好像突然回过神来，挠挠头：“好像有点儿不对劲儿。”

曹操压低声音说：“他是不是——”

伯爵脸色突变，举起AN94突击步枪，对准那个人的头部：“把面具摘下来！让我看到你的脸！听见没有？！”

面对枪口，怪人不但不害怕，反而缓慢地举起霰弹枪。

“最后一次警告！”伯爵吼道，“放下枪！听见没有？”

在伯爵即将扣动扳机时，曹操的 AICS 突击步枪已经射出三发子弹，径直钻入那个人胸口。

那个人重重倒地。

伯爵看了看那个人，又看了看四周，喊道：“保持警戒，我过去看看。”

他深吸一口气，举枪走到皮卡旁。借着皮卡的掩护，他看到那个人直挺挺地躺在地上，黑红色血液从胸口汩汩涌出。

伯爵猛地冲过去，伸手揭开那个人脸上的皮质面具，看到具有鲜明暗傀特征的脸，光滑、黯色，皮肤下黑色血管若隐若现。

这个人，起码在十年前就遭受了严重核辐射，各种器官已经严重变异，成为暗傀。

伯爵心跳加速，大脑一片空白，失声说道：“这是——怎么回事儿？为什么你还能——说话？”

暗傀突然睁开双眼，乌黑眸子像潭水一样，折射出诡异的光。

它嘴角微微嚅动，颤巍巍地说出让伯爵汗毛倒竖的话：“我——看到——你了。”

伯爵顿觉手脚冰凉。

曹操冲过来连开几枪，把暗傀的脑袋打爆，转身拍拍伯爵的腮部：“你那个亡灵巫师朋友，难道就没有告诉过你，他们能直接遥控一具暗傀，让它说话、唱歌、跳舞，甚至开枪杀人吗？”

伯爵指指身旁的皮卡：“也包括开车？”

曹操愣了一下，无法回答这个问题。在越传越离奇的暗傀故事中，却不包括它们会开车，但有一点可以肯定，亡灵巫师的控制力肯定越来越强大，被他们控制的暗傀能力不断增强，也在情理之中。

“没听说，不等于没有。”曹操说。

“它为什么要开车？”伯爵不解地问，“要——要运送什么东西？”

“现在已经毫无疑问，附近一定有个亡灵巫师，而且是非常厉害那种！”曹操紧张地看了看四周。

伯爵的脸色又变成刚才那副惨样，几秒钟才缓过神来，大声吼道：“全体都有，上马，赶紧走，离开这里！”

端木夜雨见伯爵命令众人撤退，支吾道：“娜娜怎么办？我们不是来找她的吗？”

“任务取消！”伯爵已经懒得搭理端木夜雨的愚蠢问题，一边走向自己的马一边挥舞手臂，“她如果真在这里，尸体早就凉透了！”

他的手刚摸到缰绳，便木呆呆地站在原地。

其他人顺着伯爵的目光看去，顿时明白暗傀怎么会驾驶皮卡了。

第十三章　黑　潮

六个身穿迷彩服、头戴黑色皮头套、荷枪实弹的壮汉慢悠悠地走出树林。他们优哉游哉的样子，好像刚玩完狩猎游戏归来。

伯爵等人把武器齐刷刷地对准六个壮汉。

即便如此，六壮汉依旧无所畏惧。

“对面的绅士，请你们——先开枪！”其中一个壮汉突然喊道。

“对面的绅士，请你们先开枪”的典故，源自线列步兵时代英国红衣战士经常说的一句话。他们总是在距离对手差不多三十米时，接受第一轮攻击后再还击。这原本只是单纯的战术，配上挑衅的话语，就变成历史上的笑谈。

现在已经不是滑膛枪排队射击的拿破仑时代了。五秒钟内，二十颗弹头就会飞出枪口。

“开枪！”伯爵愤怒地大吼一声，“干死他们！”

在紧张情绪裹挟下，伯爵等人狠狠扣动扳机。端木夜雨也接连射箭。

纷纷中弹的六个大汉摔倒在地，被齐飞的木屑与草叶覆盖。

伯爵没有心思过去查看，呆呆地愣在原地。听到曹操高喊“别愣着啊，兄弟们！别愣着啊”，他才反应过来，赶紧更换弹夹，回身上马。

现在伯爵只想做一件事儿，让马驮着他，以最快的速度奔回普罗旺斯庄园、无相城、余烬城，随便哪个地方都行，只要离开这里。

没跑出多远，伯爵便勒住马。

一辆深灰色皮卡猛地刹车，后车厢上的人被甩下来，就地滚了几下，全部站起来。

“向南！”伯爵朝南边一指，“去南面！”

他的话音刚落，山坡上就出现了零星的暗傀，最初一两个，后来越来越多。这些暗傀手里没有武器，大部分甚至没有穿衣服，但是它们饥饿、贪婪的眼神，比从皮卡上掉下来的人更可怕。

皮卡上的暗傀，冲伯爵等人开枪了。

它们不善射击术，甚至可以说没经过射击训练，但到处乱飞的弹头，还是让伯爵等人意识到，原路返回的选项已经毫无意义。

向南冲击几十个暗傀把守的山头，过于冒险。

“撤！”伯爵高喊，“向东，不，向北边撤！”

再往北，离美国、加拿大的边界不远了。如果有黑潮，一定是从锈银森林涌过来的。伯爵的决定，准确地诠释了什么叫“慌不择路”。

一颗弹头，在伯爵胯下马匹的耳根钻进去。马匹扑倒在地，把伯爵重重地摔出去。

伯爵就地翻滚，最后龇牙咧嘴地爬起来，举起枪。

“上来！”曹操策马来到伯爵面前。

两匹马载着四个人向北一路狂奔。虽然枪声不断地在他们身后响起，但预想中被暗傀驾驶开皮卡追杀的离奇一幕并未发生。

那辆皮卡已经起动，只是行驶很慢。不知暗傀故意为之，还是它们驾驶技术有限，反正渐渐被伯爵等人拉开两百米。

一条人工河横在伯爵等人面前。

人工河看似没有多深，但有五六米宽，紧贴对面岸边竖着残破不堪的铁丝网。距离铁丝网不到五米，就是茂密的树林，一眼望不到边。

原本打算沿人工河向西的曹操，突然灵光一现：“过河，马可以过河，皮卡过不去！”

伯爵立即同意，也跟着高喊：“对，过河！”

他们没有考虑马匹的承受能力。黑马在河边急停，几乎把端木夜雨和艾丽甩到水里。曹操的马下水后，说什么也不肯往前走。两匹马又惊又累，实在不愿陪伴暂时的主人瞎折腾了。

尝试几次催马过河，全部失败，四个人只好下马，拉着马下水。

最先渡过人工河的伯爵，喘着粗气向身后望去。暗傀的数量似乎又增加不少，不时还有零星的小股暗傀从各处奔来，汇聚到暗傀群中，目测已有一百五十个左右。这对于十五年前经历过真正黑潮的伯爵来说，杀伤力根本不值一提。

唯一对他们构成威胁的，是七个拿着枪的家伙。

“如果埋伏在树林边，等它们过河时再攻击——”伯爵自言自语，然后摇摇头，“不能在这里浪费子弹。无相城的人都知道这边有暗傀，暗傀的数量肯定不止这些。”

“你错了。”上岸后的曹操转身指指暗傀群，“我们必须在此与它们决战。看到那辆皮卡了吗？它是我们唯一突围的机会。抢下它，我们就能活命，否则没有一吨子弹，很难杀出重围。”

伯爵一直以为，资历尚浅的曹操，是靠她与疤面的关系，才当上地狱猎兵的二把手。现在他意识到，曹操确实有两把刷子。一个女人，在此情此景下，还能保持冷静理智的思考，足以让人敬佩。

“按你说的办。”伯爵一边把艾丽拉上岸，一边小声安排，“我们退到林内，等暗傀下水时发动反击，先消灭皮卡上的人，千万不要把车打坏！”

曹操一边后退一边说：“我负责狙击皮卡上的人，你们负责截杀暗傀。注意，一定不要盲目射击，注意节约子弹。”

经过铁丝网时，伯爵看到上面挂着一块锈迹斑斑的标牌，上面写着“霍特科姆湖高尔夫球场”。由于他不识字，并未引起他注意。

除了保命，他现在已经什么都顾不上了。

伯爵等人刚在四棵大树后藏好，皮卡和大批暗傀就冲到河边。

伯爵紧张地注视着对岸，举手做出“稳住”的手势。

七名持枪者守在皮卡周围，装模作样地举着枪，做出瞄准的样子，双手却抖个不停。

一群暗傀走到河中间时，伯爵率先开枪，大喊一声：“打，朝它们的胸口打！”

即便被爆头，暗傀也不会倒下，但足以破坏它们的感官系统，攻击力降到最低。它们的胸口变异器官与正常人的心肺类似，为它们提供基本能量，攻击这里可以迅速让它们瘫痪。

此起彼伏的枪声在狭窄的人工河边响起。暗傀像无头苍蝇一般，在河里乱窜。

伯爵与艾丽射出的子弹像长了眼睛，精准地将一个个在水中只顾攻击不知躲避的暗傀撂倒。只有三支箭的端木夜雨，也毫不吝惜地将它们全部射出。他不确定射中与否，只看到一个额头插着箭的暗傀，仍在手脚并用地往前冲。在它即将上岸时，被 AN94 突击步枪的弹雨阻止。

相比之下，最轻松的人反而是曹操。毫无战场经验的七个壮汉，不知道如何利用皮卡掩护自己。曹操凭借 AICS 突击步枪的优良性能，逐一把那些壮汉消灭。

“搞定！”击毙最后一个壮汉后，曹操起身跑到艾丽与伯爵身边，示意她已经完成任务。

“相互掩护，冲过去！”伯爵以大树做掩护，一边射击一边观察前方的情况。

暗傀的尸体已经塞满人工河。没有被击毙的暗傀，张牙舞爪地往前爬。岸上的暗傀，根本无视面前的危险，前仆后继地冲下河。

三把突击步枪的火力有限，只能勉强封住一部分暗傀。更可怕的是，即便点射，一枪击毙一个，子弹也消耗过半。

后面的暗傀踩踏河中尸体往前冲，行进速度比蹚水快很多。

伯爵掏出仅有的一颗高爆手雷，扔向暗傀最密集的地方。虽然没有落在理想位置，但爆炸的冲击波还是推开暗傀的尸堆，减缓了后面暗傀前冲的速度。

伯爵挥手喊道 ："向右，从那边冲过去！"

他一边沿着人工河向右移动，一边寻找快速过河靠近皮卡的机会。

曹操、艾丽专注地射杀暗傀。端木夜雨却傻呆呆地盯着在河里挣扎或者死去的暗傀，似乎忘记自己身处充满杀戮的战场。

凌乱的脚步声惊醒端木夜雨，看到从他身后树林中冲出来数个暗傀，其中一个离他不到三米。

他一边惊叫着一边抡起复合弓，狠狠砸倒扑上来的暗傀。一个站在五米外的暗傀，仰头张口，喷出一股疾速旋转的黑色烟团。

伯爵来不及提醒，端木夜雨躲闪不及，就被那个烟团包裹。他本能地扑打，却黏了一手石油状的东西。

"妈的，这是喷吐种！"伯爵调转枪口，打爆吐黑烟暗傀的头，"我已经三年没见过这些杂碎了！"

"这是什么东西？"端木夜雨尖叫着，盯着手上的黑油，发现好像还在蠕动，恶心与恐惧一并上头，大脑深处随之刺痛。

“别慌，光化感染没有那么快！”伯爵一边射击一边把端木夜雨拉到身后，“等会儿再处理！”

树林中虽然只有几个暗傀，却打乱伯爵的计划。伯爵和艾丽不得不把火力集中在眼前的暗傀身上。

曹操还在与河边的暗傀群酣战，寻找冲向皮卡的机会。

她发现，那个被自己爆头的驾车暗傀，竟然站起来。它揭下皮头套，露出半个流着紫黑色污血的脑袋，举起步枪，用剩下的左眼，小心地瞄准她。

这不可能是暗傀能做到的事儿，应该是亡灵巫师直接操控才能做出的动作。也就是说，那个暗傀，可能就是亡灵巫师。

面对诡异的场景，曹操犹豫一秒。当她意识到自己面临危险，准备举枪射击时，那个暗傀先她一步扣动扳机，发出“砰”的一声。

那是M24狙击步枪发出的声音。那款一百年前生产的狙击步枪，换装八毫米口径的枪管与穿甲弹后，足以击透世上大部分防弹背心。

曹操感觉胸口像被锤子砸中，剧烈的疼痛感瞬间遍布全身。“打孔者”此刻发挥效用，把疼痛变成麻痒。

伯爵发现曹操中弹，神色慌张地扑过来，喊道：“你怎么了？没事儿吧？”他看到曹操胸口汩汩溢出的鲜血，顿时失态，“坚持住，别怕，我马上给你止血！”

曹操艰难地举起手，艰难地抓住伯爵肘部，有气无力地说：“别——别在这里——危——危险——”

伯爵抬头观察，发现了狙杀曹操的暗傀。它没有继续射击，甚至放下枪，嘴角微翘，残缺恐怖的脸上，露出诡异的表情。

一刹那，伯爵被不可名状的恐惧包裹，“打孔者”的效用无法抑制这种恐惧。这是一种源自人类原始基因中的恐惧，是面对死亡的绝望。

呆若木鸡的伯爵，似乎忘记身处战场，面前只有那张可怕的脸。

直到艾丽开枪把那张脸再次打烂，伯爵才缓过神来，赶紧架起曹操，一边单手持枪应战向后退，一边招呼队员：“撤退，撤到树林里！”

艾丽将曹操的 AICS 突击步枪捡起，扔给端木夜雨。

端木夜雨接过枪，一脸茫然，但旋即转过身，与艾丽一起朝对岸射击。

端木夜雨没有接受过任何军事训练，但把枪口对准猎物扣动扳机这种事，在他十岁时就已经学会了。AICS 突击步枪的后坐力，让他感到非常不适，更不用说精准射击了。但是，新式的八毫米口径的子弹，威力极大，即便打不中要害，也足以让中弹的暗傀残废。

两把枪，根本无法阻止越来越多的暗傀。

曹操受伤，好像鼓舞了暗傀，它们突然加快冲击速度。

艾丽和端木夜雨夺下皮卡的机会，早已不复存在。

感到无法坚持的端木夜雨瞥了艾丽一眼。艾丽正在换弹夹，仍旧是漫不经心的样子，只是眉宇间比平时多了一点严肃，好像她不是与暗傀决战，而是在自家菜地里打田鼠。

端木夜雨也淡定了，继续射击，直至弹尽，他才冲进树林，向曹操要弹夹。

跑到曹操身边，他却惊呆了。

曹操躺在一棵大树下，伯爵手忙脚乱地摸出医疗包，把里面的东西全部倒出来，找到止血针。

“坚持住，我帮你止血，马上就好了。”伯爵拿起注射器向曹操脖子扎。

曹操脸色苍白，嘴唇黑紫，摆手示意伯爵不要在自己身上浪费药物，没有意义。

“别动，躺好！”伯爵想不了那么多。

艾丽退进树林，看了一眼端木夜雨，弯腰从曹操腰间卸下两个弹夹，拉着端木夜雨跑出去。

一个暗傀上岸了，一群暗傀扑到岸边。

艾丽与端木夜雨躲在树后，连续射击，一些暗傀的尸体堆在树林边。

伯爵打完止血针，一边翻找药物，一边嘀咕：“然后是——是——是微调剂？对，微调剂，临时修补受损器官。”

“伯爵——”曹操气若游丝。

“什么？你想说什么？”

“你们——你们——”曹操用尽最后一丝力气，抓住伯爵的手，“你们必须——必须夺下那辆皮卡——懂吗？”

伯爵鼻子微酸：“我——懂。”

“我——我累了——”曹操挤出一丝难看的笑容，“让我在这儿——歇一会儿吧，你别折腾我了——”

“不，不！”伯爵抓住曹操的手，“不要放弃，曹操，王淑仪，你再坚持一会儿，只要使用这个微调剂——”

“伯爵，我——是——职业杀手啊，一直生活在战场上，什么样的人不能救——我还是——很清楚的。”曹操的笑容渐渐凝固。

伯爵没有说话，加快拆解微调剂包装的速度。

“我——求你——转告疤面——不——杰克——告诉他——”曹操说出每个字都异常困难。

伯爵一边准备注射，一边摇头：“你自己告诉他，你要亲口告诉他！”

“我其实——一直——喜——”曹操的头猛地向一边栽下去。

伯爵见状，愣了几秒，还是把昂贵的军用型微调剂全部注入曹操的脖子。按照该药品的说明，给死人注射这种高浓度微调剂，极有可能触发肌体变异。现在的伯爵，只想看到曹操能动一下，至少把刚才的半句话说完，哪怕她现在变成厉鬼都行。

曹操睁大眼睛，一动不动。

疤面的得力助手、地狱猎兵二号人物、伯爵的老朋友王淑仪，死了，死于她有生以来第一次中弹。

伯爵的眼眶微微有些湿润，在泪水滑出之前，剧烈的偏头痛又一次出现。他用力抱住脑袋，愤怒、羞愧、悲哀、恐惧等各种情绪难以抑制地喷涌而出，却被“打孔者”的效用抑制住，化作一阵阵难耐的刺痛。

伯爵疯狂地怒吼：“让我哭出来啊，混蛋！不要控制我的情绪了，让我哭出来啊！我的队友牺牲了，我总得哭一次吧？”

伯爵的喊声越来越弱。经历几秒钟莫名的麻木之后，令他深感恐惧的冷静，又把他拉回现实中。

他看到一个暗傀冲到艾丽面前，抓伤艾丽持枪的手；看到端木夜雨以非常别扭的姿势端着曹操的AICS突击步枪，盲目地射击；看到远处数十个暗傀争先恐后冲上岸……

战场战死，就是战士的最好归宿。没有时间哀伤，也没有必要哀伤。

伯爵站起来，用AN94突击步枪击毙艾丽面前的暗傀，吼道：“撤退，向树林里撤退！”

端木夜雨跑到曹操身边，冲伯爵喊道：“她——她就放在这儿？”

“你可以留下来陪她。”伯爵恢复平日的痞气，“你们还记得《地狱猎兵职业手册》最后一条吗？想活命就快走！”

端木夜雨默念道："不要放弃——"

“不要放弃！”伯爵从腰间掏出猎刀，攥在手里，吼道，“我们只有一条命，容不得浪费在没有价值的事情上。”

与传闻中不同，暗傀的体力并没有那么好，但它们自身的修复能力和速度，却超出常人的想象。核辐射，确实具有恐怖的力量，遭受辐射变异后成为暗傀，就无法感知痛苦、不知疲惫，看起来就像机器一样。

事实上，它们也像不断损耗的机器一样，疲劳与伤痛也会慢慢损耗它们的机能，让它们的攻击速度慢下来，力量变弱。

这些现象，在那些从远处驰援过来的暗傀身上表现得格外明显。它们虽然看上去虽然张牙舞爪、孔武有力，但动作明显没有以前的暗傀敏捷。

负责断后的伯爵且战且退，竟然与暗傀保持了一段安全距离。

伯爵不再想击毙暗傀，而是刀枪并用，只解除近在眼前的威胁。一个暗傀将黑烟喷在他的身上，看上去虽然很恶心，但他有解药，所以没有慌乱。

“艾丽，猴子！”他一边应战一边问，“你们还有多少子弹？”

端木夜雨摇摇头，说："还剩一个弹夹，枪上还有一个弹夹，估计没有多少了。"

"四十七。"艾丽不紧不慢地瞄准暗傀，扣动一下扳机，又不紧不慢地说，"四十六。"

伯爵差点儿被艾丽的淡定气乐了，想骂却没有骂出口。他注意到，前方出现两个特殊的暗傀，破衣烂衫，挥舞着鹰爪一样的大手。

伯爵不由自主地喊道："妈的，咋还有青爪呢？两个青爪！"

端木夜雨不知道什么是青爪，一脸麻木。

淡定的艾丽却突然慌张起来："还真有青爪，这回彻底完蛋了！"

对于青爪，艾丽以前听说过，没见过。在姐妹会培训圣武士的教程中，有一节专门讲述这种由严重核辐射变异者进化的人形怪物，它只在"愚者之灾"结束时出现过，几十年来，却没有关于发现它们的报告，可能所有接触它们的人，都永远闭嘴了。

青爪的形状像人，从脸到脚完全没有人的模样，尤其两只异化的大手，看上去就像干枯的树根，却具有撕开人体的威力。与这些人类战争制造的怪物，谈体能、速度简直多此一举。人在它们面前，就像一只蚂蚁。

仿佛能听懂伯爵的惊呼，两个青爪发疯似的推倒前方的暗傀，扯掉身上的破布，旋风一般扑过来。

一个体型较小的青爪，速度更快。它只有下肢和右手发生变异，上半身基本还是人体的形态。

另一个青爪，不仅身高超过两米，浑身上下恐怖的肌肉，使它的体型比同等身高的人宽出许多。它通体呈现劣质翡翠的深绿色。最可怕的是它的五官，全部扭曲变形，双眼与鼻孔完全不对称，扭向一边；嘴巴与下颚，变成触手一样的肉条。

很难想象，遭受核辐射之后，一个好端端的人，怎么就变成了这种妖魔的样子。

“集中火力！”伯爵把 AN94 突击步枪调成连发模式，“把这俩货干掉！”

现在，他不得不承认“打孔者”确实效用惊人。如果没有注射“打孔者”，看到两个青爪朝自己冲过来时，恐怕早就吓得魂飞魄散、屎尿四溅了。

冲在前面的小青爪，与伯爵只有三步距离，在它举起右臂准备砸下来时，被迎面射来的弹头打得血肉模糊。即便它拥有极强的肉体，在穿甲弹面前也无济于事。它胡乱地挥舞几下后，扑倒在地。

大青爪冲过来，竟然抄起小青爪，像盾牌一样挡在自己面前，零星的弹头虽然钻进它的手臂与大腿，却无法射中要害。

伯爵面对近在咫尺的高大青爪，毫无办法，机械地扣动扳机，却没有弹头射出枪口。

大青爪把小青爪的尸体甩过来，把伯爵砸倒在地后，奔向端木夜雨，以极为夸张的姿势举起右爪。

一时间，端木夜雨大脑一片空白，好像某种无法抗拒的力量瞬间支配他的身体，非常潇洒地举起 AICS 突击步枪格挡。

没想到，大青爪的力量巨大无比，直接将 AICS 突击步枪拦腰砸断，零件四溅。

端木夜雨的双手如被火烧过一般，顿时失去知觉，往后连退两步。

大青爪再次举爪猛砸时，艾丽将弹夹里最后四颗子弹，全部射进它的胸口。

中弹后的大青爪还想攻击，一支呼啸而来的箭，狠狠插进它的右爪。惯性之大，让它险些栽倒。

瘫坐在地的端木夜雨，四下寻找救命恩人，看到一个披着斗篷的娇小身影从面前一跃而过，又疾速腾空而起，以大青爪相似的动作，一掌劈下，在大青爪大臂上留下四道乌黑的血槽。

一向沉着的艾丽见状，惊讶得张大嘴巴。接着，她看见另一个披着灰斗篷的人冲进视野，把地面踏得咚咚作响，然后重重地撞到大青爪腰部，将它撞到一棵大树上。

大树发出可怕的吱嘎声。

又有一支箭精准地射入大青爪两眼之间。

这时，端木夜雨才注意到，这个射箭之人手里拿着一张非常简陋、手工制作的猎弓，隐约能看到兜帽下精致小巧的嘴巴。

“这是谁呢？”端木夜雨注意到射箭之人身后，有一个身影慢慢靠近。他突然惊叫一声：“娜娜，是你吗？”

那个人已经不再是娜娜，而是贝娅娜。

贝娅娜听到有人喊“娜娜”，以为喊自己，停住脚步，一脸疑惑地冲端木夜雨点点头。

持弓之人也看向端木夜雨，眼露凶光。

贝娅娜急忙说：“他们就是我经常提起的人，没想到他们真的找上门来了。”

持弓之人问：“需要我杀了他们吗？”

“不，我——”贝娅娜犹豫一下，“我还要问问他们，是怎么找到我的。”其实，对于这个问题，她已经猜出八九。

大青爪的脑袋，已经被那个身材娇小之人生生拧下来，拎在手里。那个笨重同伙，半跪在她身旁，呼呼地喘气，一条像尾巴的东西，从斗篷下方露出来，左右摇摆。

不知是接到亡灵巫师的指令，还是暗傀看到大青爪被拧掉脑袋，纷纷停止攻击，傻傻地瞅着半路杀出来的三个狠人。

身材娇小之人将大青爪的脑袋向前一抛，举起带着钢爪的双手。暗傀们见状，向后退了半步。

见暗傀还想寻机进攻，笨重之人嘴里发出愤怒的低吼声。

贝娅娜也发出类似的低吼声。

半路杀出的三个狠人，一起冲向暗傀。

暗傀试图与三个狠人对攻，遗憾的是，凶猛无比的暗傀，在三个狠人面前，就像地里的幼苗不堪一击。

一阵屠杀过后，暗傀便四下溃逃，眨眼间没了踪影。

伯爵隐隐觉得有些不对劲儿。一般情况下，暗傀在亡灵巫师的控制下，根本没有恐惧一说。它们四散溃逃，只能说明，要么是亡灵巫师临阵跑路，让暗傀失控；要么是亡灵巫师因为某种原因，主动让暗傀散去。

他还没来得及仔细观察，贝娅娜便打断了他。

贝娅娜已经长发披肩，把端木夜雨那把 M1911 手枪对准伯爵的太阳穴：“你们本事不小呀，敢招惹这样一群暗傀。”

“你本事也不小啊，能找到这么厉害的帮手。”伯爵虽然举起双手，依然是死猪不怕开水烫的架势。

贝娅娜脸上露出得意的怪笑，附在伯爵耳边，低声说：“你果然什么都不知道。你之前救了我一命，所以，我现在必须还你一命。”

她微微调转枪口，冲伯爵身后的杂草扣动扳机。

携带炽热气流的弹头贴着伯爵的耳郭划过，吓得伯爵一屁股坐到地上。

伯爵眨眨眼睛，捂住耳朵，差点儿失声哭出来。

“队长，起来吧，我们谈点事儿。”贝娅娜冲伯爵招招手，转过身，似乎完全不担心伯爵或者任何人偷袭。

第十四章　棋手就位

助手冲进会议室时，霍尔双手拄着桌面，莫里斯双手抱在胸前，挑衅似的靠在椅子上，好像在争辩。

副手见自己进来的不是时候，不知道如何是好。莫里斯和霍尔停止争吵，一时间不知道说什么。

“是奇美拉小队的事儿？”霍尔看了看莫里斯，“他们出了什么事儿？直说无妨，不用回避。”

助手瞥了一眼莫里斯，支支吾吾地说：“龙骑兵装甲部队按预定行程，于 12 点 12 分抵达普罗旺斯庄园。”

霍尔抬头看了一眼墙上的挂钟，显示是 12 点 25 分。

“他们没有找到奇美拉小队，但找到了龙骑兵的阿尔伯特少尉。据阿尔伯特汇报，代号‘娜娜’的试验体出现意外情况，导致主人格贝娅娜觉醒。她打晕阿尔伯特后逃离。奇美拉小队其他队员，正在寻找。”

“代号——娜娜——”霍尔好像没反应过来，低声重复几遍后，脸色大变，冲着助手怒吼，“你说什么？娜娜逃离了？怎么可能？！”

“一定是阿尔伯特搞错了。”莫里斯站起来对霍尔说，“我们特意设置三种应急预案，阻止娜娜的主人格觉醒，应该是万无一失的。”

“阿尔伯特在哪里？！”霍尔已经无法控制心中的怒火，“我要和他通话！现在，马上！”

“他还在普罗旺斯庄园。”助手面露难色，“现在联系他，恐怕很难。因为电离风暴，余烬城以北的即时通信完全中断，龙骑兵是通过邮件，收到阿尔伯特的报告。”

“那就发邮件，把经过问清楚！”霍尔攥紧拳头，“难道他不知道娜娜的重要性吗？！不知道他的任务就是保护娜娜，要随时控制她吗？难道我们没有强调，必要时，允许他使用一切必要手段吗？我们已经提供了那么多备用方案的！”

见霍尔已经语无伦次，只顾泄愤，没有做出任何有价值的指示，莫里斯连忙说：“马上给阿尔伯特发邮件，让他原地待命，再递交一份详细报告。同时联系龙骑兵总部，请求他们立即派出至少一个排，一个斯特赖克装甲排，以最快的速度前往普罗旺斯庄园，协助研究中心追回逃跑的试验体。”

“不行，一个排的力量根本不够。我担心，事发原因恐怕不像他们所述那样简单。”霍尔抹抹额头的冷汗。

莫里斯把手搭在霍尔的肩膀上，盯着他的眼睛，问：“什么意思？”

“昨天晚上，娜娜绕过龙骑兵总部数据库的防火墙，进行大量搜索，因为信号不好，搜索时断时续，但她好像执着地寻找 MIKO 的数据。”霍尔说。

莫里斯皱着眉头，摇摇头，一脸难以置信的表情：“我不明白你的意思。她怎么会——和 MIKO 扯上关系呢？”

霍尔也是一脸茫然：“我只知道，上一个如此迫切寻找 MIKO 数据的东西，还在这栋楼里。”

“手魔？”想到手魔，莫里斯立即意识到问题的严重性。娜娜极有可能与派出手魔的组织有某种关系，甚至她一直为这个组织服务。

“该死！”她指指身后的门，“霍尔，你去发邮件，我联系龙骑兵总部。到了这种地步，我们不得不需要外力帮助，不，我们需要强大的外力帮助。”

强大，只有相对，没有绝对。只要有解决问题的时机，解决问题的实力，那才可以称之为强大。

今天的莫里斯，或者整个龙骑兵研究中心都非常幸运。他们不但拥有解决问题的时机，还拥有解决问题的能力。

作为人均国内生产总值远超过强大邻国的城邦，余烬城实际控制区域十分有限。名义上它的领土达到隔离区边界，但城外的拓荒团，只控制着几个零星的小农场。

虽然把持市政的议会以及掌控议会的元老们，始终对开疆拓土毫无兴趣，但军人尚武的天性，使龙骑兵当中逐渐出现一些好战的鹰派。阿列克谢少校，便是鹰派中的代表。他虽然不在高层，但他背后却站着很多利益集团的大佬。

现在展现实力的机会来了。对于阿列克谢，对于余烬城的鹰派，都是一次求之不得的机会。关键是，追捕一个携带武器叛逃的地狱猎兵，完全属于余烬城内政，美国政府和联合国重建委员会都无权干涉。

虽然以前龙骑兵也有过类似的行动，甚至深入锈银森林，那时武器装备落后，只能小打小闹，为了颜面走过场。如今，龙骑兵经过多年军购、准备与训练后，已经具备了不逊于其他城邦军队的实力。他们需要的，只是一次恰当的展示机会，为余烬城龙骑兵正名。

接到研究中心求援后，龙骑兵总部的鹰派们立即嗅到血腥味儿，拿出早已准备好的一大一小两个方案。

四十分钟后，龙骑兵总司令就批准了小方案。

他们派出相当于一个加强连规模的机械化混成部队。这个加强连，配备陆军最先进的装备，由刚从美国进修归来的阿列克谢指挥，以最快的速度完成集结，在美军反应过来并进行监控前完成任务。

当然，能不能完成任务、能不能找到娜娜并不重要，重要的是，要让美军知道，余烬城有能力调动、指挥这样一支强大的现代化精英部队。

霍尔没有想那么多，现在他期盼龙骑兵立即出发，找到娜娜。

“你们到底什么时候能出发？”霍尔在人高马大的阿列克谢身后，就像追着大人要糖的小孩子，“现在已经是下午 2 点了，找到娜娜的可能性越来越低。”

留着漂亮络腮胡、穿着作战迷彩服的阿列克谢压根儿没空搭理霍尔。他昂首阔步，任军靴踩在地上发出的声音，在车库里回荡。

“喂，你们干什么呢？为什么不用综合指挥车！”他朝一组技师摆摆手，“任务区域有电离风暴，远程通信和空中支援都没用，我乘坐斯特赖克装甲车就可以。”

购买的先进坦克不适合这次任务，让阿列克谢感到有点遗憾。不过，环视整座车库，他对麾下携带的新式装备感到满意。每个士兵装备了包含头盔在内的六级护具，穿着昂贵材料制成的轻便防弹衬衣，还加装陶钢三合一插片。从理论上讲，哪怕最新式的穿甲弹，八十米外都很难击穿。反过来，他们使用的步枪，是从美国小批量引进的 AICS 突击步枪，并配备八毫米穿甲弹和全息瞄准镜，足以在两百米内击穿任何五级以下的防弹衣。在一百米内，五级护具对这种突击步枪都无济于事。

具有防御手枪子弹的面罩，防毒防火，左右眼各有一块显示器，任何士兵都能通过上面的数据链，掌握友军与敌军的动向。

真彩夜视仪、辅助通信功能，在电离风暴中，可能会失效，让面罩的功能大打折扣。但是，反过来看，这也是检验部队在恶劣环境中作战能力的绝佳机会。

霍尔注意到站成一列的十几名龙骑兵，全都佩戴一套覆盖全身银光闪闪的金属支架，忍不住问阿列克谢："这是美军刚刚研发出来的新式外骨骼吗？"

"它叫 EXO21，代号'人猿'，真正的实用型作战外骨骼。"阿列克谢小声嘀咕，"至少美军是这样对我们宣传的，反正我不相信它有那么好。"

霍尔似懂非懂地点点头，又被一些车辆吸引。他从未见过这些小型的两轮装甲车，但封闭式设计以及车体两侧舱盖，还是让他有了大致判断："这是——镇暴车？"

"铁骨城进口的越野型，混合动力，续航时间比原来的镇暴车多一倍。每台搭载两部狂战士军用型，适合小规模的高强度作战。”阿列克谢介绍道。

霍尔闻言有些惊讶，问道：“以狂战士的耗电量，不连电源的话，很快就会趴窝吧，它怎么可能适应野外战场呢？”

“你懂得挺多呀，小子！”阿列克谢头也不回地说道，“但还不够多，所以你别不懂装懂，更不要打扰大人干活儿。”

这绝对不是霍尔第一次被人当作小孩遭到无视，但这次他真无力反驳。对于进口军事装备，除了官方公布的资料，他一无所知，以至于他看到前方那台庞然大物，只是微微张着嘴，驻足观看。

从六支仿生机械腿来看，这毫无疑问是拥有“长刀”骨架的机甲，但它的上半部分，却安装着一门比底盘还长的电磁炮。银色导轨两边，印有“野太刀”三个字。

三名技师围着它，紧张地进行调试。

霍尔靠近它时，机甲侧面的一个球形摄像头突然转动，对准他，似乎比霍尔还好奇。

这也是霍尔第一次如此接近现代化大型无人机甲。一直与生物打交道的他，对这种大杀器由衷地产生敬意，甚至从它身上，感觉到人类智慧的强大。

阿列克谢走到一辆刚刚停稳的斯特赖克装甲车前站下。那辆装甲车侧面印有龙骑兵的标志和第十三独立武装巡逻队字样。

这应该是蕾姆的队伍，至少曾经是她的队伍。

从斯特赖克装甲车里钻出来的，不仅有蕾姆，还有一个穿标准作战服的中尉。看到那个人，阿列克谢愣住了。

“阿列克谢少校，龙骑兵手魔事件调查组组长蕾姆中尉，向你报到。”蕾姆摘下头盔，立正行礼。

阿列克谢认真地回礼，注意力还集中在蕾姆身后的女人身上：“这位女士是——”

“镰仓二二三。”蕾姆扭头看着镰仓二二三，“她是手魔事件重要人证，在这次行动中，可能给予我们重要帮助。”

“人证？”阿列克谢纳闷，问道，“我们去打仗，不是打官司，她能对我们有什么帮助？”

“镰仓二二三现在是余烬城万民平等友爱促进会成员，请不要强迫她使用武力，除非有个非常正当的理由。”蕾姆说。

“我是给镰仓二二二报仇的。”身着作战迷彩服的镰仓二二三面无表情，“其他事情，我一概不管。”

阿列克谢琢磨一会儿，对镰仓二二三说：“按照龙骑兵战时规定，我无权向平民派发武器，但你是量产型斗战用速成克隆体，愿意与我们并肩作战，是我的荣幸。不论你有任何需要，我都会在我的权限内，为你提供最好的装备。”

“我的身体就是最好的装备。”镰仓二二三冷冷地说，“我需要的，只是你的许可。”

阿列克谢双手叉腰，感觉自己的热脸贴到冷屁股上，尬笑一下，扭头看看身后。

他身后，先进的作战车和训练有素的龙骑兵已经集结完毕，现在多了一个量产型斗战用速成克隆体，等于多了一门重炮。这是他从军以来，带过的战力最强大的部队。

这正是阿列克谢所代表的鹰派苦心经营的结果。

霍尔走过来，与蕾姆会意地点点头。

阿列克谢毫不见外地揽住霍尔的肩膀，指着整齐的龙骑兵说：“霍尔博士，你看看我的队伍，‘战旗高举、队形齐整’，请相信，我们一定会找到你的娜娜，一定会找到你的MIKO。我们会碾碎前进道路上的任何障碍，用枪声向全世界宣告，招惹余烬城是什么样的下场。”

“战旗高举，队形齐整”，这句话出自《霍斯特威塞尔之歌》，也就是纳粹的国歌。

霍尔暗想：“这个阿列克谢的政治取向，是不是有问题？希望自己成为下一个纳粹？史实证明，纳粹只有一种结果，那就是一败涂地。”

贝娅娜三人，把伯爵等人押到树林中一栋L形状的平房内。

这栋房子，外无门窗，内无家具。一个大房间的墙外，还挂着写有“休息室”字样的大牌子，显得滑稽可笑。

伯爵等人的武器已被收缴，但肢体没有遭到捆绑，依次走进休息室。

休息室中央架着一堆篝火，火堆旁摆满大小不一、形状各异的肉串，不过很难判断出到底是什么肉。

那个笨重狠人突然双手着地，扑向火堆，抓起一块烤肉稀里哗啦地猛啃，好像几天没吃饭一样。

它的胳膊和手腕上覆着白色骨甲，让人感到不寒而栗。

贝娅娜让伯爵等人在休息室一角，并排席地而坐。

伯爵看了一眼端木夜雨，对贝娅娜说："有两个人可能被光化感染了，你能不能让我们处理一下，免得你聊得开心时，他们突然发生尸变。"

"伯爵先生，故作镇定并不能掩饰你心中的恐惧。"贝娅娜说着，凑到伯爵与端木夜雨面前，查看他们的感染程度，"从逻辑上说，你俩能不能成为暗傀，或者什么时候变成暗傀，都与我毫无关系。从你们身上获得的信息，我从别人身上也能获得。"她莞尔一笑，"但是，我会问得很快，如果你愿意配合，自然就能活下去，像正常人那样活下去。"

"你他妈的还不快问！"伯爵皱皱眉，"我他妈的一定配合！"

"我不想知道他妈是谁，只想知道阿尔伯特在哪儿。"贝娅娜依旧笑着问。

"你昨晚下手太重，把他打死了。"伯爵说。

"如果我真想打死他，现在就不会跟你废话了。"贝娅娜盯着伯爵，“他没有死在暗傀手里，而是受伤后留在普罗旺斯庄园，对吧？”

伯爵瞪着贝娅娜，默不作声。他想起阿尔伯特曾经说过，贝娅娜是智商超过一百六十的天才。从目前来看，她是不是天才不确定，但至少有两把刷子，自己得小心应对。

“第二个问题，你们怎么知道我在这里？”贝娅娜问。

伯爵还在琢磨应对贝娅娜的办法，没有说话。

没想到，端木夜雨却说道：“是我，是我告诉他们，昨晚你找了几个地名，他们推测你可能在高尔夫球场。”

贝娅娜直勾勾地盯住端木夜雨，愤愤地说：“我唯一的失误，就是没有杀你灭口！”

端木夜雨梗着脖子，大声问：“你既然知道后果，为什么没有杀我呢？”

“鬼才知道！”贝娅娜撩了一下脸庞的长发，盯着端木夜雨，“也许是我爱上你了吧！最后一个问题，暗傀是你们故意引过来的吗？”

伯爵觉得这个问题非常可笑，双手一摊，反问：“理由呢？”

贝娅娜的左眼飞快闪动几下，发出来的全部是红光：“假设阿尔伯特留在普罗旺斯庄园，龙骑兵如约在12时前来接应，那么，余烬城现在应该已经知道我逃跑的事情了，情况不妙！”

“想问的你都问了吧？”伯爵指指自己，问贝娅娜，“现在我们可以治疗了吧？”

“哦，当然可以，你们请自便。”贝娅娜托着下巴，冥思苦想，“让我好好想一想——嗯，只有暗傀出现的原因还没有理顺，差哪儿呢？ ”

贝娅娜的视线从伯爵身上移开，那把 M1911 手枪在她腰间露出来。以伯爵的身手，应该能一把夺下。

伯爵没有动，因为他知道，贝娅娜如此不设防，可能是相信那两个狠人的战力。

两个狠人围着火堆大口吃肉，吃相非常难看，像匍匐在地的野猪。那个背着长弓的狠人，不时扭过头，偷偷打量伯爵等人。

艾丽盯着他们，好像准备伺机偷袭。

伯爵轻轻碰了一下艾丽，小声说：“别冲动。即便有枪，咱们也不一定打得过。”

艾丽冷冷地说：“他们不是人，应该是妖。”

“妖？”自以为见多识广的伯爵，确实没有见过这种狠人，看它们的身形，确实像人，但人不可能有尾巴，手臂上更不可能长出骨甲。

“你不是说帮我们治疗吗？”端木夜雨怯生生地提醒伯爵。

“马上。”伯爵小心翼翼地从怀里掏出医疗包，并示意端木夜雨跟他照做。

理论上，一针由微调剂提炼出来的退僵宁，就能抑制光化感染，但前提是，感染后一至十二个小时内，在大脑没有被感染前注射。如果在蛮荒之地被暗傀咬了两口，或者被喷吐种暗傀啐了一脸，手边又没有退僵宁，基本上无治，因为这种感染，比早期核辐射厉害。

艾丽和端木夜雨手背上的静脉血管，隐约呈现黑色。这是光化感染的早期症状。

真正让他们感到紧张的，并不是光化感染，而是看到医疗包中那枚梭状的黑色遥控器。

阿尔伯特虽然不在，但这个小遥控器，如果按他的描述，是能让贝娅娜瞬间失去攻击力的。

“可怜的卢西奥，我的老队长！”伯爵一边小心地拿着针筒，一边故意大声打岔，“如果当时能早点儿发现他被感染，可能他就死不了了。你们知道吗？光化感染的微调剂，是通过空气传播的，就算你们没有被喷吐种暗傀直接喷到，飞散的粉末也有可能通过呼吸或者皮肤进入体内，防不胜防。”

伯爵给自己注射完毕，在放下针筒的瞬间，将黑色遥控器攥在手里，然后从端木夜雨的医疗包里拿出一支退僵宁。

“端木夜雨，你别动。艾丽，过来帮我一下。”他拉直端木夜雨的右臂，在艾丽靠近他时，将黑色遥控器塞到她手里，暗示道，“别怕，不疼的，重要的是注射时机。对，别看针头，看着我，转移注意力，一蹴而就。”

伯爵的注射手法，既拙劣又粗暴，疼得端木夜雨龇牙咧嘴。

艾丽微微点点头，退回去坐好。

伯爵和端木夜雨收拾医疗包时，伯爵暗示艾丽可以动手。

“伯爵先生，谢谢你的坦诚相告。”贝娅娜猛地站起身，“在你的朋友没有找到这里之前，我们不得不离开了。”

就在她转身走向笨重狠人的瞬间，艾丽迅速举起遥控器，冲着她狠狠按下。

贝娅娜却毫无反应。

艾丽记得阿尔伯特说过，只要按下最大的按钮，就能控制贝娅娜。慌忙中，她又连续按了几下。

“碧昂丝，这里已经不能——”贝娅娜冲背弓的狠人喊道，但是不等把话说完，她便两眼一翻，重重地向前扑倒在地。

艾丽的动作极快，没有人发现她在瞬间做了什么。

贝娅娜的左眼像突然断电的灯泡，渐渐黯淡。右眼艰难地眨着，无力地看着身边的所有人。

“怎么回事儿？”碧昂丝背着弓，扑到贝娅娜身边。她一把扯掉兜帽，露出一张精致可爱的俊俏脸，以及齐耳黑色卷发。

狠人突然变成模特般的美少女，让伯爵、端木夜雨和艾丽有点蒙圈。

“贝娅娜，你怎么了？醒醒！”碧昂丝俯下身子，耳后隐约露出字母“B”文身，“你到底怎么了？”

另一个狠人蹲在碧昂丝身后。伯爵看到它的半张脸，也是女孩子脸。

笨重的狠人，小心地拉低兜帽，好像有意要避开伯爵的目光。即便如此，伯爵还是看到它鼻梁的位置，惨白的骨甲露出一道裂纹。

碧昂丝见贝娅娜没有回应，粗暴地将她翻过来，仰面朝上，大声呼叫。

三个狠人围着贝娅娜，喉咙里不断发出低吼声。它们身后的三条尾巴快速摆动。

“我知道怎么回事儿了。”碧昂丝站起身，走到伯爵三人面前，指着伯爵问：“说，你们对她做了什么？不说实话，我会吃掉你们。”

“我不回答妖魔的任何问题。”艾丽冷冷地说。

“吃——吃我们？你——你们到底是——什么人？”端木夜雨身体抖成一团。

“闭嘴！”伯爵盯着碧昂丝，小心翼翼地举起双手，“我们刚刚打完针，整理医疗包，你应该看到的。”

“打针？”碧昂丝扫了一眼地上的两个医疗包，“什么针？”

“退僵宁，学名叫什么阻滞微调剂。”伯爵指着自己胳膊上的针眼儿，“就是用来治疗被暗傀喷咬的那种药。”

碧昂丝挠挠头。它的手指纤细，指甲如童话故事中巫婆那样发灰发白，既长又尖：“光化感染只对人类有效，请原谅我对此病知之甚少。”

它毫不在意地说自己是非人类，让伯爵等人惊诧不已，不知如何接它的话茬儿。

碧昂丝盯着端木夜雨，指着贝娅娜问："她是你的配偶吗？"

端木夜雨哭笑不得："当然不是！"

"那就奇怪了。"碧昂丝摇摇头，"她冒这么大风险，差一点儿被暗傀吞噬，为什么哀求我们救你们？"她盯着伯爵，"你们是父女？"

伯爵摇摇头："在人类世界里，并不一定是配偶或者父女遇到麻烦，才会舍身相救的。我们每个人，都有自己的取舍底线。"

"所以人类的世界很有趣。"碧昂丝耸耸肩，"可惜我一点儿都不感兴趣，真的。"它顿了顿，"现在的情况是这样，本来呢，贝娅娜说，你们是重要的俘虏，让我不要伤害你们，但现在她躺下了，不知道能不能再起来。说实话，对此我并不在乎，在她起来决定你们命运之前，你们就不再是俘虏了。"

"你说得对！"伯爵激动地说，"你现在也确实没有理由把我们当成俘虏。"

"你们现在是我们的储备粮。"碧昂丝揉揉肩膀，"整天打猎挺累的，虽然射箭挺有意思。"

"我也喜欢射箭。"端木夜雨终于找到适合自己的话题了，"你的猎弓和木箭都是自己做的吧？我父亲以前教过我，可我一直没学会。"

"是我自己做的。"碧昂丝回头看一眼靠在屋角的武器，"我看到你的弓了，挺滑稽的。不过作为我们的储备粮，你就不需要打猎了。"她转身拍拍两个狠人的肩膀。两个狠人走到篝火堆旁，取来一大块烤肉，丢到伯爵三人面前。

碧昂丝说："新鲜的，赶紧吃，千万别饿死了。"

伯爵看了一眼地上的肉，冷冷地说："谢谢你啊，丫头。"

"别叫我丫头，在生理年龄上，我已经成年。"碧昂丝说。

"你有十三岁吗？"伯爵讥笑道，"余烬城有良心的地下妓院都不会收你。"

"我当然没有十三岁。"碧昂丝认真地回答道，"红脸两岁就成年了。"她拉开斗篷的领口，深蓝色的紧身服裹着娇小纤瘦的身躯，显出肌肉线条的轮廓，"你们想看看我的四个乳头吗？"她低头看了一眼胸部，"抱歉，不在哺乳期，看不出来的。"

在伯爵等人不知说什么好时，碧昂丝吃力地扎好斗篷，转过身去，回头冲伯爵莞尔一笑："你们可以叫我碧昂丝。我很喜欢这个名字，是路西斐尔赠给我的。"

说完，她连蹦带跳地走到篝火堆旁，拿起一块人手形状的烤肉，大口啃起来。

"路西斐尔？"伯爵挠挠头，"是人名吧？好像在哪儿听过。"

"是'路西法'的另一种发音。"艾丽冷冷地注视碧昂丝的背影，沉默几秒，"晨星之子，地狱之王，最耀眼的天使，最可怕的妖魔。”

“路西法啊？”伯爵咽了几口唾沫，“起这名字的人，还真他妈的自恋！”

说实话，路西斐尔并不喜欢这个能远远看到湖面的阳台，这会让他想起名为“燕尾蝶”的大灾难。虽然那场灾难发生在“愚者之灾”前，但对他来说，却好像刚刚发生。

路西斐尔端起白葡萄酒，轻轻抿一口。现在回想起来，设置在瑞士山区的实验室，是他新生的起始之地，或者准确地说，是他打造新世界的起始之地，他理应充满感激与敬畏，因为他是重要的一分子，领导着大半个团队。

但是，濒临死亡的绝望与苦楚，依然充满他的记忆。那个给他起名“路西斐尔”的研究员，在发生事故那天就去世了，剩下的一个，是勉强靠微调剂维持、继承了路西斐尔记忆与思维的人偶。

现在，只有一样东西可以证明路西斐尔曾经来过这个世界——一个初心，一个引领人类走进真正新世界的初心。原本在“燕尾蝶”大灾难的幸存者中，还有一大群志同道合的共事之人，但在号称“卡奥斯城的乱世天堂”，那些人逐渐堕落、退缩、蜕变，渐渐忘却了创建卡奥斯城的初心。

好在一些人觉醒了，不管他们出于什么目的，都愿意站在他这边，与卡奥斯城，甚至全世界为敌。

现在的路西斐尔，就在等待这样一个人。虽然目前得到的情报显示，时间异常紧迫，但对于他无法掌控的东西，总是很有耐心。在傍晚的湖边，悠闲地欣赏夕阳西下，配上一小碟奶酪和一杯葡萄酒，就像真正的退休老人，放弃一切，不再想什么旧世界，不再想什么新世界，不再想什么人类的未来，只是单纯地晒太阳，一天又一天地走向自己生命的尽头。

门被轻轻推开，雪梨进来，走到路西斐尔身边，低声说："路西斐尔先生，博士到了。"

"嗯，我听到滑翔翼的声音了，不止一个。她带来多少军队？"路西斐尔问。

雪梨露出困惑的表情："多少军队？不，只有博士和她的——"

"只有我和我的四个女儿，怎么嫌少啊？"一个白发苍苍，看起来依然健硕的亚裔女子把门重重推开，用肩膀把雪梨撞到一边。

四个仿佛四胞胎一样的年轻女子，穿着空降服，紧随其后。从面部看，她们与闯进来的亚裔女子有几分相似。

这是标准"量产型斗战用速成克隆体"的脸形，典型的明星脸，让人过目难忘。

"镰仓博士，好久不见。"路西斐尔用力地撑住轮椅的扶手，晃悠悠地站起来。

“放什么酸屁！”对于路西斐尔的问候，镰仓一点儿都不领情，语速飞快，“我们两个小时前才联系过好吗？”

“我是说见面。”路西斐尔解释道。

“那也不过是六个月前的事儿，你是老年痴呆还是脑袋进水了？”镰仓讥讽道。

早在五十年前，路西斐尔就知道镰仓的性格与自己完全不同。扮演了半个世纪的先知、自认为已经参悟长者之道的他，听到如此具有攻击性的言语，还是难以接受。

“博士，请注意您与先生说话的方式。”雪梨强压心中的愤懑，“路西斐尔先生毕竟是调律者的领袖。”

“你的学徒，不，你的宠物应该知道在恰当的时间闭嘴。”镰仓打个响指，她身后的四个“量产型斗战用速成克隆体”立即站成一排。她冷冷地盯住雪梨，对路西斐尔说，“如果你同意，我可以教她记住大人说话时，小孩不要插嘴。”

“大人说话？呵呵！”路西斐尔哈哈大笑后，感慨道，“是啊，你终于活到我这把年纪了。”

“而我将死，你还要活下去。”镰仓摇头浅笑，“哪一个选择更好，只有天知道。”

“苏格拉底，公元前399年——”路西斐尔沉默几秒，“他说完这句话，就带着对律法与传统的尊重慷慨赴死——所以，这可不像你能记住的名言啊。镰仓博士，你是真正的无政府主义者，藐视权威，桀骜不驯，像匹野马。”

镰仓摇摇手指 :“再说第七百二十一遍，不要叫我镰仓博士，我现在叫伊藤诗织。你忘了吗？镰仓博士已经在她的实验室里畏罪自杀了。那是——我想想，差不多四年前的事儿吧？”

“好，既然那个镰仓博士已经自杀了，从现在起，我们就叫你伊藤诗织。伊藤，你说得没错，确实过去四年了。这四年里，你的女儿在全球各地大显神威，在各种恶劣环境下表现不俗，靠我们自己做不了的那种规模测试，在某种意义上，算是因祸得福吧。”

“那有什么用？经历测试的，只不过是披着‘超人’外皮的半成品。”伊藤诗织用拇指指指身后，一脸得意，“他们应该看看这些，这些才是真正的未来战士。”

“你的项目终于成功了？恭喜，这对调律者来说，意义非凡！”路西斐尔慢条斯理地问道，“她们怎么称呼？”

“学名是‘量产型斗战用速成克隆体 MK2’。”伊藤诗织挨个指着介绍，“她是伊藤一、伊藤二、伊藤三、伊藤五。”

“怎么没有四呢？”路西斐尔像强迫症发作一样，皱着眉头慢慢摇摇头，“算了，你起名还是一如既往的敷衍，就算不过脑子，也该有点儿感情吧？这样对试验品的成长有好处。”

“对试验品的成长有好处？哈哈！”伊藤诗织笑罢，“告诉我，你的三个试验品现在在哪儿？”

路西斐尔摇摇头，欲言又止。

“你叫我过来，就是让我帮忙找回你的小玩具？它们叫什么来着？爱丽丝？碧昂丝？克丽丝？”伊藤诗织忽然收起嘲讽的语气，变得异常认真，“路西斐尔博士，你的MIKO计划进行得太久了，你有无限的生命与精力，调律者只有有限的资源与人脉；你也许对自己的试验品真的投入了相当大的精力与感情，但做什么事儿，都得看值不值吧？”

路西斐尔不再淡定，脸上露出怒色。这种表情，曾属于“燕尾蝶”项目组组长，曾属于第三使徒“建造者路西斐尔”，曾属于下定决心背叛朋友、逃离卡奥斯城的调律者议会元老。

“MIKO是索契斯毕生研究结晶，仅是分析、拓展这些实验涉及的知识，就能把我们掌握的技术优势扩大数倍，而且还有助于我们找到‘红脸’诞生的真相，甚至找到在‘愚者之灾’前便拥有如此惊人造诣的大发明家。”路西斐尔向前一步，咽了一口口水，像说悄悄话似的压低嗓门，“你知道吗？从一开始，红脸的基因就设计好端口，它就是为了无限进化与跨种类融合设计出来的神兽，它们的凶猛与善战，反而只是副作用的表现。”

在路西斐尔的眼里，伊藤诗织读到一丝崇敬。她理解这种感情，不是对哪个人，而是对伟大科学之神应有的尊重。在骨子里，路西斐尔并不是想要颠覆世界的大魔头，只是寻求真理的科学家。

“随便你怎么办，反正调律者议会是你创建的，你说了算。破产的话，千万别跟我谈钱。”伊藤诗织心软嘴硬，“我按你说的，带来家底儿，把你的宝贝儿都抓回来吧。”

雪梨像摆脱干系一样，慌忙插嘴道：“博士，我跟您说过，让您把培养的成果都带过来。我还以为您有二十个镰仓呢。”她瞥了一眼四姐妹，“哦，现在叫‘伊藤’了，真棒。”

“没错，我把她们都带来了。”伊藤诗织颇有些自豪地摊开双手，“这四位，就是我的全部成果。在这里，我要感谢尼伯龙根安保集团的合作，所有设备和测试都是完美无缺的。相信我，就算一对一，她们也能把你的三个三岁小朋友打扁的，要死要活、要方要圆都没有问题。为了确保胜算，我还带个替补呢。”

“我一直欣赏你的自信以及与之相匹配的智慧，不过这一次，情况有点儿小变化。”路西斐尔像用尽全身力气，深吸一口气说，“我在余烬城的线人，发来一份邮件说，龙骑兵组织一支机械化步兵连，要回收代号‘娜娜’的试验体。从任务通报中的路线图分析，他们的目的地，与 MIKO 所在位置，也就是你需要去的地方基本重合。”

伊藤诗织故作惊讶地问道：“那你怎么还有时间和我闲聊？你不应该赶紧打发我去办正事儿吗？”

“那个‘娜娜’没有携带任何夜视设备，所以他们决定借夜色掩护行动，预计抵达时间是晚上 8 点整。”路西斐尔坐回轮椅上，“我们离目标的距离不远，正好可以讨论一下行动计划。”

“计划？难道你不只让我过去把三头智能红脸捶扁带回来？”

“鉴于目前的情报，我们只能假设那个‘娜娜’和 MIKO 在一起。由于我们缺少‘娜娜’的信息，只能做最坏的打算。她或许拥有足以消灭一个机械化步兵连的能力，或者说价值。”

“你的牛吹得有点大呀。”伊藤诗织挠挠头，“怪不得你让我把二十个女儿都带来呢。可是二十个量产型斗战用速成克隆体 MK2，拉出去比什么狗屁机械化步兵连吓人多了。”

“事实上，你只带来四个，所以我们仍需要精心准备。”路西斐尔慢悠悠地说，“我呢，不是尼伯龙根安保集团的老兵痞，不懂什么军事，只能把行动计划弄得尽量周详。第一步，7 点左右，我会派遣佩戴夜视仪的感染体寻找 MIKO 的藏身处；第二步，感染体发动围攻，把 MIKO 撵出来。她们毕竟是血肉之躯，就算能杀掉几十甚至上百个感染体，体力总会耗尽的。那时它们一定会设法逃跑，你的人乘这个机会将它们拿下。”

“感染体？”伊藤诗织撇了撇嘴，“你还在坚持四十年前的叫法？听起来比‘核辐射变异者’或者‘暗傀’文艺些，不错。”

路西斐尔说：“如果一切不顺利，我们拖得太久，或者龙骑兵来得太早，抓捕 MIKO 的行动只能靠你了。我会用所有受控的感染体阻挡龙骑兵，帮你拖延时间。无论 MIKO 还是龙骑兵，还不知道感染体实际控制人是我，更不知道我的目的。对方在明，我在暗，就是我们最大的优势。”

伊藤诗织问：“你现在能控制多少感染体？”

“还不到十个。你应该知道，这是人类科学史上最难的技术，远程控制一群行尸走肉有多难。”

“不到十个？天哪，这也敢自称亡灵巫师？”伊藤诗织不屑地问。

“我的追求是精准控制，懂吗？算了，你不会明白的。”路西斐尔像放弃糖果的小孩儿，做了一个鬼脸，“如果你实在没有办法把 MIKO 带回来，就将它们的尸体就地焚烧。在它们体内，含有 239 触媒，不能让它们落到龙骑兵手里。”

“这是不错的计划。说实话，你比那群老兵痞强多了，既考虑到敌我的优劣，又没有提出过分的要求。”伊藤诗织沉默几秒后，用异常认真的眼神看着路西斐尔，就像在考虑是否要答应求婚的少女，“你确实——是当领袖的材料。路西斐尔老师，虽然我一直怀疑，你跟我许诺过的新世界，是不是真的存在。”

“它就在那里，它就在那里！”路西斐尔严肃地说，“你要注意身体，多活几年，一定会亲眼看到它的出现。”

伊藤诗织摇摇头，转身冲手下挥挥手，头也不回地说：“谢啦！但是，我不是为了目睹那个新世界才追随你的！”

第十五章　开　场

整整两个小时，端木夜雨一直觉得腹部隐隐作痛。开始他怀疑吃的那块鹿肉没有烤熟，缺少调料，味道实在太差。最重要的是，口感和他吃过的新鲜鹿肉不一样，有点儿硬，有点儿酸，更像山猫或者北美灰狼的肉。

没吃肉的伯爵，也出现和端木夜雨同样的症状，龇牙咧嘴地捂住腹部。

端木夜雨小声问他："你肚子也疼吗？"

“应该是副作用。”伯爵擦擦额前的冷汗，“那个用来治疗光化感染的清道夫，把那么厉害的变种微调剂都能排出体外，别说肚子疼，拉稀跑肚都不奇怪。”

端木夜雨脸色刷白，向左右看看：“拉稀跑肚？千万别这样，多不方便啊。”

伯爵扭头四下看看，艾丽盘腿而坐，双目紧闭，仿佛老僧入定一般。她的姿势与表情，非常像他曾经的队友洛羽。或许姐妹会的圣武士，闲时都这样祈祷。从某种意义上说，现在还真需要祈祷。

天黑之后，屋内那堆篝火渐渐变弱，只能勉强照亮周围。碧昂丝等狠人的食量挺大，这里储备的肉，无论生熟，都被它们吃得精光。

吃罢，两个狠人像失去动力的玩具，枕着手臂和衣而眠，发出微弱的鼾声。

碧昂丝消失了，谁也没有注意它什么时候离开的。

“它们——”端木夜雨盯着火堆，小心翼翼地挪到伯爵身边，“你看到它们的尾巴了吗？不像假的啊。”

“废话！”伯爵白了端木夜雨一眼，压低声音说，“它们遭受过重度核辐射才变异的，长出两个脑袋都不奇怪。”

“核辐射这么厉害？”

伯爵拍拍端木夜雨的肩头：“好奇害死猫，别问了，睡觉，积蓄体力。”他再次压低声音，“阿尔伯特知道我们在这里，余烬城的增援随时会到，我们必须时刻做好准备。”

端木夜雨向四下看了看，发现这些狠人自顾酣睡，好像把他们归零了，于是想问伯爵为什么不乘机逃走，但想了想，伯爵是战场老油条，他没有选择逃走，可能是更了解这些狠人的手段。

他合上眼后，一个模糊的身影便从屋顶翻下来，一个鱼跃进入屋内，动作轻盈优雅。

端木夜雨注意到，它就是碧昂丝。

碧昂丝轻轻掀起兜帽，慢慢靠近端木夜雨和伯爵，脸上依旧是美到失真的微笑，问道：“你们刚才说的增援，是怎么回事儿？”

伯爵实在没有料到，碧昂丝的听力竟然这么好，尴尬地干咳一声：“你都听到了？”

“你们最好不要低估我的听力。余烬城的龙骑兵专门来救你们？”碧昂丝盯着伯爵，“你应该是余烬城的大人物。”

伯爵盯着碧昂丝：“是不是有关系吗？在你眼里，我的价值，就是一堆肉的价值，对吧？”

“绝对不一样。如果你是重要人物，我肯定会最后一个吃你。如果你的增援来了，最起码还有人质的价值，对吧？”

“谢谢你的诚实。”伯爵的痞劲儿又上来了，笑着问，“咱们能做个交易吗？你放我们和她走。”他指指仰卧的贝娅娜，“无论龙骑兵，还是地狱猎兵，都不会找你的麻烦。我们就当什么都没有发生过。至于你的食物嘛——”他指指墙角那些枪支，“那些玩意儿，你随便找个黑市，都能换来更多的肉，绝对比我们的肉好吃。”

碧昂丝咧开嘴，露出满口尖牙，脸上闪现出野兽攻击猎物的表情：“那些玩意儿，已经是我们的了，还用跟你交易吗？”它扭头看了一眼贝娅娜，“你这么在乎她，她对龙骑兵来说，应该很重要，对吧？”

伯爵一时间哑口无言，无计可施。

“你想多了。”碧昂丝拍拍自己健硕的胸肌，“我和我的姐妹，只考虑明天能不能吃饱肚子。你们的小伎俩，我压根儿就不在乎。在我眼里，你们人类也好，外面的暗傀也罢，和野鹿没有区别，只是吃起来方便不方便而已。”

“我们——人类？”端木夜雨眉头一紧，“你们不是人类？”

“闭嘴！”伯爵完全不关心与自己脱险无关的问题，“你说外面有暗傀，你看到了？”

“我闻到它们的味道了。”碧昂丝微微噘起嘴巴，鼻翼翕动，“也听到它们的声音了。也好，明天我们把你们的援兵和它们一勺烩。”

“它们怎么还没有离开呢？”伯爵紧张起来，“它们到底在找什么呢？”

“食物，水，还能有什么？它们只是脆弱无脑的畜生。”碧昂丝忽然意识到有些不对劲儿，“周围应该没有足够的资源养活那么多暗傀，它们到底是——”

“你在装糊涂吗？”伯爵反问道，“你们下午和青爪交过手，能控制青爪的是亡灵巫师，懂吗？它们有枪，还有皮卡，在锈银森林那边，亡灵巫师完全可以做国王，却把这些玩意儿派到这里，肯定有不可告人的原因！”

“亡灵巫师？”碧昂丝不解地望着伯爵，“谁是亡灵巫师？”

“就是——就是能控制暗傀的人。”端木夜雨迫不及待地插话，“你连亡灵巫师都不知道，不可能吧？”

“还有人能遥控暗傀？这是什么技术？”碧昂丝陷入沉思，呆呆地看着右手，轻声嘀咕，“遥控没有心智的行尸走肉，怎么做到的？为什么要控制它们呢？”

伯爵说：“那是一种高科技，在遭受重度核辐射者的大脑里，植入一种特殊芯片，它们就变得比牲畜还好管理。亡灵巫师可以用它们做任何事，比如挖矿、种田、植树造林、唱歌剧、跳芭蕾舞，当然也包括杀人。”

碧昂丝听罢脸色突变，伏在地上，手脚并用，扑到火堆前，粗暴地摇醒两个狠人。

“快起来！”她发出类似野兽的嘶吼声，“爱丽丝，克丽丝，起来，我们必须走！马上！赶快！”

脸上长骨甲的狠人，竟然叫爱丽丝。它抹抹嘴角，竟然发出稚童般声音：“为——什么——要走？”

“不是所有问题都有答案，爱丽丝。”碧昂丝转向善于射箭的狠人，她原来叫克丽丝。

面对克丽丝，碧昂丝的动作和声音忽然变得轻柔，甚至有些谄媚："抱歉，打扰姐姐休息了。但是，我们真的不得不走了。"

克丽丝面带愠色，瞥了碧昂丝一眼，嘴里嘟囔着，谁也听不清它在说什么。

碧昂丝毕恭毕敬地解释："我也说不清楚，请你相信我的直觉。"

克丽丝不情愿地点点头，冲端木夜雨努努嘴。

"别管他们，来不及了。"碧昂丝瞥了一眼地上的贝娅娜，犹豫着咬咬牙，"这家伙似乎有点儿来头，我建议把她带走。"

克丽丝并没有回应。

碧昂丝像得到默许一样，连蹦带跳地爬到贝娅娜身边，试着架起贝娅娜。贝娅娜的后背刚离开地面，她就放弃了。

"好重！"碧昂丝像搬不动好食物的小猴子一样，焦虑地围绕贝娅娜转了一圈，挠挠耳郭，"克丽丝，你能帮我吗？咱们当中，属你力气最大。"

"我——已经——很累了——"克丽丝依旧往外吐字一般，"身体——好累——没有——生长——抑制剂——骨甲——越来越——重了。"

"别抱怨，你只是不习惯而已，"碧昂丝拍拍左小臂，"我的骨甲都破了，还没喊呢。"她遗憾地看看贝娅娜，叹口气，

“看来我们没有办法带走她。”她指着贝娅娜问，“我给你五秒钟，如果你能站起来，我们带你走。”

贝娅娜微微抽搐两下，但也仅此而已。

“贝娅娜，看来你选择躺在这里，好吧，我尊重你的选择。”碧昂丝转过身，指着爱丽丝和克丽丝，“把他们的枪都带走，能换好多肉呢。”

“喂，喂，小姐姐，你们都已经无敌了，还用枪干吗？不碍事儿啊？”伯爵见碧昂丝不理他，吼道，“你们把枪都拿走，暗傀冲进来，我们怎么办？”

“你们可以跑呀！”碧昂丝莞尔一笑，把伯爵最爱的AN94突击步枪背在肩上，“这是你的枪吧？借我玩玩儿。”

克丽丝抱走艾丽的G36S卡宾枪。她的姿势非常别扭，就像从未摸过枪一样。它正准备拿起曹操的AICS突击步枪时，被碧昂丝阻止：“那个破玩意儿没子弹了，拿着碍事儿。”

克丽丝看了看手里的AICS突击步枪：“但是我喜欢啊。”

“以后我再给你找一把比它更好的。”碧昂丝把肩上的AN94突击步枪递给克丽丝，“这把枪更适合你。你动作慢，跟在我们后面就好。”

克丽丝接过AN94突击步枪，左右翻看两眼后，挂在脖子上，高兴得像小孩子一样，从地上一跃而起。

“各位储备粮，我们有缘再见吧。上帝保佑你们，今晚不会被暗傀活吞了。”碧昂丝说完，送给伯爵如山花绽放般的笑脸，翻窗而出。

爱丽丝和克丽丝紧随其后。克丽丝甚至把窗台都撞坏了。

确定它们走远后，伯爵猛然起身，用力朝屋角吐口痰：“从哪儿来的怪物啊，嫌这个世界还不够乱吗？！”

“妖魔！”仍闭眼打坐的艾丽不紧不慢地说，“绝对是妖魔。”

“妖你妹啊！”伯爵猛地朝她挥挥手，“别说这种没用的屁话了，赶紧检查一下手电筒，咱们也得赶紧走。”

“现在？”端木夜雨有点儿难以置信，“外面——外面不是有暗傀吗？”

伯爵双手叉腰，看了一眼篝火，似乎觉得自己刚才的决定有些草率：“这里离普罗旺斯庄园还有一段距离，我们现在走，天亮之前应该能赶到。暗傀的视力与我们差不多，白天走可能更危险。”

“它们看不见，我们也看不见。”端木夜雨站起来，摇摇手里的手电筒，“如果，我说如果用这个照明，还不得把暗傀招引过来呀？”

伯爵挖苦道：“你想多了。暗傀的智商可没有你的高，它们是野兽，看到光源也不一定能知道咋回事儿。至于亡灵巫师，如果他是一个人的话，他在这个时间段应该睡觉了。”

端木夜雨虽然不知道暗傀是怎么回事儿，也不明白亡灵巫师到底是什么，但从逻辑上想，觉得伯爵说得在理：“咱们还是赶紧走吧。”他看了一眼贝娅娜，“我们得把她带回去。”

“嗯，我们好歹算是完成任务了。”伯爵四下扫视，骂道，“妈的，什么都没留下啊，留根木棒也行啊。”他说着，快步走到篝火堆前，拿起一根粗制滥造的火把，“别说，还真有。”

他蹲在篝火堆前，花了好长时间，才将火把引燃。

伯爵欣慰地看着火把：“亡灵巫师控制的暗傀不怕火，但野兽怕火。如果亡灵巫师下午跟我们交过手，应该很累了，现在不可能不睡觉。我在前面引路，你俩架着贝娅娜跟在后面，没问题吧？”

“没问题。”端木夜雨刚朝贝娅娜走出一步，愣住了，“你们听到外面有动静吗？”

“没有。”艾丽淡定地掸掸腿上的尘土。她走到端木夜雨身边，同样停住，蹙眉侧耳倾听。

与此同时，伯爵刚触及门框的手缩回来。即便他听力不敏锐，也听到一阵紧是一阵的声音。开始是窸窸窣窣如同雨点落地的声音，很快变成万马齐奔的声音。

毫无疑问，这是人的脚步声，很多人的脚步声。

“什么——东西？”端木夜雨嘴上虽然问着，心里早就有了判断，迅速退到墙根儿。

艾丽摸出身上唯一的武器——从无相城带出来的勺子。

伯爵慢慢退到端木夜雨与艾丽身边，举着火把的手不住地战抖着。

脚步声越来越清晰，转眼间到了小屋附近。

与越来越慌张的端木夜雨和伯爵相比，艾丽却淡定得出奇。她深吸一口气，小声念叨起来。类似梵语的轻声呢喃，听起来像某种祈祷词。

第一个暗傀破窗而入，第二个、第三个，乃至六七个，纷纷跳进来。更多的暗傀，却从屋子两边匆匆而过。

端木夜雨在身上摸来摸去，身上只有那个手电筒，失声问：“现在——我们该怎么办？”

伯爵刚想说话，便挨了第一个冲进来的暗傀一脚。

这个暗傀浑身一丝不挂，满脸疤痕，头上却套着一个单孔夜视仪，手里拿着一把砍刀。

它这副打扮，伯爵立即明白，它被遥控了。

伯爵咬咬牙：“他妈的，还真没睡啊！”

面前如果是野生暗傀，他们基本十死无生。如果暗傀受亡灵巫师控制，反而还能沟通。

“直说吧，兄弟，或者姐妹。”伯爵放慢语速，尽力让自己显得不是那么慌张，“我们只是路过的小兵卒子，你的部下不缺我们身上这点儿肉。放我们一马，来日——”

“闭嘴！”一个手里端着猎枪的暗傀仰起脖子，用急促而沙哑的嗓音嘶吼着：“它们——呢？”

“在哪儿？！”其他几个暗傀旋即齐声问道，像训练有素的唱诗班。

伯爵一时愣了神，既没懂“它们”指谁，也不清楚“在哪儿”是何意。

端木夜雨反应过来：“它们往南边去了！”他指指那个窗口，“从那里走的！”

戴夜视仪的暗傀扭扭脖子，像把五脏六腑都扭出来一样，暴怒地狂吼一声，率领其他暗傀夺门而出。看它们火急火燎的样子，好像赶着投胎的孤鬼。

再也没有暗傀进入屋内。

半分钟后，一声雷鸣声响彻天际，随后是连在一起的噼里啪啦的枪声。

伯爵仍未从惊吓中缓过神来。他舔了舔嘴唇，拍拍额头：“它们是来找——找那三个家伙的啊？这到底是——什么情况？”

“不对呀，暗傀应该早就把这里包围了，为什么不早点儿进来抓它们呢？”端木夜雨百思不得其解。

“它们在等待增援。”艾丽幽幽地说，“它们发现目标逃跑了，才不得不发起进攻。”

“有道理！”伯爵点点头，“下午交手时，青爪都被它们轻松打败了，暗傀应该非常忌惮它们，不敢贸然出击。”

“它们在等什么呢？”端木夜雨心里愈发不安，“更多的暗傀吗？”

“妖。”艾丽冷冷地说，“能逮住妖的妖。”

阿列克谢听到枪声时，正展开卷屏电脑屏幕，与一脸倦怠的阿尔伯特讨论。

虽然他们坐在为蛮荒之地量身打造的斯特赖克装甲车里，多少还是有些颠簸，再加上车内光线昏暗，屏幕的质量似乎也有点儿问题，屏幕不停地闪烁，有时还出现马赛克。

“我们现在应该在这儿，离那个高尔夫球场还有多远？”阿列克谢问。

阿尔伯特打量阿列克谢一眼，这个留着漂亮络腮胡子的少校，虽然比他的军衔高，但毕竟只是一介武夫——名声不太好、背地里被龙骑兵研究中心的人称为“法西斯”的武夫。对于阿列克谢，他确实有点儿畏惧，尊敬根本谈不上。

“你确定吗？”阿尔伯特看了一眼屏幕，指着上面一个闪烁的红点说，“这里才是我们所在位置吧？”

“你知道现在出现电离风暴的概率有多大吗？”阿列克谢扭头看了一眼副驾驶位子的副官。

副官头也不回地答道：“百分之七十九。”

“百分之七十九。”阿列克谢点点头，问阿尔伯特，“你是搞技术的，应该明白这个数据意味着什么，就算最新型的军用级卫星导航，也扛不住这种电离风暴的干扰。”

阿尔伯特轻轻叹了口气：“为什么偏偏挑选这种天气行动呢？”

“因为你没有履行你的职责。”阿列克谢颇不耐烦地说，

"连一个随时都可以关闭系统的玩具都看不住！"

阿尔伯特甩出一丝无可奈何且又意味深长的讥笑："她可不是什么玩具。长官，她原本是余烬城公民，却被你们变成D级材料，像野狗那样开膛破肚，肆意践踏。你知道吗？一个普通公民，是绝对不能成为D级材料的，这是我们自诩文明城邦的底线！"

"来自蛮荒之地的野人，只会把你当作食物和泄欲马桶！"阿列克谢不屑地说，"至于那个丫头，你的意思是，她也是罪犯？"

"只有奸杀她的死刑犯，才会从余烬城公民变成D级材料。"阿尔伯特摇摇头说，"我不知道她犯了什么罪。你应该知道，我可没有心情看那种卷宗。"

"所以，你还是老老实实地在实验室里玩小白鼠吧，把实战的任务交给真正的战士。"

这时，远处传来一声枪响，打断他们的对话。听起来是某种制式突击步枪射击时发出的声音，绝非是蛮荒之地中常见的土枪。

"怎么回事儿？"阿列克谢扔下卷轴屏电脑，接过副官递过来的夜视望远镜，打开顶盖，望向远方。

车队放慢行进速度，领头的防雷车报告："前方10点钟方向，发现异常枪战。"

"收到，继续侦查。"阿列克谢盯着10点钟方向，"继续前进，保持警戒。”

枪战发生在一座小山丘后面。

附近有太多类似的小山丘，其中大部分都是动能弹砸入地表引发强震才出现的。正因为如此，无论高尔夫球场原本是什么模样，现在肯定面目全非了。

枪声愈来愈烈，其中夹杂着猎枪、突击步枪和军用狙击步枪的射击声。这些枪，一般不会同时使用，除非进行某种剿匪行动。

“附近有美军活动的报告吗？”阿列克谢按住耳麦，“或者联合国重建委员会的武装？”

“没有。”副官回道，“至少没有官方报告。”

阿列克谢放下望远镜，思考一秒钟，命令道：“全体都有，改变方向，保持队形，朝出现枪声的位置前进。做好战斗准备！”

打开装甲车的顶盖，戴着夜视仪的龙骑兵探出半个身子，整理大口径机枪，准备随时射击。

其他车辆放慢速度，与装甲车保持一段距离。队伍中央那台醒目的“野太刀”机甲，依旧穿着炮衣，没有参战的意思。不要小看它，它是连队中杀伤力最大的武器，能为前方部队提供远程火力支援。在没有发现真正目标之前，必须让它保持节能状态，以便真正战斗时，发挥它的最大效能。

在起伏不平的小山丘上，八辆斯特赖克装甲车摆出楔形阵，彼此相隔十米，以四十公里时速前进。车上，无论驾驶员、机枪手，还是火炮手，都全神贯注地盯着前方。

新型夜视仪拓展了龙骑兵的视野，黑暗里的一切，在他们眼前变得无比清晰。很快，右翼装甲车上的龙骑兵，就看见不远处出现晃动的黑影。

“该死！”坐在副驾驶位上的蕾姆，紧张地正了正耳麦，“B 排第三小队报告，东方发现大量身份不明的黑影，推测应该是暗傀。”

那群黑影循声也转过身来，用空洞茫然的眼神盯着蕾姆乘坐的装甲车。

“很多暗傀！数量在二十，不，三十左右！”蕾姆继续报告。

接到蕾姆的报告，阿列克谢略做思索，低头询问车内的阿尔伯特：“你在来时的路上，遇到过暗傀吗？”

“没有，一个都没看见。”阿尔伯特说，“不过，我在报告里提到过，在执行任务过程中，听说北方出现黑潮的传闻。”

阿列克谢点点头：“黑潮就是受亡灵巫师控制的暗傀群，对吧？”

阿尔伯特苦笑道：“上一次出现黑潮时，我还在中央区墨菲斯小学学习英文字母呢，你别问我。”

“它们席卷了蛮荒之地，杀光方圆两千公里内的所有动物，一直打到美国边境。结果呢，第三装甲师一晚上就消灭了一百万个暗傀，凭借一己之力就挡住了黑潮。”阿列克谢又把目光投向车外，“时代不同了，如今我们也拥有了高科技武装力量，能轻松地从地球上抹去想抹去的东西。”他拍了拍面前的重机枪，命令道，“全体都有，忽略暗傀，继续前进。如果有人进入危险区域，你们可以使用火力予以驱散。”他顿了顿，“不，命令撤销。各排，在不影响前进的前提下，授予你们无限开火权！”

他的话音刚落，各辆装甲车上的火炮、机枪就喷出火龙，弹头在夜幕中划出一道道姹紫嫣红的细线。

穿甲弹轻而易举地撕裂暗傀的皮肉，将它们脆弱的躯壳撕扯得七零八落；炮弹落在暗傀群中，弹片携带着巨大的冲击波，把暗傀的骨肉强行塞入灰尘中。

重大的伤亡，并没有吓倒暗傀。恰恰相反，这些被人遥控的提线木偶，面对同伴的尸骨，毫无畏惧。

更多的暗傀从四面八方聚集过来，在四周形成一张黑网。

蕾姆把SCAR突击步枪架在车窗上，向三十米外的黑影连连射击。装甲车在前行中不断颠簸，影响了她的射击精准度。

换弹夹时，她注意到全副武装的镰仓二二三却紧紧抱住AICS突击步枪，警惕地盯着窗外。

“怎么？当老板当久了，不会开枪了？”蕾姆笑道，“我们不是地狱猎兵，不用考虑弹药成本。车里的弹药，够你玩一个晚上的。”

“再多的弹药，这么打下去，也是浪费。”镰仓二二三冷冷地说，“它们不是我们的行动目标，射杀再多也没有意义。”

蕾姆听罢，停下射击，收回枪，甚至还关闭车窗。

周围的暗傀，全是赤手空拳，在重型装甲车面前，只是可以忽略的蝼蚁。

阿列克谢命令开道的斯特赖克装甲车并排前进，对暗傀进行撞击、碾压。

出现电离风暴的概率，仍在缓慢提高，已经到了百分之八十。在这种天气条件下，即使增强型抗干扰通信设备，也只能在两三百米内有效。

阿列克谢不敢让队伍行进太快，各兵种距离不要太大，以确保他下达的每条指令，都能精准地传达和反馈。

在他的指挥下，龙骑兵绕过大片灌木丛和小片树林，沿着无名人工河前行，逐渐接近目的地。

目的地的枪声，在他们到达前的三分钟，就彻底消失了。

人工河对岸的一个小斜坡，被成片的白杨遮蔽，他们通过先进的夜视仪也无法看清林内。热成像探测器受到电磁波干扰，除了显示林内确实有大量移动物体外，什么都看不到。

“A 排，C 排，下车！”阿列克谢钻出斯特赖克装甲车，习惯性地检查一下手里的 AICS 突击步枪，“A 排过河，保持标准搜索队形，把那片树林彻底给我摸个遍。C 排，启动所有外骨骼装备及狂战士，在外围警戒。无论暗傀还是狗熊，哪怕是美国海军陆战队，格杀勿论，绝不许漏掉一个活的。B排，全体待命，让‘野太刀’进入战时状态。”他转身看看阿尔伯特，“你去A排，指认目标。”

机械化步兵连的一百二十名官兵，迅速依令行动起来。装载狂战士的无人驾驶镇暴车，动作最快，率先冲出去；六台类似半兽人的狂战士机器人，脱离支架，紧紧跟在镇暴车后。

四十个穿戴外骨骼的重步兵迅速集结完毕，携带各种武器越过狂战士，冲到第一线。

这些重步兵，装备世界一流武器，不亚于任何军事大国的精锐部队。别说面对赤手空拳的暗傀，就算遇上美国海军陆战队，也能打个平手。

与跃跃欲试的蕾姆截然相反，阿尔伯特一脸不情愿地跟着轻装A排战士蹚过人工河，走进树林。他看了看身边战士手里的AICS和SCAR突击步枪，突然想起自己的宝贝DF-39突击步枪，到现在还没有真正射杀过目标。在普罗旺斯庄园，他也是配合几个队友象征性地打几枪，还不知道弹头落在什么地方。

他本来是文职官员，从来不去战场前沿阵地，却拿着一把最昂贵的枪，真是滑稽至极。

新款夜视仪的辅助成像系统，在茂密的树林中效果不佳。

DF-39突击步枪装载的传统夜视镜效果反而更好。阿尔伯特把枪托紧紧抵在肩膀上，屏气凝神地盯着夜视镜，用摇摆的枪口控制视线。

他的动作，就像刚入伍的新兵。就实战水平而言，他可能真不如刚入伍的龙骑兵。

“一小队负责保护阿尔伯特少尉，我们需要他确定目标。”A排排长对着耳麦低声喊道。

阿尔伯特不记得A排排长的复杂名字，只知道他是低级代偿者。可能他以某种代谢能力为代价，换来他时刻夸耀超能力的机会：“保持队形，不要距离太远，让我能听到你们的心跳声，确保不要掉队。”

制作代偿者，早已被联合国重建委员会定性为反人类罪，并且根据“没有买卖就没有杀害”的原则，对代偿者的功能进行各种限制，将其视为“需要社会保障”的残疾人。当然，这些法律和限制，被视法律为卫生纸的蛮荒之地归零。余烬城当局，本着“作弊不被发现就不算作弊”的原则，制造了数量庞大的低级代偿者，并把他们超出常人或者低于常人的功能隐藏，更换姓名、国籍和身份。

阿尔伯特也曾设想过，如果自己是低级代偿者，会不会获得何种超能力，会不会失去原本属于自己的东西？在得知代偿者必须是遭受严重核辐射的变异者，而且制作过程根本不可控，这些想法就被他扼杀了。

树林内依旧出现零星的枪声，但没有一颗弹头飞向A排龙骑兵，这反而让包括阿列克谢在内的所有龙骑兵都感到不安。更奇怪的是，在C排重步兵和狂战士布置好外围防线后，暗傀的冲击便戛然而止，好像操纵它们的亡灵巫师，已经意识到任何攻击都毫无意义。

短暂的战前平静，让龙骑兵无比紧张。

人不怕死，但怕等死。

龙骑兵众星捧月般拱卫的“野太刀”，则不紧不慢地伸展六条腿，把自己固定在草地上，同时抬起背部像消防梯的电磁炮管，以近六十度的仰角指向天空。一道幽兰的电光闪烁之后，伴随着怪异的喷射声，一枚菱形炮弹抛入夜空，速度很慢，达到大约八十米高后，突然变形展开，分裂成八架无人机飞向四方。

“怎么回事儿？”阿列克谢仰头看着那些无人机，对着耳麦急切地吼道，“谁下的命令？谁让铁蜘蛛发射无人机？”

“没有人下达发射命令，长官。”负责“野太刀”的炮长犹犹豫豫地回答，“你不是让它做好战斗准备吗？它一旦启动作战程序，就会自动完成的。”

“这种天气还用什么无人机？！能收到信号吗？！”阿列克谢骂道，“一个雷劈下来，它们全都得报销。在这时候动用铁坨子，纯粹是浪费国家资源！”

“可以降低无人机的飞行高度，看看能不能收到信号。需要我试试吗？”炮长问。

“不必了。等等，既然‘野太刀’已经启动作战程序，不如找件事让它做好了。暗傀群还在周围吧？如果锁定目标，就让它打两发燃烧弹，顺便给我们照点儿亮。”阿列克谢说。

他的话音刚落，“野太刀”便吱吱呀呀地把炮管升到几乎与地面垂直，发出咕咚咕咚的响声后，一枚带着尾翼的炮弹进入炮膛。

过了好一会儿，“野太刀”也没有动静，以至于阿列克谢以为它在等待命令。就在他准备下令时，比以前更刺耳的怪异电流声再次响起。

炮弹飞出炮口，化为一道明亮的火光，直入云霄。几秒后，落在 C 排阵地前方的小山丘后，火光冲天，方圆一公里内，顿时亮如白昼。

阿列克谢闻到一股浓重的肉煳味儿，夹杂植物燃烧的呛鼻子味儿，一起喷过来。弹着点内，没有哀号，没有惨叫，没有咒骂。刚才还看穿生死似的暗傀，此刻仿佛凭空蒸发一般。

对此，阿列克谢觉得，这毫无战争的刺激性，让他有些失望。

他的这种失望，转瞬间就被树林里传来的枪声驱散。这些枪声，简直就像回应“野太刀”的轰炸一般，不但密集，而且非常容易辨认——应该来自龙骑兵装备的制式 AICS 和 SCAR 突击步枪。

“A排长，这是怎么回事儿？！？”阿列克谢冲着耳麦吼道，“你们遇到了什么？立即回答！”

“我——我无法确定，应该是什么东西与我排第二小队遭遇了，我们要赶过去支援。”A排长草率地回答道。

“遭遇？”阿列克谢皱皱眉头，抬头望向火光闪烁的树林，“是暗傀吗？”

“应该——是吧？”耳麦中传来刺耳的枪声，夹杂着A排长的敷衍。显然，A排长已经参战了。

刺耳的枪声中止，A排长再次汇报：“它们好像在呼喊，应该不是暗傀。两个，不，是三个。”

A排长不等阿列克谢下令，就冲左右呼喊：“保持扇形队形，包抄过去！前面可能是野兽，大型野兽。”

树林里的三个黑影同时散开，相互掩护着，向A排靠近。

距离大概三十米，热成像已经能很好地发挥作用。A排长切换夜视仪的显示模式，立即看到三个黑影，但体温明显比人类要高很多。

“小心点儿，瞄准目标射击！”A排长猫着腰，警惕地小步快跑。

A排的龙骑兵，一边向四周的暗傀开枪，一边向A排长靠拢，很快就对三个黑影形成包围之势。

三个发高烧的怪物，无论它们是何方神圣，若想在四十个龙骑兵的枪口活下来，只有乖乖束手就擒一个选择。

一个黑影似乎感觉自己被包围，贴着大树绕圈子，朝 A 排长移动。

A 排长冲黑影喊道："我们是余烬城龙骑兵，立即放下武器，表明身份！"

黑影愣了一下，意识到自己无法躲避，便举起双手，从藏身的树后走出来。

A 排龙骑兵稍稍放低枪口。

A 排长注意到，黑影披着一个破旧的斗篷，手里没有携带任何武器。很难想象，在暗傀出没的树林中，它是怎么活下来的。

"阿尔伯特，那个是你的娜娜吗？"A 排长对着耳麦小声询问。

十米外的阿尔伯特仔细打量几眼，摇摇头："身高不像。看不清脸，不好确定。"

"站住！"A 排长将枪口对准黑影面部，喝道，"脱掉斗篷，让我看清你的脸！"

黑影犹豫一下，小心地捏住兜帽边缘，慢慢后扯。几秒后，它猛地抬起头，着实把 A 排长吓了一跳。

黑影正是克丽丝。

"你他妈的是什么鬼！"紧张的新兵实在忍受不了面对妖怪的恐惧，狠狠扣动 AICS 突击步枪的扳机，两颗弹头射入克丽丝的前额。巨大的冲击力，让它向后仰去。

就在它即将挨到地面时，身体又慢慢站直。

“别开枪！”A排长喝止手下，然后冲克丽丝摆摆手，“先生，你——你能说话吗？”

“我——能——但是——我不想说。”克丽丝开口后，在场所有人才意识到黑影是一个女人，或者女孩。

A排长突然意识到，自己的注意力完全被面前的克丽丝吸引了，忽略了另外两个黑影。他四下寻找时，一个黑影已经从他头顶的树梢上纵身跃下。

第十六章　未来的模样

伊藤诗织放下望远镜，神色凝重地叹口气。现在是城邦历第 40 年 4 月 4 日晚 7 点 04 分，数字巧合得令她想笑，但她不仅笑不出来，反而气得想骂人。她身边除了四位“女儿”，还有一个一直微微哆嗦、形貌滑稽的谢顶暗傀。

“路西斐尔教授！”她眉头紧锁，把玩着望远镜，“你不是说余烬城的人 8 点到吗？”

谢顶暗傀抽搐两下，喉咙里发出有痰吐不出来的怪声：

“他们——的行进速度——比预想的——快。”

“行了，别解释了，乱找借口的男人最丑陋。”伊藤诗织不耐烦地摆摆手，“你确定‘ABC’的位置了吗？”

“呃，啊，嗯——是的。”谢顶暗傀举起抖动的胳膊，指向两三公里外的小树林，“在——那里——接触到——三个目标——都在。”

伊藤诗织顺着谢顶暗傀手指方向，伸出胳膊，不过稍稍偏移一点：“对，不仅目标都在，余烬城的一个整编机械化步兵连也在，而且严阵以待。”

“啊，不能——让——他们——捕获 MIKO。”谢顶暗傀把后半句话传达得非常清晰，看来路西斐尔加大了控制力，“任务——改变——不用再考虑活捉——你必须——杀人灭口——毁尸灭迹。”

“让我想想啊。”伊藤诗织轻轻点点头，“按照目前观察到的情况，敌方一个仿美最新编制的混成机械化步兵连，至少八十名佩带全套夜战装备的现代化轻步兵，四十名携带外骨骼重步兵，装备八辆老式斯特赖克轻型步兵战车，一辆土拨鼠防雷车，六辆 SG29 重型装甲输送车，三辆看起来像改装过的镇暴车，一部‘野太刀’远程支援型战斗机甲，以及一门把炮弹加速到十二马赫、射程超过六十公里的大型电磁投射器。”

“呃——”谢顶暗傀喉咙里发出绵长的怪音，好像意识到刚才的要求，对伊藤诗织来说可能有些过分。

“装备声呐、热成像仪，或者其他能在电离风暴条件下具有工作能力的侦测设备，以及最新抗干扰短距通信系统，以目前的天气条件来说，至少能保证两百米左右的指挥距离。”伊藤诗织提出了她的条件。

“也许——我们——还有——别的办法——”路西斐尔遥控的谢顶暗傀原地旋转半圈，“比如——等他们——回城的路上——进行——伏击。”

“他们有车，你的暗傀群却没有，等他们转移的时候，靠我们区区五个人和一部越野车，怎么可能阻挡住一个机械化步兵连呢？”

“五个——人——”似乎是为了表达“疑惑”，谢顶暗傀的声音突然扭曲起来，“你——把自己——也算在内了——吗？”

“怎么说呢？路西斐尔教授，你知道吗？”伊藤诗织仰起头，看着氤氲中闪过一道闪电，单手叉腰，“刚加入‘燕尾蝶’，从事基因剪辑和克隆研究时，我就幻想，如果能把掌握的知识与技术，用在军事上该有多壮观，就像我小时候玩的电子游戏那样，成批成批地制造出无比强大的生物武器，或者诸如此类的东西，把它们送上战场，看它们把愚蠢的人类打得落花流水。”她耸耸肩，扬扬得意，“或者说，被人类疯狂屠戮，就像刚才你的那些被烧死的宝贝暗傀一样。”

她沉默几秒，看着五六百米外那片仍在燃烧的轰炸区：“那时我就想，大概我就是那种经常在21世纪卡通片里出现的邪恶科学家吧，竟然天天想着如何把自己的研究成果，用来伤害与杀戮贪得无厌的人类。”

谢顶暗傀摊摊手：“必要的——伤害与杀戮——是为了更大的——”

“闭嘴，老东西，听我说。”伊藤诗织看都不看谢顶暗傀一眼，狞笑着继续说道，“后来，当我真的拥有近乎无限的资金，进行以颠覆为目的实验时，我又发现，那还远远不够。我看着克隆体一天天迅速长大，满脑子想的却是她们血染疆场的模样。那时候我才明白，我并不是邪恶的科学家，而是纯粹的邪恶之人。”

她张开双臂，高喊道：“教授，原来我喜欢的就是伤害与杀戮啊！你以为我害怕了吗？不，现在的我，无比亢奋。我这辈子，第一次有机会走上真正的战场，用自己毕生的研究成果，对抗整编制的机械化步兵连！朝问道，夕死可也！”

“你——”谢顶暗傀诧异地看着伊藤诗织，低声问，“你——吃错药了吧？”

“嗯，确实吃了兴奋剂，毕竟一把年纪了嘛。”伊藤诗织意识到自己有些失态，捋捋花白的鬓角，恢复平静，缓声问道，“路西斐尔老师，这附近——你能控制的暗傀，还有多少？”

“最多一千五——电离风暴——对我的控制力也有影响——不能确定——具体数目。”

“这么办，你马上指挥所有暗傀，围攻龙骑兵的阵地，我和伊藤们乘机发动突袭，从侧面杀入，找到 MIKO。”

谢顶暗傀愣了一会儿，狐疑地看着伊藤诗织：“你是——真的吃错药了吧——对方是——”

“他们的指挥理念，还停留在 20 世纪前，堆砌一批自认为有用的武器，就认为是现代化，简直就是小孩过家家，还不知道寻找新玩具。”伊藤诗织摇摇头，“明明拥有划时代的技术，他们却视而不见，还浪费大笔纳税人的钱。”

谢顶暗傀连连打量伊藤诗织：“难道你——找到了——新玩具？”

“确切地说，是找到了一整套新玩具。”伊藤诗织从口袋里摸出一支类似项圈的东西，套在头上，“看着吧，它在十年之内便能改变世界，就像轰开狄奥多西城墙的乌尔班巨炮，架在马恩河战壕里的马克沁重机枪，落在科威特境内的精确制导炸弹。我们只不过是从赤城号上起飞的第一架飞机，黄昏中为新诸神吹响号角。”

“我还是给你推荐——一种新药吧。”谢顶暗傀注意到，从伊藤诗织身后走出来的正是名为“伊藤”的四个“量产型斗战用速成克隆体 MK2”。她们全都穿着不带任何标志的纯黑贴身皮甲，一条条肌肉似的纤维遍布全身，只在膝盖和肘部位置装有金属关节，乍一看，好像医学院里的人体模型。

谢顶暗傀蒙圈了：“这——”

“这是第二代仿生动力甲，尼伯龙根安保集团的最新产品，欧美特种部队都试验过类似装备，但得出的结论却是‘续航与机动性不可兼容，不适合长时间高强度作战’。”伊藤诗织平举双臂，四个“量产型斗战用速成克隆体 MK2”顿时像服侍皇帝的侍女一样，非常娴熟地为她穿上一套似乎和龙骑兵使用的同种型号外骨骼支架。

她补充说：“他们不明白，再好的盔甲也只是工具，真正强大的，永远是穿盔甲的人。”

说罢，她开启外骨骼电源开关，接过“量产型斗战用速成克隆体 MK2”递过来的大枪，横在胸前：“丫头们，启动动力甲，检查武器。”

“启动什么？”遥控谢顶暗傀的路西斐尔感到非常惊讶。

他对军用装备并不是一无所知，人造肌肉这种昂贵而精密的材料，有时也用在民用领域，但它们输出能量时消耗的电量同比，却丝毫不比重型动力装甲小。后者配备大型电池，又影响了仿生甲的灵活与轻便优势，同时长时间通电，人造肌肉的性能也会下降。能够速战速决的特种部队尚可使用，但对于需要背负装备长途跋涉的正规军，确实存在“续航与机动性不可兼容”的问题。毕竟，以普通人的体能，在不通电的情况下，穿上全套仿生动力甲，别说打仗，步行一小会儿就会筋疲力尽。

这时，路西斐尔忽然明白了伊藤诗织刚才说的话，“真正强大的，是穿盔甲的人”。普通人的体能有限，如果是“量产型斗战用速成克隆体 MK2”，就可以在“行进”“警戒”和

“作战”中随意切换，无须考虑体能。

看到谢顶暗傀呈现出惊讶和赞许的表情，伊藤诗织就知道自己的研究成果把路西斐尔镇住了。她情不自禁地得意起来，说道：“教授，你睁大眼睛，看看我说的改变世界，远不止如此。短距离激光通信、嵌入式大脑芯片、全新武器系统，以及更大的枪，更强的战士，更精妙的技战术，尼伯龙根安保集团想要创造一个能够垄断世界雇佣兵市场的体系，他们离成功只有一步之遥了。”她往前一指，喊道，“这是一次真正有挑战性的试验！”

“尼伯龙根安保集团——就不怕——泄露——自己的技术吗？”

“我也是股东，就当这是一次拥有无比震撼力的广告宣传吧。”伊藤诗织耸耸肩，“况且，如果杀死所有目击者，泄露又从何谈起呢？”

她点点自己脖子上的金属项圈，似乎触电一样，猛地哆嗦一下。

与此同时，她身后的四个“量产型斗战用速成克隆体MK2”纷纷戴上头盔与面甲，浑身上下的肌肉，也随着微微膨胀，看起来就像从地狱爬出来的剥皮露骨的鬼魅。

“我和她们的大脑芯片，通过便携式激光通信器相连，可以实时交换战场信息，从而对她们下达作战指令。”伊藤诗织指指头部。

路西斐尔对伊藤诗织拿自己做试验，一点儿都不感到意外。他说 :“如果不借助外力，她们只能在看到彼此的接收器时才工作，听起来非常原始，但这是未来战士的标配。你知道为什么吗？”

伊藤诗织没有回答。

通过遥控谢顶暗傀，路西斐尔注意到，四个“量产型斗战用速成克隆体 MK2”从越野车上卸下来的装备，虽然看上去还算先进，但全是单兵武器，无论数量还是杀伤力，感觉很难对抗龙骑兵。伊藤诗织的自信，令他感到不解，问道 :“你在冒险？”

“因为这个地球已经被玩坏了。”伊藤诗织指指谢顶暗傀的上空，“电离风暴的强度和频率，在未来三十年内只会不断升高，任何在强干扰下无法工作的系统，不过是一堆废铁。”

她走到名叫伊藤一的“量产型斗战用速成克隆体 MK2”面前，指着她脚下形状独特，也是所有装备中体形最大、像礼炮一样的发射架，说 :“今晚，我就给你演示一下，未来的战场是何种模样。”

三分钟前，阿列克谢接到 A 排长汇报，按照余烬城龙骑兵管理条例，如果排长遇到意外，不能行使指挥权，指挥权及其通信权限会依次转移，这在信息化作战系统中，完全是自动进行，无须人为选择。

现在，耳麦里传来乱七八糟的喊杀声，好像每个人都在端枪狂射，却不知道目标在哪里。不在战场前沿的阿尔伯特，悄声问阿列克谢：“长官，这是怎么回事儿？”

“你问我？”阿列克谢哭笑不得，“你应该回答我，你们到底在瞎打什么？！”

“这个——我也说不清楚啊。开始时，我们好像遇到两三个偷袭者，然后——”阿尔伯特支支吾吾地说。

阿列克谢判断阿尔伯特躲在后面，没有参加战斗，但他没有言语。

阿尔伯特继续说道：“大批暗傀突然从四面八方疯狂冲过来，到处都是，斩不尽，杀不绝……”

阿列克谢心里“咯噔”一下，不禁为自己的大意感到懊悔。在开阔地带，密集的现代化武器能挡住成千上万的暗傀冲击，在森林或者灌木丛中，则很难对不怕死，甚至不知疼痛的暗傀构成威胁。

从枪声判断，显然不是余烬城龙骑兵制式装备发出的。无论开枪的是暗傀，还是土匪，都说明A排遇到了麻烦，根本没有形成压倒性的优势。看来他精挑细选的精锐，战力也不过如此。

既然如此，他决定亲自指挥：“A排全员，收缩阵线，在人工河边重组阵形。我会派B排给你们提供火力支援。”

他的话音刚落，身后的副官突然报告："长官！'野太刀'传回警报，它的无人机发现，西面和南面出现——"

副官忽然沉默了，他顺着同样呆滞的阿列克谢目光望去。这本不需要无人机侦查，或者'野太刀'提供信息，窜着猩红烟火的山丘上，忽然出现无数个黑影，它们互相推挤碰撞，连滚带爬地冲下山丘。即便距离尚远，看不清它们的表情，但仅凭一往无前的气势，就能感觉到它们与之前遭遇的零星暗傀明显不同。

"目中无人的混账东西！"阿列克谢忍不住骂道。

恐惧很快被愤怒取代，阿列克谢恶狠狠地咬咬牙。他认为，区区一个亡灵巫师，就算能控制漫山遍野的血肉傀儡，哪来的胆量挑战真正的军队？靠什么打穿战车的装甲，击败同样不知恐惧的战斗机器人？难道用它们的指甲挠、牙齿咬？

"C排！坚守阵线！所有战车都去支援，其他人继续执行原有任务！"他注意到不远处的"野太刀"正在调整炮口，于是命令道，"'野太刀'自行选择目标，随意攻击；'狂战士'前进三十米，不，五十米，组成第一道防线！"

这个阵形，虽然以前演练过，但阿列克谢还是对"野太刀"执行命令的效率感到惊讶。指战员刚刚输入战斗指令，"野太刀"便把一枚燃烧弹抛向空中，就像早已完成瞄准、校正炮口、选好弹道，命令下达就开火一样。

由于距离过近，电磁炮弹初速度很慢，甚至以肉眼可见的速度在空中爆炸，变成大片四散的“白色蒲公英”。

这正是这种子母燃烧弹代号的来源。

冲天的火光，在C排阵地前形成一道橙黄色火焰墙，大批暗傀在刹那间化为灰烬，或者被炽热的气浪掀翻在地。但是，哪怕浑身燃烧烈火，甚至炸断两条胳膊一条腿，都丝毫不影响它们继续前进。

它们像一条黑色暗河，奔涌不歇。

火光照亮天际，扑上来的暗傀，规模比想象中庞大。冲在最前面的暗傀，距离龙骑兵的防线不足两百米，已经处在突击步枪有效射程之内。

六部“狂战士”率先发起攻击，枪炮同时开火，弹片像收割庄稼的镰刀，将第一排暗傀拦腰斩断。

C排龙骑兵纷纷扣动扳机，越来越多的暗傀在弹雨中倒下。即便如此，身受重伤的它们仍旧不知死活地冲向龙骑兵阵地。

“让‘野太刀’再发射几枚燃烧弹，构成一道火力墙。”阿列克谢命令道，“距离C排防线一百——不，六十米部署！”

副官有些犹豫：“这么短的距离，会殃及‘狂战士’的。”

“它们又不怕疼，你怕什么？”阿列克谢切换到B排频道，“B排第一、第二小队，增援C排两翼，三小队继续为A排提供火力支援。A排，你们现在……”

他抬起头时，突然失声。开始他以为自己眼花，马上就确定自己绝对没有看错。

四个天神般高大强壮的“量产型斗战用速成克隆体MK2”，出现在山丘上，根本无视成批倒下的暗傀，端着武器，站得笔直。

“那是？”他刚举起手，食指还没有伸直，一颗烟花般的火箭弹，从四个“量产型斗战用速成克隆体MK2”身后腾空而起，以惊人的速度直冲天空，钻进云霄。

“到底是什么东西？”

他的话音未落，天空中便出现昏黄的光线和沉闷的爆炸声。所有龙骑兵把目光投向天空。

几秒钟过后，浓黑的乌云中传来一阵更大的声音，霎时间电光闪烁，雷鸣声响彻天际。

阿列克谢心里隐隐出现不祥的预感。

副官的报告，证实了他的预感无误：“长官，电离风暴……喂，喂，能听清吗？”

“怎么回事儿？！什么意思？！电离风暴怎么了？！”阿列克谢吼道。

通信频道中的杂音，让阿列克谢暂时失聪，最后听到的是副官近乎歇斯底里的呼号：“妈的，按照这个速度，发生概率百分之四百啊！我的妈……”

伴随着第一道从天而降的黄色闪电，副官的声音戛然而止，随之是刺耳的“噼啪”声。每个频道好像都凭空消失一样，没有任何回音。

“野太刀”的无人机从空中坠下，刚才还在射击的“狂战士”石头似的呆立不动，甚至连突击步枪上的全息瞄准镜都黯淡无光。无须任何数据提示，现在阿列克谢率领的这支机械化步兵连，已经完全被电离风暴笼罩，而且很可能处在风暴中心。

“不，不可能！”仰天号叫的副官一脸惊慌，“诱导电离风暴发生，只有战略核武器才能做到吧？！”

“没有蘑菇云，肯定不是核弹。”阿列克谢肯定地说，“他们也许发明了比核武器更厉害的东西。”

阿列克谢说完，马上就去寻找山丘上的四个高大的“量产型斗战用速成克隆体MK2”，然而她们却消失得无影无踪，让他感到不寒而栗。他的额头渗出一层冷汗，打开通信设备，又被刺耳的杂音震得耳鸣。

“妈的！”他提高嗓门，大声吆喝，“大家小心，敌人不仅有暗傀！”

他不知道多少人能听到他的提醒。这时，他只能选择相信一百二十名余烬城的战斗精英，能应付四个不速之客。

B排的两个小队，主动加强阵地侧翼的防御。“野太刀”笨重的防磁爆副甲，此刻发挥作用，射出第三枚炮弹，将阵地前的燃烧区扩大一倍。从天而降的火墙，极大地限制了暗傀向前穿行。更重要的是，明亮的烈焰，让龙骑兵不再依靠夜视仪就可以射击。

相距一百五十米左右的两翼，两颗照明弹升空。在这种突发情况下，龙骑兵还能做到这一点，不管他们算不算战斗精英，至少够职业。在如此混乱的局面下，对于没有参加过实战的他们，能不慌不乱已经实属不易。

做到这些，对于参加无数次实战的镰仓二二三还远远不够。她从第一声枪响开始，就缩在斯特赖克装甲车后面，持枪半跪，既没有去支援前线，也没有被任何爆炸声或雷鸣声影响，而是慢慢地左右寻查，不知道她想干什么。

“你怎么在这儿？”蕾姆终于找到她，“少校命令我们增援C排左翼，你也过去吧。有你在，我们会轻松点儿。”

“嘘！”镰仓二二三做出噤声手势，小声说，“现在还不是轻松的时候，前面情况不妙。”

“情况不妙？”蕾姆环顾四周。虽说到处是零星的枪声，与其说龙骑兵在战斗，倒不如说他们在打靶。她嬉笑道，“别紧张，暗傀冲不过来。按它们这种蜗速，我们的弹药足够消灭它们两个师。”

“你以为这种情况正常吗？”镰仓二二三冷冷地问道，“我在蛮荒之地多次遭遇暗傀，它们从没有像今天这样磨蹭过。它们是遭受重度核辐射后，基因发生变异的人，而非无脑的动物。人的基因发生变异，一切都有可能做到。”

“那是因为今天我们遇到亡灵巫师了。亡灵巫师在遥控它们。”

“即便有亡灵巫师遥控，为什么还要它们送人头呢？”镰仓二二三扭头盯着蕾姆，“只是为了消耗你们的弹药？”

蕾姆反问：“你觉得我们应该怎么办？”

“我不知道。现在我们火力全开，人数、装备、部署全都暴露，如果对方真想消灭我们，一定会选择薄弱之处下手。”镰仓二二三指指脚下的草地，“也就是这里。”

蕾姆更加疑惑：“它们要从地下进攻？”

“嘘！”镰仓突然侧耳细听，“听见了吗？！”不等蕾姆回应，她便兀自答道，“是消声器！”

“你他妈的一惊一乍的，干吗呢？”蕾姆指着头顶正在射击的车载机枪，“在它跟前，你还能听见消声器的声音？！”

“你听不见吗？”镰仓二二三完全缩回到斯特赖克装甲车尾部，只露半张脸，“发射八毫米子弹的突击步枪，即便装上消声器，还是能发出声音的，不过很小罢了。这种情况下，你们的人不会使用消声器，一定有狙击手。离这里很近，三十米左右！”

枪声四起，“野太刀”射出第四发炮弹。在这种情况下，蕾姆根本无法听到安装消声器的声音。

“你是不是出现幻听了？毕竟好久没上过——”蕾姆的“战场”二字还未出口，车载机枪手便中弹身亡。

弹头从挡板中间的缝隙射入，把机枪手半个脑袋打飞，落到蕾姆脚下。

看来镰仓二二三的判断没有错，附近肯定埋伏着狙击手。不仅是蕾姆，大半个左翼龙骑兵都意识到自己处在危险之中。龙骑兵相互提醒，纷纷向车辆后面移动。

他们跑得很快，但还不够快。

隐蔽的狙击手就像黑夜中的阴风，移动、瞄准、射击，再移动、再瞄准、再射击，动作行云流水且毫无差错，在混乱的战场上穿梭、游移，射出的弹头，精准且无情，基本都是一击致命。

这些狙击手也懂得利用对手的视线盲区巧妙地隐蔽、配合。有龙骑兵循着弹道反击时，就被另一个方向飞来的弹头击中，一命呜呼。

不到两分钟，整个龙骑兵左翼阵地便乱了，幸存的两个排龙骑兵不仅没有搞清狙击手的位置、数量和武器配置，也不知道还有多少战友活着。他们只能一边愤怒地号叫，一边盲目地射击。

镰仓二二三冷静地观察着，分析道："对方用火力干扰，采取声东击西的战术攻击。分散龙骑兵的注意力，完成穿插渗透，这是非常标准的特种部队进攻战术。"

"该死，我的夜视仪绿屏了，应该电离风暴闹的。"蕾姆手忙脚乱地掏出战术手电筒，插在 SCAR 突击步枪的多功能导轨上，刚想打开，就被镰仓二二三制止。

"不要暴露自己，对方完成渗透后，就会发动猛攻。让它们先暴露，这是我们猎杀它们的最好机会。”

“没有夜视仪，什么也看不见啊！”

“我能看见，你听我的指挥。”镰仓二二三平静地盯着战场，“我的动态视力和微光视觉，比你们的夜视仪强出百分之三十。我好像看到它们了，但还不能确定。”

“龙骑兵已经把灯打开了，你怎么不阻止他们？你不会拿他们当诱饵吧？”蕾姆有些着急了。

“相信我，长官，我生来就是干这种事儿的。”镰仓冷冷地说，“我就是一支军队，就算你的战友全部挂掉，只要我活着，就能给他们报仇。”

拥有超越常人的判断力、体能、反应能力，让镰仓二二三对自己充满信心。在无数实战中，她的“量产型斗战用速成克隆体”性能，一再证明她是何等优秀的杀手。只要她足够认真且不轻敌，甚至可以屠杀任何对手。

这一次，她不知道对手是谁，就不存在轻敌一说。

伊藤诗织的四个“量产型斗战用速成克隆体 MK2”完成穿插渗透，达到预想的位置。她们无须任何指令，通过大脑中的芯片运算，就能实时修正坐标，并通过激光通信器传递给其他“量产型斗战用速成克隆体 MK2”。在下一秒钟，她们便同时出击，默契得就像一个人的四肢。

伊藤一从草丛中蹿出，击毙十米外的龙骑兵后，又冲她身后的斯特赖克装甲车连开三枪，弹头从敞开的车窗射入，正中驾驶员脖颈儿。

伊藤二高高跃起，在仿生甲的助力下跳出数米，落在那辆斯特赖克装甲车顶部，一记摆拳，将机枪手的脑袋打得几乎转了一整圈，随后操起 12.7 毫米口径的机枪，向车下的龙骑兵扫射。待其他龙骑兵包抄过来，她跳下车消失了。

伊藤三和伊藤五，五秒钟后伏击了试图冲过来的另一辆斯特赖克装甲车。这时，B 排第一小队几乎全部被消灭，只剩下蕾姆与镰仓二二三。

蕾姆仔细观察着伊藤们，但她们的速度实在太快，她根本看不清楚，便问镰仓二二三："速度这么快，她们是人吗？"

"她们穿着人造肌肉仿生动力装甲，是不是人，我就不知道了。"镰仓二二三咬咬牙，放下 AICS 突击步枪，"我们可能遇到麻烦了，八毫米子弹只能打穿她们的薄弱部位。我得确保一击爆头才行。"

"仿——仿生动力甲？"蕾姆惊得合不拢嘴，"那不是——只有中美俄特种部队才装备的东西吗？好像装备量还很低的。"

"因为研发时间有限，不算好用，但按照她们这种杀伤力度，再有十分钟整个连就没了。"镰仓二二三说。

蕾姆犹豫一下，问："那该怎么办？"

"没有联系就没有综合战力，我先拖一会儿。"镰仓二二三朝蕾姆挥挥手，"你立即向少校报告，左翼沦陷，至于怎么办，那是他这个指挥官的职责。"

“你一个人在这儿……”

“你要觉得不安全我去报信，你在这儿拖着！”镰仓二二三不耐烦地说，“你放心，我可没有当烈士的勇气，从来都没有，该溜的时候，我根本不会犹豫的。”

蕾姆以前从未与“量产型斗战用速成克隆体”并肩作战过，但通过镰仓二二三胸有成竹的表情和语气，她忽然明白关于这种“量产型斗战用速成克隆体”的传说中，就算有添油加醋的成分，也绝非胡编乱造，仅是这种冷静到近乎冷酷的态度，就不是正常女人、正常人类所具有的。

“我——我知道了。”蕾姆拎着SCAR突击步枪，像受到惊吓似的转身狂奔。她咬着牙含着泪，一路碎碎念，“我就应该老老实实地跟老爸卖手表，参你妈的什么军啊，纯粹是吃饱撑的！”

镰仓二二三并不是盲目自信，通过伊藤们刚才那轮短暂的攻势，她判断出她们人数并不多，而且采取渗透、猛攻后，再潜伏等待机会的战术，说明她们确实在执行某种特殊任务。这就意味着，她们缺一不可，否则就会导致任务失败。

因此，她的目标并不是已经突破左翼的暗傀，也不是突如其来的神秘伊藤们，而是一个对手。她只需将一颗弹头送到恰当的位置，就可以拯救整个机械化步兵连。

镰仓二二三从容地卧倒，爬进“野太刀”下面，将已经完全无用的全息瞄准镜卸下，睁大双眼，等待伊藤们再次现身，并露出破绽。

她等到的却是一发从暗处呼啸而来的余烬城龙骑兵制式标枪3型智能反坦克导弹。

她这时才意识到，伊藤们切入右翼，很可能不是想在防线的薄弱处打开缺口，而是寻找合适的发射位置，甚至是想找到摧毁首要目标的武器。

对暗傀威胁最大、可以将它们像割草一般屠杀的，毫无疑问是那部“野太刀”。如果说暗傀与伊藤们是一伙的，那么帮助暗傀消灭“野太刀”就是伊藤们的首要任务。由于此前从没有与重型机甲协同作战的经验，镰仓二二三在导弹即将命中“野太刀”时才意识到这个问题。

“野太刀”的反应，比她还要快。分布在机身四周的球形摄像头，虽然因为电离风暴失效，但内置雷达还是迅速探测到逼近的导弹。它打开主动防御系统的弹仓，正打算制造一片钢铁弹幕抵挡导弹，但在开火的一刹那，弹仓却被不知从哪里射来的弹丸击中，主动防御系统顿时被射穿。

从五百米外山丘上射来的怪异弹丸，是伊藤诗织发射的。她手里的DF-44型“死亡之指”电磁狙击步枪，并不足以打穿“野太刀”的装甲，却足够给它致命一击。

同样受电离风暴影响的标枪3型智能反坦克导弹，像没有制导系统的火箭，直挺挺地插进“野太刀”的炮管底部，引爆了它的弹药库，然后托起一团姹紫嫣红的蘑菇云。

除了镰仓二二三，没有人注意到导弹命中“野太刀”之前的致命一击。她隐约觉得，潜伏在山丘上的那个枪手，应该是敌人指挥官，于是她决定反击。

无须其他人配合，那样反而会打草惊蛇。一个深谙潜伏与刺杀之道的高手，便可以决定今晚这场战斗的胜负。

她自己就可以完成。

“姐姐！”她默默地念叨着自己曾经无数次对镰仓二二二说过的话，“掩护我！”

第十七章　蝴蝶还是蜘蛛

六分钟前，树林外枪声大作时，树林内的战斗却逐渐平息。A 排龙骑兵已经放弃搜索，执行阿列克谢发出的撤退命令。由于通信中断，谁也说不清他们在退出阵地的过程中，到底发生了什么，也就不知道枪声减少，到底是因为敌人被消灭了，还是他们被敌人消灭了。

雪上加霜的是，阿尔伯特竟然迷路了。南边的枪声可以为他指明方向，但几个本应该保护他的龙骑兵，却以“支援排长”为由离开了，周围时不时有暗傀闪现。虽说四个上蹿下跳的伊藤大开杀戒后又不知去向，但孤身一人的他，如果选错路，无论撞到谁，都是九死一生。

为了避开四处游荡的暗傀，阿尔伯特甚至关闭手电筒。他以前听说出现黑潮时，暗傀会疯狂地乱吼乱叫、张牙舞爪地攻击人，但今天看来，它们却只是疯狂地攻击，并没有乱吼乱叫，而是悄无声息的，哪怕啃食尸体时，都不会发出任何声音。

他试图向灯光摇曳的地方靠拢，但走到跟前时，却发现竟然是三个在草丛中乱划拉的暗傀。它们似乎发现了什么，以怪异的姿势，齐刷刷地向树林深处跑去。

阿尔伯特比刚才更谨慎了，俯下身子，以五体投地的姿势跪在一棵树后。由于电离风暴干扰，他手里先进的DF-39突击步枪大部分功能丧失，但起码还能轻松对付区区几个暗傀。如果暗傀数量再多一些，或者暗傀也有武器，或者阴差阳错引来四个伊藤，情况恐怕就不乐观了。所以，他现在最好的选择，就是老老实实地隐藏，既不参加战斗，也不去管任务，而是偷偷地向南边的集结地靠近。

就在他稳步实行逃跑计划时，从背后射来的手电筒光照到他身上。他本能地转身端枪瞄准，用破锣嗓子高喊：“谁？”

他只能看见一个光团，看不清光团后面的人。从那个人出现的位置判断，应该不是龙骑兵。

就在他准备扣动扳机的瞬间，光团后面的人喊道："别开枪！我是地狱猎兵！"

这一刻，阿尔伯特忽然相信命中有奇迹。从熟悉的沙哑声音判断，应该是中午和他分别的伯爵。

"伯爵?！"他放下枪，兴奋地招招手。

果然是伯爵。

伯爵加快脚步，来到阿尔伯特面前。他们像在易北河会师的美苏士兵，狂喜地飙着脏话，就差热泪盈眶地热情拥抱了。

阿尔伯特注意到伯爵手里只有一把手枪时，不禁有些惊讶："你的AN99突击步枪呢?"

"是AN94，蠢货！"伯爵嬉笑着看了看手里那把镰仓二二二使用过的M1911手枪："说来话长，现在不是解释这玩意儿的时候。"他转过身，指指前方，"你看看我们找到谁了?"

阿尔伯特打开手电筒，顺着伯爵手指方向，看到艾丽和端木夜雨扛着一具像尸体的东西，吃力地走过来。他心里"咯噔"一下，一阵胃痉挛般的感觉冲上头顶。

"娜娜?！是娜娜！"他不顾身在险地，一边高喊，一边快速跑到艾丽身边，接过两条腿，"真是娜娜！你们怎么找到她的?！"

艾丽揉揉肩膀："执事，我们还在执行任务，你应该叫她'大小姐'。"

阿尔伯特摸摸娜娜的额头，用手电筒照了照她的眼睛："很好，很好，你可老实了，试验体103。"他想把娜娜抱到怀里，"我照顾她，你们负责掩护就行。不，不，猴子，你别松手，她太沉了，我抱不动，你得帮我。"

"掩护？我们拿什么掩护？"伯爵问道，"不瞒你说，我这把手枪里只有四颗子弹。你们的龙骑兵呢？怎么只有你一个？"

阿尔伯特冲枪声大作的南方努努嘴："我们遭到暗傀袭击，其他人都在那边。你们来到这里，就没有遇到暗傀？！"

"漫山遍野到处是暗傀，我们凭啥遇不到？不过怎么说呢，我认为它们可能对其他东西更感兴趣，我们不在它们猎杀范围之内。"伯爵话锋一转，"现在说这个话题不合适吧？你们还有备用武器吗？"

"我们有整编制的机械化步兵连！"阿尔伯特突然想到什么似的，点点头，"你们来得正好，那边缺少人手，你和艾丽先过去，说明身份，他们手里应该有你们的信息，你们要什么，他们就能给什么。"

"你们？几个意思？"伯爵盯着阿尔伯特。

"嘿，我都忙晕了。"阿尔伯特拍拍脑袋，指着肩上的DF-39突击步枪，"他们的武器，可比你的手枪强多了。"他顿了顿，"如果我没记错的话，协助龙骑兵战斗，应该能获得相当可观的贡献点数，你们不应该错过这么好的机会。"

伯爵显然有些心动。虽然他已经不太在乎贡献点数，但荣誉还是想要的。

“艾丽，你过来。”他注意到艾丽用眼角余光瞥了端木夜雨一眼，便把 M1911 手枪塞到端木夜雨手里，“地狱猎兵绝对不能拒绝余烬城龙骑兵的召唤，既然你是地狱猎兵，就应当没有任何借口地服从。”

“明白。”端木夜雨大声说。

伯爵带着艾丽离开后，阿尔伯特和端木夜雨架着娜娜也往前走。由于阿尔伯特的个头比端木夜雨高，端木夜雨感觉娜娜的重量全部转移到他肩上，不禁吃力地问：“她怎么突然变得这么重？”

“你以后会知道的，在余烬城里，人与人之间存在着不可改变的区别。”阿尔伯特紧张地观察四周，有意放慢脚步，“比如娜娜，看起来只是普通的女孩，长相还挺标致，但实际上——反正她的身份，比你想象的要复杂得多。”

端木夜雨刚要追问哪里复杂时，前方便传来巨大的爆炸声。爆炸产生的冲击波虽然被层层树木阻挡，但随着升腾起的巨大蘑菇云、刺耳的轰鸣声，还是险些将他们掀翻在地。

他们勉强站稳，娜娜却“扑通”一声，脸朝下摔到地上。

“不！”端木夜雨赶紧去搀扶娜娜，满脸歉意地看着阿尔伯特，“我的错！我的错！”

他正想抱起娜娜的头，却被阿尔伯特拦住。

阿尔伯特看着面前弥漫的硝烟，蹲在娜娜身边："猴子，帮我把她翻过来。"

他们把娜娜翻过来之后，阿尔伯特从背包中取出一根雷管模样的小棒子，轻轻一甩，从里面弹出一根长针。

他小心翼翼地托住娜娜的后脑，端木夜雨赶紧用手电筒照着她的脸。

阿尔伯特打开娜娜头顶的暗孔，要把长针插进去。

端木夜雨喝道："你想干吗？你要在这里修理她？"

"我可没有修理她的本事。"阿尔伯特白了端木夜雨一眼，"我在执行命令。"

"命令？"端木夜雨还是不放心，凑到阿尔伯特跟前，"什么命令？伯爵刚才没有下达命令啊！"

"你还真把我当成地狱猎兵了？"阿尔伯特摇摇头，不想搭理端木夜雨，但是，他见端木夜雨摆出拼命的架势，于是严肃地说道，"龙骑兵研究中心今天中午给我下达紧急命令，要求我在不得已时，按照一号预案对试验体 103 进行处理。"

听阿尔伯特这么说，端木夜雨瞪大眼睛。不知道为什么，他感觉阿尔伯特要对他拼命保护的娜娜痛下杀手。

端木夜雨像盯着准备偷东西的贼一样，盯着阿尔伯特，让阿尔伯特感觉很不舒服。他大声命令道："我以龙骑兵少尉的名义命令你退后，不要妨碍我执行公务！"

端木夜雨根本不听阿尔伯特的命令，冷冷地问道：“你要杀死她吗？”

“你瞎说什么？”阿尔伯特举着长针，似乎有些犹豫，“这——这只是在我们出发前，龙骑兵研究中心制定的一个预案，要求我在紧急情况下，清洗她的辅脑，并破坏部分元件，目的是保护我们的核心技术，不会落入敌手。”

“清洗她的辅脑？怎么清洗？”

阿尔伯特觉得端木夜雨有点儿不知好歹，不知道自己是什么身份。他是龙骑兵眼里的野人，地狱猎兵里的菜鸟，根本没有资格询问这种涉密问题。他刚想发火，就被某种说不清楚的复杂情绪抑制，变成说服自己的解释。

“因为她的辅脑中存有很多重要信息，甚至可以用来登录龙骑兵总部数据库。无论如何，不能让这些信息外泄。这是比我们性命都重要的信息，关乎余烬城的安危。”

“清洗辅脑，就等于杀了她，对吗？”端木夜雨不想知道那么多。

阿尔伯特似乎不想这么直接回答他，有意避开他的目光，支吾着说：“也许——我说也许有这种可能，毕竟，如果没有辅脑——她根本就——”

端木夜雨放下手电筒，跪在地上，双掌合十，夹住阿尔伯特手中的长针，哀求道：“你们不是余烬城的正规军吗？不是派一个加强连过来吗？他们不就在前面吗？为什么你们明明拥有强大的战力，却在你们看不起的蛮荒之地选择放弃？为什么要执行那个狗屁的预案？！来，我们加把劲儿，再走几步，就能把她带到安全的地方。”

阿尔伯特看看前方，硝烟散去，树木却被点燃，烈火熊熊燃烧，映红夜空。在枪声伴随下，一道耀眼的抛物线，越过头顶，落在远处的树林里，紧接着传来巨大的爆炸声。显然是有人发射火箭弹。

战斗的激烈程度，远远超出阿尔伯特的预想。

短短十几秒钟，数颗火箭弹爆炸，让阿尔伯特稍微动摇的心，又变得坚硬。他是军人，应该知道在战场上，任何妇人之仁，都会造成难以估量的损失。

阿尔伯特注视着手里的长针，缓声说道：“我是军人，这里只有我掌握执行一号预案的技术。现在敌情不明，我随时可能丧命。为了保证我们的先进技术不外泄，最保险的方法，就是先执行预案，然后再想办法把试验体 103 带回余烬城。至于能不能回到余烬城，就看我的造化了。”

端木夜雨不解地苦笑道：“带一个死人回去有什么意义？你不是专职保护她的吗？！”

“你懂个屁！”阿尔伯特用力推开端木夜雨，“她一文不值，我的任务是保护辅脑，是试验设备。她只是试验设备附属品，你懂吗？”

“我他妈的不懂！”端木夜雨猛地跳起来，怒火攻心，气得面红耳赤，“你们口口声声说自己是高等文明人，高等文明人就是你这种混蛋模样吗？就是觉得一件破东西会比与自己并肩战斗的战友更重要？！”

他的愤怒让“打孔者”发挥作用，他感到一阵微微偏头痛，甚至还有些恶心，不由自主地按住太阳穴。

“小子，你说得没错，这就是高等文明。”阿尔伯特也站起来，“当你明白有些东西比生命还重要，值得付出任何代价去交换、去守护时，你离高等文明就不远了。”

“这样的高等文明，不要也罢。”

“那你不适合待在余烬城。”阿尔伯特愤愤地说，“在余烬城，任何底层人都是有价的筹码，你接受不了，就趁早滚蛋。”他指指旁边，“现在，你就滚到那边去，不要打扰我干正事儿。”

“我——我不能让你这么做！”

“什么意思？”阿尔伯特打量端木夜雨，把 DF-39 突击步枪端在手里，“你打算怎么阻止我？”

端木夜雨也下意识地拔出手枪。

就在他们瞄准对方时，仿佛遭到雷击一般，剧烈的疼痛从头顶直抵尾椎。

“啊！”他们同时连声惨叫，一屁股坐到地上。

疼痛过后，阿尔伯特无奈地苦笑道：“你瞧，这就是高等文明的力量。你要阻止我，但‘打孔者’不允许呀。”

端木夜雨轻轻喘息，握枪的手都在战抖。

“如果你选择旁观，我就不追究你威胁龙骑兵军官的行为，保证你还能在地狱猎兵里混下去。”阿尔伯特起身走到娜娜身边，准备执行他的任务。

端木夜雨眼睁睁地看着阿尔伯特将长针慢慢插入娜娜头顶的小孔，心疼得流下眼泪：“你真能对娜娜下狠手吗？她可是对你言听计从啊。”

他说出这句话后，身边的喧嚣似乎戛然而止，空寂的耳畔，又传来那个熟悉而又陌生的声音：“因为，娜娜的大脑里，没有‘打孔者’。”

这种解释，看似合情合理，却残酷得令人无法接受。

“原来如此！”他绝望地冷笑道，“这时候，决定谁生谁死的，原来就是——你这条小虫子，荒唐！”

阿尔伯特瞥了他一眼，不予理会，继续执行任务。

龙骑兵研究中心制定的一号预案，考虑过各种因素，所以长针比娜娜的辅脑更能抵抗电离风暴。执拗的端木夜雨已经放弃干涉，阿尔伯特的任务完成得很顺利。

“五分钟，只要五分钟就好。”他既是鼓励自己，也在安慰端木夜雨。

但此刻的端木夜雨耳畔只有一种声音：“你——想杀他吗？我可以帮你。”

“什——什么？”

“虽然都是‘打孔者’，但你的‘打孔者’与他的‘打孔者’不一样。正如你和他，是不一样的人。”

端木夜雨悄悄地把 M1911 手枪对准阿尔伯特后脑。

他第一次清晰地感觉到，那条已经与阿尔伯特融为一体的“打孔者”，正在紧张地期待着，为自己履行的职责而骄傲，为一条生命逝去而哀伤。

“这是——怎么回事儿？”即便头部不再有任何刺痛感，但端木夜雨握枪的手还在战抖，“为什么我能——能感觉到——感觉到他脑子里的——‘打孔者’？”

“不是你能，而是我能。”他耳畔的声音解释道，“在你拥有我的那一天开始，你应该就能做这种事。只是直到今天，我们才能实现而已。”

“你到底是——”

“别问了，那是只有寥寥数语的答案。你犹豫什么呢？还想不想救人啦？”

端木夜雨看了娜娜一眼，她的脸依然僵硬，没有任何表情，但眨了两下的右眼里，一颗泪珠顺着脸颊缓缓滑落。

这颗泪珠，决定了阿尔伯特的命运。

“要想拯救蝴蝶，就必须学会杀死蜘蛛。”扣动扳机的瞬间，端木夜雨想起《地狱猎兵职业手册》中这条生存法则。

他原来还弄不懂这句话的真正含义，现在他懂了，而且决定从此时起，铭记一辈子。

第十八章 绝 境

当“野太刀”被炸成烟花时，伯爵刚刚拿到一把崭新的八毫米口径SCAR突击步枪，涂装好像都没有擦净。他不喜欢美国货，相比之下，俄罗斯的枪械更符合他的硬派审美。不过，在这种时候，有免费的保命家伙，总比空手打嘴炮强得多。

他和艾丽还没来得及向上级报到，标枪3型智能反坦克导弹就命中了“野太刀”。

价值千万美元的“野太刀”瞬间变成熊熊燃烧的火球，

一条支架抛到半空后，落在卧倒的伯爵面前，重重插进土里，离他的头不到两米。

“那是啥玩意儿？”伯爵看着螃蟹腿似的残破支架，心有余悸地站起来，“那群暗傀连导弹都有了吗？！这也太扯淡了吧？！”

伯爵回头看看艾丽。她除了衣服污损残破外，好像没受什么影响，淡定得近乎木讷。

“跟上我！”他往前一指，“往前跑！”

他们找到阿列克谢时，阿列克谢刚刚听完蕾姆的报告。

蕾姆见到火急火燎冲上来的伯爵，只是本能似的瞥了他一眼，全然一副“我们不熟”的模样。

“不可能是美军特种部队，他们绝对不会明目张胆地攻击龙骑兵！”焦头烂额的阿列克谢，不断地拍打着额头，全然不顾自己的威严，“会不会是俄军啊？不，不，现在敌情不明，我们应该收缩战线。”

“站住！”副官拦住想靠近阿列克谢的伯爵，突然又认出他，“你是——奇美拉小队队长！”

阿列克谢闻声转身，一把把副官拉到身后，大声问伯爵：“你还活着？其他人呢？曹操在哪儿？阿尔伯特呢？娜娜呢？你们找到娜娜了吗？”

“长官，长官，我看到一部变形金刚在面前爆炸都没慌，你有什么可慌的？”伯爵摸摸胡楂儿，“曹操……王淑仪牺牲了，娜娜瘫痪了，阿尔伯特叫我们过来帮助你们。他和娜娜随后就到。”

“你们帮我们？是我们来帮你们擦屁股好吗？”阿列克谢感觉自己受到奇耻大辱，转身对副官大声喊道，“赶紧给他们找辆车。你带几个人，务必把娜娜带回来。”

伯爵不知道龙骑兵的整编制机械化连，只是为寻找娜娜而来。虽然他很想汇报娜娜和阿尔伯特此时还在树林里，开车并不方便，但他又觉得现在腿脚发软，能坐几公里车也不错。

没等他的屁股坐热，防雷车就在人工河边停下。多嘴的艾丽示意副官，就在这里下车。

伯爵愤愤地瞪了艾丽一眼，拎着 SCAR 突击步枪推门下车。

不知是不是错觉，在杂乱的枪声和炮弹爆炸声中，突然出现孤零零的 M1911 手枪射击声，好像就在眼前，让伯爵打了个激灵。虽然战场常识和战斗经验都在提醒他，这种情况根本不可能出现，但他还是拉动枪栓，大步跨过人工河，用手电筒朝树林里四处乱照：“猴子，是你开枪吗？”

负责警戒的龙骑兵并没有跟上。

同样觉得不可思议的还有艾丽。她正打算第三次跨过人工河时，却被阿列克谢的副官叫回去：“喂，别瞎跑啊，你们先过来集合！”他随后暗骂道，“怎么搞的，这些地狱猎兵怎么这样无组织无纪律？”

艾丽也意识到在战场上确实应该服从指挥，便转身跑到防雷车边。

不远处的伯爵呼叫几声，见没有人回应，便以为自己可能出现幻听，扭头寻找艾丽，却看到一枚标枪3型智能反坦克导弹射向防雷车。

“我去！”伯爵感觉心跳完全停止，大喊一声，“导弹，快趴下！”

非常幸运的是，这辆防雷车的主动防御系统，竟然没有因电离风暴干扰完全瘫痪，在导弹即将命中它时，一团细小而密集的弹丸从车顶喷涌而出，使导弹弹头在空中引爆。

标枪3型智能反坦克导弹的威力实在太大，拦截距离又太近，爆炸产生的冲击波还是将防雷车掀翻，站在车右边的龙骑兵当场化成碎肉，站在左边的副官与艾丽躲闪不及，被车体砸中，生死不明。只有站在车尾附近的一个龙骑兵被推倒在地，但没有受伤。

伯爵也感觉自己像树叶一样，飘出一段距离后，摔到地上。

“艾丽！”他挣扎着爬起来，声嘶力竭地高喊。

防雷车比斯特赖克装甲车重很多，如果真被它压住，肯定九死一生。

好在艾丽只被车顶压住一条腿，头脑还很清醒。她用肘部撑着地面支起上身，比只有半个脑袋露在外面的副官幸运多了。

“艾丽，坚持住，我马上过去救你！”伯爵刚跑出两步，就被眼前出现的景象吓得呆若木鸡。

那枚标枪 3 型智能反坦克导弹只是开胃菜，真正的大餐伴随着尚未消散的火焰与浓烟，迫不及待地摆上餐桌。

成群的暗傀，以百米冲刺般的速度扑向防雷车。

少数暗傀拿着木棒、猎枪等各种武器，大部分完全赤手空拳，有的明显带着伤，甚至少两条胳膊，像木桩似的也跟着冲过来。

那个幸存的龙骑兵，早已吓得六神无主。直到伯爵开枪扫射时，他才如梦方醒似的，也跟着疯狂开枪，但他的火力，被暗傀群归零了。

经历过十五年前那场黑潮的伯爵，也没见过如此不顾切猛冲的暗傀群。对暗傀来说，他枪里射出的不是子弹，而是包糖果的纸团。

暗傀的行进速度、凶狠程度，根本不是核辐射变异者具备的。它们好像没有感知能力的提线傀儡。

救人心切的伯爵，一边向前跑一边换弹夹，狠狠扣动扳机，几乎把扳机扣碎。

第一个暗傀冲到防雷车边时，趴在地上的艾丽艰难地直起身子，加入战斗。三把突击步枪勉强把最前面的暗傀打退。

暗傀前仆后继地往前冲，刚靠近防雷车，就被打退。中弹后的它们，横冲直撞，反而变成后面暗傀冲锋的障碍。

这种僵局维持不到半分钟，突然加入战斗的伊藤一瞬间打破平衡。她左肩扛着单兵导弹发射器，右手举着 DF–40 荒芜之火突击步枪，朝龙骑兵点射。弹头精准地钻入龙骑兵的额头。

伯爵一时没看清前面到底发生了什么。直到伊藤一一步跃出五六米，并朝他举起导弹发射器时，他才手脚并用地爬进身后的树林。

没有精确制导的标枪 3 型智能反坦克导弹，直挺挺地落在人工河边，爆炸产生的冲击波与飞起的弹片，几乎是贴着伯爵后背飞过，将斗篷撕出数道口子。

"这是什么玩意儿？！"伯爵从未见过伊藤一。对他而言，这玩意儿是机器人还是特种兵，哪怕是妖怪也不重要了。毫无疑问，她在帮助暗傀，但是暗傀看都不看她一眼。

一颗弹头钻进伯爵头顶的树干。伯爵顿时意识到，这个对手绝不是暗傀，而是判断力和射术都非同一般的战斗精英。

更可怕的是，她还不是孤军战斗。

伯爵看到与伊藤一完全一样的伊藤二，轻松一跃，就跨人工河，进入树林，身后还跟着一群暗傀。

"对不起！"伯爵哽咽着，看向防雷车。那里已经被暗傀淹没，虽然没有看到它们啃食艾丽，但结果可想而知。

他不想就这么放弃。他不甘心、不情愿，但此时此刻，除了转身逃进树林，他已经别无选择。

镰仓二二三调整好呼吸，举起捡来的 TSV 步枪，试图找到山丘上的狙击手。

她穿越硝烟弥漫的战场，并没有费多大力气，甚至比预想中还轻松一些。

她在地狱猎兵中服役时，经历过的战斗，大部分都是小规模武装冲突，并不需要强劲的武器与精湛的战术，而是冷静的头脑与过人的解决意识。如果能避开敌人，谁还会浪费时间与资源拼命呢？毕竟在地狱里，罪人是杀不尽斩不绝的。

她虽然与亡灵巫师第一次交手，但暗傀的杀伤力似乎没有变化。利用以前的经验和现在的一点儿运气，她还是轻松地避开了暗傀。

至于四个穿仿生动力甲的伊藤，与 C 排龙骑兵进行短暂交火，打掉一辆斯特赖克装甲车之后，就不知去向，至少已经不在镰仓二二三的视野之内了。

这也许是最好的机会。她可没有信心打赢身穿仿生动力甲的伊藤们。如果依靠偷袭，她完全有可能杀掉潜伏在山丘上的狙击手，甚至是指挥官。在敌人最薄弱的环节上，打开通向胜利的缺口。

通过十二倍的光学瞄准镜，镰仓二二三看到那个指向南方的枪口，但看不清狙击手的脸。虽然从现在的角度与距离来说，杀死枪后的狙击手并不是难事，但她知道，自己只有一次射击机会。

距离再近一些，就能把这个机会的成功率提高到百分之百。

她匍匐着移到山丘脚下，确定自己在狙击手侧面后，猫着腰小心翼翼地往上爬。随着距离目标越来越近，她屏住呼吸。

一条光学伪装毯出现在她的视线之内时，她慢慢举起TSV步枪。

镰仓二二三并没打算抓活的，但还是起身大喊一声："不许动！"

如果狙击手有任何回应，或者做出任何动作，她都会毫不犹豫地扣动扳机。事实上，什么都没有出现，让她隐隐产生一种不祥的预感。

事已至此，她只好向伪装毯连开三枪，分别射在头、胸和小腹的位置。

没有惨叫，也没有挣扎。

镰仓二二三倒吸一口凉气，猛跑几步，上前一把揭开伪装毯，下面空无一人，只有一把银色涂装的长枪。

她下意识地拎起足有一米五长的步枪，轻轻摩挲枪管上一层层鱼鳞似的导电片。枪托上印着"DF-44死亡之指"。为了看得更清楚，她把枪身翻过来，一条带插头的电线掉下来，拖到脚边，显然是用来连接电源的某种供能装置。

她在网络上见过东方集团研制的电磁狙击步枪，却从未见过实物，更没想到它已经投入实战，而且还是狙杀自己。

“这玩意儿应该很贵吧？”她低头摆弄着狙击枪，“一般渠道应该买不到。”

她听到背后传来轻微的脚步声，便放弃反抗。既然自己中了圈套，早就在对手的枪口之下了。

身后的人没想到镰仓二二三会如此识趣，便不再移动，而是等待她转身。

“一副好甲呀！”镰仓二二三慢慢转过身，第一次如此近距离地看到仿生动力甲。充满生物美学的设计，让她不禁感叹道，“看来你们的财力相当可怕。”

纯黑色金属面具，完全遮住伊藤一的脸部。面具边缘，被质地柔软的皮甲完全包裹，整个人就像穿着一套密不透风的防化服，完全看不出是人还是鬼。

套着消音器的 DF-40 突击步枪，同样来自以精密和昂贵著称的东方集团。奇怪的是，在应该安装瞄准镜的位置，却安装醒木一样的漆黑长方体。

伊藤一把枪横在胸前，枪口对准镰仓二二三头部。

“我乃镰仓二二三，是伟大的千女团成员之一。无论为谁而战，为何而战，也绝不卑躬屈膝。”镰仓二二三把 TSV 步枪扔到地上，微微昂起头，“但在杀我之前，你能否告知，我死在何人枪下？”

伊藤一像雕塑般沉默几秒钟。

就在镰仓二二三准备再问时，一颗穿甲弹头射入她的腹部，击碎脊椎骨后飞出体外。

镰仓二二三挣扎几下，瘫倒在地，艰难地大口喘气，下半身彻底失去知觉。前后溢出的鲜血，腹部剧烈的疼痛，让她意识到，腹部被击穿，如果不进行处理，会死得很痛苦，而且很漫长。脊神经受损，双腿无法行走，如果无人来救，就算伊藤一转身离去，她也难逃一死。

“你的生命大概还有四十分钟。”低沉的声音从不远处传来。

镰仓二二三扭头看到，穿着外骨骼支架的伊藤诗织慢慢走向她。

伊藤诗织虽然白发苍苍，身体却健壮挺拔。

“对常人来说，这是非常悲惨的酷刑。”伊藤诗织半跪在镰仓二二三身边，表情复杂，右手轻轻抚摸镰仓二二三的额头，就像抚摸即将离世的心爱宠物，“我送给你一件礼物。在你垂死之际，它会促使身体分泌出大量的多巴胺，你将拥有常人难以想象的快感，而且越接近死亡，这种快感就越强烈。”

镰仓二二三早就知道这种“礼物”是什么，而且姐妹们还给它起了一个非常雅致的名字——瓦尔哈拉。

“对，就是瓦尔哈拉，属于勇士的圣堂。”伊藤诗织微笑着点点头。

远处摇曳的火光，照亮伊藤诗织的半张脸。原本视线有些模糊的镰仓二二三，此刻终于看清了伊藤诗织的脸，不禁惊恐又有些兴奋地喊道：“你——你是——是——”

“没错，是我，一个并不存在于世人记录中却又铭刻在你们记忆里的人。”伊藤诗织面带慈爱，语气无比温柔，“你已经完成了你的使命，你做得很好。现在，你应该享受应得的快乐与幸福吧。茫茫众生，皆有一死。你与我，与姐妹们，与所有人，终会在天堂相遇。”

说完，她站起身，还想说什么，却欲言又止，最后点点头，捡起那把 DF-44 型死亡之指电磁狙击步枪。

“再见了，我的女儿！一路走好！”

镰仓二二三挣扎着，强行控制着渐渐模糊的意识，朝伊藤诗织的背影伸出手。

枪响之后，果然如传说中那样，一种从未体验过的快感从镰仓二二三的胸腔升腾，慢慢遍布全身，仿佛腾云驾雾，经历巫山云雨。即便泪水涌出眼眶，她的嘴角还是难以自抑地微微翘起，露出不自然的却发自内心的媚笑。

直到遇见十二个 A 排的龙骑兵，伯爵才停下来。

他已经好多年没有这么恐惧过，用“屁滚尿流”形容都不为过。龙骑兵拦住他时，他甚至还想招呼他们一起撤退，远离四个恶鬼般的伊藤。

“大叔，你搞错方向了！”A 排长愤怒地吼道，“那边是北，是北！你打算逃往加拿大吗？”

“我——我——”伯爵心有余悸地回头看了看，仿佛中邪似的眼神渐渐恢复原状，“你们难道就没遇到过那种——那种会打枪的——”他抹了一把汗，不知怎么形容才好，最后说，“黑色的，黑色的——怪物。”

“你胡说八道什么呢，你是地狱猎兵吧，吓傻了吧？”A 排长的话引起龙骑兵哄笑，“我们要与大部队会合，你要想活命，就跟我们走。要想一个人叛逃到加拿大，我们也不拦着，请自便。”

伯爵本想提醒他们，黑色怪物异常厉害，杀人如除草，但看到十二个武装到牙齿的龙骑兵各个颇有些斗志，他便壮起胆子，决定和他们结伴同行。再怎么说，可怕的伊藤并不多，只要他们保持阵形，相互警戒，保证不被偷袭，应该不会被团灭。

客观来说，A 排龙骑兵，确实是龙骑兵精英中的精英。他们全是从武装巡逻队选拔出来的，其中几个人还在蕾姆手下服过役，见过各式各样试图强行闯进余烬城的难民，软的硬的，带枪的带病的……有时他们还穿越隔离区，深入蛮荒之地，执行从护送拓荒团新丁到铲除造假窝点等任务。从某种意义上说，他们的工作与地狱猎兵的任务差不多，只负责侦查与刺探。遇到难以解除的威胁，便通知余烬城的龙骑兵。因而，他们的作战经验，远比驻扎在余烬城城中的龙骑兵丰富。

A 排龙骑兵分成前后两组，互相掩护，交替前进，行进速度并不快，甚至可以说谨慎过头。

偶尔遇到几个暗傀，都被他们轻松击毙或打退。伯爵担心的四个伊藤伏击并没有出现。那个朝他发射标枪 3 型智能反坦克导弹的混蛋，可能转移到别处，也可能根本就没有追击他。

他们行进五六分钟后，走出树林，来到熟悉的人工河边。被炸散的“野太刀”残骸，就散在三四十米外。周围枪声不断，火光晃动，到处是黑影，不知是暗傀还是龙骑兵。

龙骑兵的机械化步兵连可能被四处乱窜的暗傀分割包围，跑的、滚的、爬的，几乎乱成一团。

“B 排说好来接应我们，怎么不见了呢？看来战况不乐观啊。”A 排长指指“野太刀”的残骸，“前进！让我们这些见过世面的武装巡逻队队员来拯救他们吧！”

当半数龙骑兵踏入人工河时，伯爵突然听到有人喊他。声音有点儿熟悉，好像在哪儿听过。

“谁？！”他猛地转身，冲黑洞洞的树林高喊，“谁喊我？”

那人铆足力气喊道：“我，是我，快来帮我！”

确定是端木夜雨呼喊时，伯爵欣喜若狂，循着声音狂奔：“猴子，我来了，你在哪儿？”

A 排长示意其他龙骑兵继续前进，他带领两个龙骑兵追上伯爵：“那个人就在你前面！”

几道手电筒的光束四下乱晃，明明感觉很近，却花了两分钟才找到端木夜雨。

看到端木夜雨像压垮腰身的驴子一样，背着娜娜一步一挪，呼呼地喘着粗气，伯爵才意识到端木夜雨为什么拼命求他。

伯爵接过貌似瘦弱的娜娜，才感觉她重得超出想象。

“等等，这个女人是——”A 排长与其他龙骑兵交换一下难以置信的眼神后，“是娜娜？”

伯爵开始还觉得 A 排长有点大惊小怪，他怎么能认识娜娜呢，但马上就理解了。龙骑兵出动一个整编机械化步兵连，目的就是为了寻找娜娜，他当然知道娜娜长什么样了。

“别愣着呀，赶紧把她带回去。”伯爵顺势把娜娜的胳膊搭在 A 排长的肩上，“为了找这个小妮子，死了这么多人，可不能让她再跑了。”他注意到娜娜背上有血迹，又问道，“她怎么受伤了？”

“不是她的血，是阿尔伯特的血。”端木夜雨赶紧解释。

伯爵一惊：“阿尔伯特在哪儿？受伤了？”

“一个暗傀偷袭了我们。他为了保护娜娜，牺牲了。”端木夜雨的声音和表情，平静得不像描述战友牺牲的经历。

在经历过生死的伯爵看来，端木夜雨的冷酷与镇定，都是刻意装出来的。他在隐瞒什么事情，而且可能是非常重要的事情。

此时此刻的伯爵，绝不会想到平日看起来人畜无害，甚至可以说有点儿懦弱的端木夜雨，能杀死阿尔伯特。且不说他有没有这个胆量，“打孔者”也会制止这种同室操戈行为的。

“死了一个龙骑兵，在平时可是天大的事儿。不过今天却死了很多龙骑兵，谁死都正常。”伯爵摆摆手说。

“他不只是龙骑兵，还是我们的队友啊。”端木夜雨脸上呈现出一丝惋惜或者痛苦的神色。

“没错，他是我们的队友。”伯爵叹口气，眉头紧蹙，拍拍端木夜雨肩头，哽咽着说，“对我们奇美拉小队来说，对你我来说，今天都是一个倒霉的日子。人各有命，节哀顺变吧！”

端木夜雨点点头，像突然想起什么，四处寻找：“艾丽呢？她在哪儿？”

伯爵犹豫一下，盯着端木夜雨，缓缓说道：“听我说，孩子，生死本无常。在这个残酷的世界上，谁都不会永生的，包括你我。”

“艾丽在哪儿？！”端木夜雨吼道，“你没有和她在一起吗？她在龙骑兵那边对不对？”

“她是地狱猎兵！我们都是地狱猎兵！”伯爵低声吼道，“我们入伍时，就应该意识到，那里不是混日子的地方，而是具有高风险的职业。”

“我知道，但——”

伯爵眼里噙着泪花，低声说：“不，你不知道！所谓的高风险，不只是你我可能随时会死，你的队友可能会死，你的队长可能会死，包括我们要面对与自己朝夕相处的每个人随时会死。”

“求求你别绕弯子了，艾丽到底怎么了？”端木夜雨拼命地摇着伯爵的手，“你直接告诉我，她到底怎么了？！”

伯爵从来没见过端木夜雨如此粗俗无礼。

“她死了！”伯爵的怒吼声，像晴天霹雳一般。

端木夜雨顿时怔住了。

“她牺牲了，在我眼前牺牲的。”伯爵一边说，一边痛苦地抱着头蹲下。他好像不是安慰端木夜雨，而是努力让自己接受一个事实，“对不起，我没能救她，是我无能——都是我无能！”

A 排长被他们突如其来的争吵与哭泣感染，盯着他们看了几秒后，提醒道：“我们的任务已经完成，现在必须立即回去向长官汇报。你们要不要跟我们一起走？”

“汇报重要，赶紧撤出阵地！”伯爵抹了一把眼泪，“你们先走，我们随后跟上。”

端木夜雨目送 A 排龙骑兵消失在树林里，回过头，问伯爵：“艾丽——什么时候——”

“大概十分钟前吧。”伯爵指着左边，缓缓说道，“我们被几个应该是‘量产型斗战用速成克隆体’偷袭，防雷车翻了，她被压住腿，无法逃走，被暗傀——”

“不，她还活着！”端木夜雨发疯般吼道，“我确定，她肯定还活着！”

“孩子，没有人能接受队友死亡，但你得接受事实。她被黑潮淹没了，极有可能被啃得只剩下骨架了！”伯爵抓住端木夜雨的手，“走吧，难道你非常想看到她的样子？”

端木夜雨奋力挣开伯爵的手，依旧大声吼道：“队长，求求你相信我一次，就这一次好吗？她绝对没有死，我们应该去救她。就算她只剩下一副骨架，我们也要把她带回去，不能让她睡在这个地方。”

“我们可以去，结果是我们极有可能也变成骨架！”伯爵尽量让语气平和一些，“没错，她是我们的队友，但她是不是也希望我们不做无谓的牺牲？我们只有学会放弃，将来才能为她讨回公道，才能救更多的人。”

端木夜雨上下打量伯爵：“每次面对队友遇到危险，你都以这样的理由放弃他们吗？”

伯爵彻底被激怒了，抬手抽了端木夜雨一个耳光，把他抽了一个踉跄：“你他妈的懂个屁啊！”

此刻，“打孔者”开始发挥作用，让伯爵的大脑剧烈疼痛。他抱着脑袋，继续冲端木夜雨吼叫：“正是因为那些队友牺牲，现在我才站在这里，跟你谈这种狗屁道理！战士的使命，就是战死沙场，谁都不例外，只有先后之分。有幸活下来的人，是为牺牲的人报仇，帮他们完成遗愿。”他放缓语气，把手放在端木夜雨的肩上，“艾丽绝对不愿意让你我白白送死的。为了她，我们应该——应该像真正的地狱猎兵那样，

选择活下去。”

端木夜雨沉默几秒后，点点头，说："你告诉我，在你苟活的日子里，有没有想过一次牺牲的队友？你有没有想过，如果你拼尽全力，就能救下一个你认为必死无疑的队友？"

伯爵眨眨眼睛，把头扭到一边停了一会，又把头扭过来，显然他不只是想过这个问题。

他说："我承认，我当然想过这个问题，但人生不就是这样嘛，总会有各种各样的遗憾。"

"但我不想有这样的终生遗憾，至少今天不想。"已经下定决心的端木夜雨，微微一笑，迈着大步从伯爵身边走过，然后转身说，"你不用帮我，也不用再劝我。我向你保证，我肯定会把艾丽带回来，无论她现在变成何种模样，哪怕是一副骨架。"

"你疯了吧？！"伯爵吼道，"你以为你是谁，超级英雄吗？！"

端木夜雨从肩上摘下复合弓，拎在手里，快速向前跑去。

"你这是去送死，我肯定不会帮你的！"伯爵举起 AN94 突击步枪，喝道，"停下！不然我开——"

剧烈的偏头痛让他不得不放下枪，抱着头，跺着脚，嘶吼道："我不会告诉你她在什么地方，绝对不会！"

听到这句话，端木夜雨稍微停了一下，又继续凭着感觉向前跑。

第十九章　你的勇气

十五分钟前。

一颗弹头，从阿尔伯特后脑射入，打穿脑干。这样中弹的人，应该毫无痛苦地迅速死亡，事实上却让阿尔伯特身边的端木夜雨吃尽苦头。

阿尔伯特脑中的“打孔者”，在他暴毙时剧烈挣扎。难以名状的痛楚，引起端木夜雨脑中的“打孔者”强烈抗议。

这是对杀死同类宿主凶手进行惩罚。

痛苦的端木夜雨跪倒在地，缓了好一阵儿才站起来。自那之后，他耳畔的声音便出现细微的变化，好像变得更清晰了。

听起来像六七十岁的老人的声音，虽然还和以前一样油嘴滑舌，却明显携带着一种深沉的沧桑。

“你果然很特别，我终于明白为什么会选择你做宿主了。”端木夜雨耳畔传来让他感到陌生又熟悉的声音。

“谁选择我？”端木夜雨擦去嘴角的口水与眼角的泪水，艰难地调整呼吸，问道，“谁选择我做宿主？”

“一个对你来说毫无意义的人，对现在的我来说，也不是很有意义。”那个声音继续说道，“不过，感谢你刚才那一枪，让我确实想起来一些事情，虽然只是一些片段。情绪上受到适当刺激，有助于神经系统进一步融合。你应该注意到了，比如我声音的变化。”

“你听起来像老年人。”端木夜雨支吾着。

“对，这正是‘融髓蠕虫’创造者的声音，他也是我的第一个宿主。”

“什——什么？”端木夜雨下意识地摸摸脑袋，“你还能随便更换宿主？”

“我可不是通过针筒注射到你体内的。”那个声音消失一会儿，又出现了，“我和那些低级仿制品不同，即便完全脱离宿主，也可以在人类体外生存十一分钟。这个功能对短命的‘打孔者’来说毫无价值，却是我存在于世的原因，是探索生命真相的地图，是打开不朽之门的钥匙。”

“你在说什么呀？”端木夜雨面露难色，像找人似的向左右看了看，“我完全听不懂你在说什么。”

“别急，总有一天你会明白的。不，准确地说，我们会明白的。我们还有很长时间去寻找答案，不急于一时。”

端木夜雨听到这里，不由自主地看了看地上的娜娜。

那个声音继续说道：“让我向你展示一下，现在的我能帮助你做到你以前根本无法做到的事情。你把她背起来，不要想‘我试试’，而是认定‘我能’。”

不依靠任何药物刺激，让普通人中毒的肾上腺素忽然猛增，根本不需要“打孔者”发挥作用。这时，端木夜雨便意识到，自己绝对能把沉重的娜娜背起来。虽然他的体力本质上并没有提高，但凭空消失的疲劳感，让他慢慢地稳步前行，直到遇到伯爵。

“打孔者”好像都消失了。此刻，端木夜雨异常亢奋，感觉自己就是一跃而起跳上桌子的小猫，就是展翅飞向蓝天的小鸟。

这只“小猫”和“小鸟”，在一种莫名能力的支配之下，奔向看似九死一生的战场，去解救极可能如伯爵所说，因被“打孔者”支配还在垂死挣扎的女人。

不知道为什么，离开伯爵之后，端木夜雨的脚步反而变得轻快。他不再紧张，不再焦虑，甚至还有一种卸下重担后的快感。他想起自己小时候跟着父亲，在林间追逐受伤猎物时的场景，充满掌控结局的自信。

与其说他把生死置之度外，不如说他压根儿就没觉得自己是单刀赴会，而是认为自己在进行一场稍费周折的狩猎。

“我其实应该阻止你的。如果你出事儿，我也只有死路一条。”沉寂多时的声音，又在他耳畔响起。

“那你为什么没有阻止我呢？”端木夜雨反问，“控制我的选择，对你来说并不难吧？”

“我可无法控制你的选择，你的任何选择都是你自己做出的，我只不过是为你提供一些建议而已。当然，通过影响你的情绪或者模拟你的感觉，我可以间接地控制你的行为，就像寄生在螳螂体内的铁线虫，为了繁衍后代，会让螳螂感到饥渴难耐，逼迫它们到有水的地方去。你想，低等寄生虫都能做到的事，与你大脑融为一体的我，更是轻而易举做到的。”

“既然连低等寄生虫都能轻松做到，你为什么不影响我的情绪或者模拟我的感觉呢？”

“那是因为我不是低等寄生虫。影响情绪这种事，对你我来说，是双向的，你喜欢艾丽，我也感知到了。既然你我都知道她极有可能活着，又怎能带着这样的遗憾苟活下去呢？对于自己爱过的人，起码生要见人死要见尸吧？”

“带着遗憾苟活下去？”端木夜雨苦笑着摇摇头，“这是我刚才对伯爵说过的话。”

“说实话，比起我可能会死，我更不想看到你一辈子遗憾。”那个声音停顿了好长一会儿，才说出这句话。

端木夜雨轻轻叹了口气，欲言又止，最后微微一笑，继续赶路。

他感觉自己离艾丽越来越近了，似乎能听见她脑袋里的“打孔者”在绝望地呼救。虽然他还不知道艾丽的确切位置，但认为方向应该没错。

跑出树林时，他着实被吓了一跳。虽然过去他也见过战场，但大部分都是匪徒与村民的小冲突。在无相城与普罗旺斯庄园厮杀后的景象，跟这里比起来，根本不值一提。

熊熊燃烧的烈火，惨不忍睹的装甲车残骸，缺胳膊少腿的尸体，把这里变成人间地狱。

端木夜雨跪在地上，看着脚下的人工河中一具脸朝下漂浮的尸体，无法看出他死去多久了。

他捂住口鼻，慢慢扫视战场。硝烟、呻吟、残骸并不可怕，真正让他感到恐惧的，是那些无头苍蝇一样到处乱撞的暗傀。它们脱离亡灵巫师的控制，或者被它们的主子抛弃，总之，它们面对的结果是在这种鬼地方自生自灭。

他仔细测算自己行进的路线。艾丽所在位置应该在正东方，他只要小心沿着人工河，甚至贴着树林边缘摸过去，应该是最安全的途径。

即便如此，仍旧会遇到在人工河边乱跑的零星暗傀。完全避开战斗根本不可能。端木夜雨想到这里，起身将一支箭搭在弓上。

“端木夜雨，别害怕啊，它们不过是几具行尸走肉，我们应付得了。”耳畔突然传来熟悉的声音。

“我只不过是拿着弓的孩子，哪见过这种阵势？”端木夜雨说到这里，突然停下，反问道，“你刚才说‘我们’，你是不是已经把我当成朋友了？”

“说成搭档更准确。”

“搭档，在我开始奔赴可能人生最后一段旅程之前，你能不能把你的名字告诉我？我不能总叫你‘喂’吧？”端木夜雨用商量的口吻说道。

“我说过，没事儿别叫我，那样会加重你大脑的负担。不过，如果你非要知道我的名字——”那个声音停顿几秒，“你可以叫我女王。这既反映出我生来尊贵的真实身份，也表现出你对我的谦卑态度。”

女王用暮年人的声音说话，也太奇葩了吧？端木夜雨忍了忍，没有询问原因，而是勉强地点点头：“好吧，女王。从现在起，我们就是搭档了。”

说罢，他深吸一口气，向前走去。

离端木夜雨最近那个暗傀，直到端木夜雨距离它五米时才反应过来，猛地转过身，举爪欲扑，却被箭射穿眉心，向后退了半步。

不等它站稳，端木夜雨就把它推进人工河里。

他从箭筒中又抽出一支箭，搭在弦上：“还剩四支。”

准备下河的地方，另一个暗傀像陀螺一样转圈。它穿着龙骑兵军服，动作怪异，显然是刚被暗傀感染。

端木夜雨稍稍瞄了瞄，射出一支箭，扎在它的小腿上。它身子一歪，扑通一声栽进人工河里。

“还剩三支。”端木夜雨自言自语。

手里没有太多武器，端木夜雨不打算招惹更多暗傀。他站在人工河边，确定一下过河路线。如果关闭手电筒，悄悄摸过去，远处的暗傀应该不会注意到他。

跨过人工河之后，端木夜雨远远看到那辆防雷车。他小心翼翼地摸到距离防雷车五米处，向左右看了看，悄悄打开手电筒，便看到车旁确实躺着一个人。

“艾丽！”他轻声呼唤。

没等车旁的人回应，不远处的一个暗傀便一摇三晃地冲过来。

端木夜雨把箭头对准暗傀时，它又手脚并用地往后退几步。

这一箭虽然没有命中暗傀，但把它逼到十五米外，不敢再靠近。

端木夜雨看到侧卧的艾丽，右腿被防雷车车棚压住，斗篷被撕成条状，其中几条洇着大片血渍。银灰色的卷发披散着，完全遮住脸部。身下淌出的血，已经染红草坪。

端木夜雨感觉心已经提到嗓子眼儿。此刻的他，就像孤注一掷的赌徒，面对发到手里的最后一张牌，既急切地想知道结果，又怕输掉一切。

“艾丽！”他不敢大声喊，又怕艾丽听不到，又往前凑了凑，“艾丽，你怎么样？”

艾丽没有回应。

端木夜雨犹豫一下，快速凑到她身边，轻轻托起她的头，让她仰卧。

当看到艾丽脸上的抓痕，端木夜雨倒吸一口凉气。三条血槽横在她的脸上，最深一道从左耳根延伸到右腮底部。尚未凝固的鲜血，把整张脸糊上，令人不忍直视。

她胳膊和腿上也有一些凌乱的抓痕，但伤势并不重，只是衣服被扯得七零八落，看上去格外狼狈。肋部有一个大伤口，明显是砍刀之类的利器所致。

尽管端木夜雨不懂医术，但感觉那里才是致命伤，导致艾丽失血过多，昏迷不醒。

他抹了一把额头上的汗，从艾丽身上摸出急救包。手指上的乌黑血迹，让他意识到，艾丽肯定与暗傀进行过殊死搏斗。

艾丽还有微弱的呼吸，脉搏也在，端木夜雨确定她只是昏睡过去。

端木夜雨没有找到止血针，只摸出标注“一级管制品”

的军用注射器。从里面隐约漂浮的微粒状液体来看，应该是某种微调剂。包装上说明文字非常简短，只是他看不懂。

他的医疗包中没有这种药品，他也从未见过类似药品，但想到艾丽是罹患白亡症的圣武士，随身携带救命药品并不奇怪。

端木夜雨顾不了那么多，将针头插入艾丽的脖颈儿处，把针管里的药液全部注射进去。

几分钟后，艾丽发出细若游丝的呻吟声，身体开始微微抖动。

“艾丽，艾丽！”端木夜雨轻轻托起艾丽的头，将她抱到怀里。他正要继续呼唤时，艾丽突然睁开眼睛，“啊”地大叫一声，把他吓了一跳。

旋即，艾丽发出垂死挣扎般的号叫声。

端木夜雨愣了两秒，赶紧死死捂住她的嘴：“别喊，暗傀还在附近呢！”

艾丽的喘息声，剧烈而沉重，从伤口渗出的血液，温热黏稠，顺着端木夜雨的手指流到手腕上。

艾丽又挣扎一会儿，最后恢复了神志，轻轻拍了拍端木夜雨的手，示意他松开。

“你——你怎么样？”端木夜雨知道这是极蠢的问题，便尴尬地站起身，看看艾丽的脚下，“你别说话，我看看怎么把你弄出来。”

“我的小腿——”艾丽用肘部撑着身子，重重地喘了两口气，“卡住了——”

端木夜雨放下手电筒，用力推防雷车的车棚。即使他用上吃奶的劲儿，牙咬得咯咯直响，几吨重的防雷车依然纹丝不动。

艾丽试着抽动小腿，除了徒增疼痛，毫无作用。

“别推了，没用的。”艾丽的呼吸渐渐平稳，但由于嘴唇被抓破，声音有些怪异，“凭你的力量，根本不可能把它翻过去。”

她扭过头，注意到不远处那个受伤的暗傀，还在试探着靠近他们。暗傀发现艾丽盯着自己，赶紧后撤几步。

这个胆小鬼算不上什么威胁，可怕的是，另外两个暗傀也发现了他们。

两个暗傀漫不经心地移动着，一左一右向他们靠拢过来。

“枪！”艾丽指指几米外的AICS突击步枪，“把枪给我！”

端木夜雨又推了几下，见三个暗傀围过来，赶紧去捡枪。

“一级管制品”药品发挥功效，不但抑制了艾丽的疼痛，还让她变得异常清醒和敏锐。她以极不雅观的坐姿，将AICS突击步枪架在肘部。

她没有贸然开枪，而是不停地瞄准。

受伤的暗傀，看到两个同伴后，站直身子，朝艾丽扑过来。

端木夜雨拉弓射箭，箭头扎入受伤暗傀的左眼窝，将它射倒在地。

人类大脑损伤，不死即残，受伤的暗傀却胡乱挣扎几下后又爬起来。

艾丽连开两枪，弹头精准地射入受伤暗傀的额头和左膝。受伤暗傀不但丧失了感知能力，也失去了行走能力，只能在地上乱爬。

在亡灵巫师的遥控下，暗傀彻底变得疯狂。艾丽的两枪，反而像田径比赛的发令枪，原本漫不经心的两个暗傀，听到枪声后，突然向艾丽狂奔过来。

“它们会被枪声引过来的。”艾丽一边射击一边说。她的声音已经恢复到正常状态，甚至比平时还平和，“你得走了，别管我，我撑不了多久的。”

“我们是队友，我怎么能把你扔下呢？”端木夜雨抽出最后一支箭，攥在手里，“不到最后一刻，绝不能放弃！”

他看着在地上乱蹬腿的暗傀，突然得到启发：“我有办法了！”

他跪在艾丽腿边，用箭挖她小腿下方的草地。如果挖出一道沟，她的脚就能抽出来。

实际上的难度比想象中大得多。且不说箭杆很软，土质较硬，关键是他根本用不上力。

艾丽看着吃力挖土的端木夜雨，从腰间拔出一把从未使用过的精致匕首扔给他："我的踝骨应该断了，就算我能把腿抽出来，也走不了路。"

"我背你走！"端木夜雨似乎什么都不在乎了，大声喊道，"要死咱们死一起，我绝对不会把你扔在这里不管的！"

艾丽瞥了他一眼，欲言又止，见实在无法劝阻端木夜雨，只好持枪警戒，准备射杀靠近的暗傀。

失去行走能力的暗傀依然在地上蠕动，挣扎着向他们爬过来。

三个暗傀已经对他们构不成威胁，艾丽担心开枪后会引来其他暗傀，便稍稍压低枪口远眺，没有发现其他暗傀，稍微松了一口气。

这时，防雷车后面出现一团黑影。他们身后，一群暗傀缓缓向他们靠拢。这群暗傀，就像非洲大草原上利用植被掩护接近猎物的狮群，同样利用猎物的视线盲区和嘈杂声音掩护，准备发起万无一失的猛攻。

一个暗傀悄悄爬上防雷车，俯视奋力挖土的端木夜雨。

艾丽抬起头，一个丑陋的暗傀头闯进她的眼帘，随口喊道："头顶有暗傀，小心！"

她的话音未落，一颗弹头便射入暗傀的额头。暗傀一头栽到端木夜雨身边。

两个暗傀一前一后出现在端木夜雨两侧。

端木夜雨狼狈地滚出几米，避开两个暗傀的全力攻击。

在暗傀调整攻击姿势时，他起身将箭狠狠扎进一个暗傀的后脖颈儿。

脆弱的箭杆应声折断。

端木夜雨手里只剩下沾满土屑的匕首，但他不仅没有慌乱，反而全神贯注盯着另一个暗傀，把艾丽要他闪开的喊声都归零了。

“你能杀死他！”端木夜雨的耳畔出现振聋发聩的喊声，“相信我，相信自己，你可以的！”

这次端木夜雨没有问为什么，一个箭步冲向暗傀。暗傀凶猛的攻击，此刻在他看来，就像滑稽的舞蹈。他侧身躲过暗傀的黑爪，反手一刀扎进暗傀的胸口。

艾丽朝两个踉跄倒地的暗傀头上各补一枪。

又有两个暗傀爬上防雷车。两侧也蹿出九个暗傀，左五右四站立。

端木夜雨手持匕首，退到艾丽身前，与暗傀对峙。

艾丽以最快的速度换上最后一个弹夹：“我开枪后，你往西边跑，龙骑兵的主力在那里。”

端木夜雨吼道：“我们一起走！”

“我已经走不了了。”艾丽苦涩地摇摇头，“这是你最后脱身的机会，不然我们都得死在这里，毫无意义。”

“我不会死在这里的！”端木夜雨冷冷地盯着艾丽，脸上挂着前所未有的自信，“你也不会死在这里的。相信我，我们可以的。"

"我们？"艾丽显然误会了"我们"的意思，哽咽着点点头，"好，我相信你。"

艾丽的话音刚落，两边的暗傀非常有序地发起攻击。

艾丽和端木夜雨背靠背，相互掩护。

AICS 突击步枪怒吼之后，艾丽面前的五个暗傀全都失去攻击力。

当她调转枪口，准备帮助端木夜雨时，却被眼前的一幕惊呆了，甚至觉得自己产生了幻觉。

端木夜雨在四个暗傀之间辗转腾挪，就像被猎犬围攻的野兔，动作轻盈且放松，完全看不出他在搏命，反而有种不真实的表演感，如同演练事先排练好的舞蹈。

"在狂风中飞旋的落叶"的画面忽然闪现在艾丽脑海，她压低枪口，看着端木夜雨用匕首在暗傀身上切出一道、两道、三道致命伤。他仿佛能精确判断出暗傀的下一个动作，总能在最恰当的位置，做出最恰当的动作。

即便偶尔会被暗傀击中或者挠伤，他也毫不在意，面不改色地继续厮杀。直到最后一个暗傀浑身冒着黏液跪倒在地，又被他一脚踢翻。

倒地的暗傀顺势抓住他的脚踝。他用膝盖顶着暗傀的脖子，连捅几下。见暗傀不再动弹，他才擦拭脸上的污血。

艾丽有些不敢相信自己的眼睛："你什么时候变得——"

端木夜雨扭头看艾丽，忽然脸色大变，大喊一声："上面！"

从防雷车上跃下的暗傀，举着一根缠满铁丝的棒球棍，准备砸向艾丽。

仓促射出的弹头穿腹而过，没能命中暗傀的要害。

艾丽举起 AICS 突击步枪格挡，却低估了暗傀的力量，不仅 AICS 突击步枪被打落，棒头还重重砸中她的肩头。

暗傀回拽棒球棍，铁丝撕开艾丽的衣服，划破皮肉。

艾丽咬紧牙关，全力抓住暗傀骨瘦如柴的手腕。与此同时，发疯般扑过来的端木夜雨，举起匕首刺入暗傀后背。

暗傀仰头大吼，挥肘砸中端木夜雨的胸口。

端木夜雨不仅没有后退，反而又连刺两下。

暗傀扔掉棒球棍，转身击出一掌。

端木夜雨躲闪不及，架起双臂护住头部。

他没想到暗傀的力量竟然如此之大，更没想到暗傀的指甲如此尖利，竟然直接插入他的小臂，撕去四条皮肉。

他脑中的"打孔者"同样没有料到受伤的暗傀还有如此强大的攻击力，没有及时屏蔽痛苦，还发出尖利的惨叫声："啊！"

艾丽捡起 AICS 突击步枪，对准暗傀狠狠扣动扳机。飞泻的弹头将暗傀的脑袋打成肉酱，黑色浆液溅满端木夜雨全身。

"你没事儿吧？！"他们异口同声地问道，随后又都尴尬地苦笑，"我还好！"

端木夜雨捂住小臂，指缝中不断地渗着鲜血。

艾丽已经被抓破的脸上，挂着不知是血还是泪，抑或两者的溶液。

被打残的暗傀，仍在艰难而又坚定地朝他们缓慢爬行，更多的暗傀从四面八方聚集过来。虽然它们零零散散，并不成群，但总数也不少。

艾丽已经打光子弹，端木夜雨攥着匕首的手，也在哆嗦。

“你——快跑！”艾丽用沙哑的声音喊道，无力地推搡端木夜雨，“我求你了，赶紧跑好吗？”

“别说了，省点儿力气吧。”端木夜雨轻轻拍了拍她的肩头，“我能对付这群混蛋。”

艾丽推开端木夜雨的手：“端木，谢谢你！谢谢你来救我！我非常感动，我从没有——这样感动过。”

“你——你说什么呢？”端木夜雨的鼻头一酸，强作笑颜，“我们是队友，救你是应该的呀，你感谢什么？”

“不，我知道——我知道你——你是因为别的原因才来救我的。谢谢，真的，但是——”艾丽摇摇头。

“我不会走的！无论你说什么，我都不会走的！”端木夜雨吼道。

“我——我是天生的白亡症患者，从出生的第一天开始，每天都可能是最后一天。”艾丽淡淡地说，“所以，我不怕死。这个结局，我早就预料到了，不喜不悲。”

“每个人都会死，每个人都会有这种结局，但今天你绝对不能画上句号。”端木夜雨继续吼道。

“我是侍奉真神的圣武士！”艾丽也大声吼道，“我还有来生！你死了，就什么都没有了！”

“你相信有来生吗？来生你还会傻到选择做人吗？”端木夜雨沉默两秒，猛地转身，皱着眉头轻轻叹口气，“正是因为我没有来生，即便有，我也不会选择做人，因为做人太难了，所以才让你活下去。”

说完，他面向二三十米外那个跑在最前面的暗傀，大喊道：“王八蛋，你过来啊！”

艾丽不再说话，呢喃地祈祷。这是她认为自己现在唯一能做的事。

“看到那个拿砍刀的家伙没有？”端木夜雨耳畔又传来熟悉的声音，“左边，十点钟方向。”

他看到左边果然出现一个拎着破旧长刀的大块头暗傀。

“把它干掉，夺刀。”那个声音命令道。

“然后呢？用那把刀杀死所有暗傀？我能做到吗？”端木夜雨问道。

“我怎么知道你能不能做到？”那个声音听起来既像嘲讽又像取笑，“反正你也没打算活着回去，对吧？”

端木夜雨举起匕首，一边思索攻击方案，一边小声问道：“那家伙的个头不小呀，我现在从正面攻击，会把它身边的暗傀引过来。我和它们缠斗，就没办法保护艾丽了。”

“人在高度紧张时，往往会忽略至关重要的细节。搭档，我友情提示你一下，你的手枪里还有三发子弹。”那个声音说。

端木夜雨先是一愣，立即反应过来，赶忙抽出 M1911 手枪。他并没有忘记手枪，只是觉得用它射杀满地乱跑的暗傀，根本就是引火烧身。

端木夜雨想好攻击方案后，缓缓举起手枪，瞄准大块头暗傀。

“十五米，十二米，十米——”他目测自己和大块头暗傀的距离。

他对自己的射击技术没有信心，还想夺下大块头暗傀的破刀，当然距离越近越好。

五米。

端木夜雨稳稳持枪，朝五米外大块头暗傀扣动扳机，然后猛冲过去。

弹头命中大块头暗傀的下巴。它稍微停顿一下，忽然上半身像爆竹炸开一样，炸成碎片，唯有那条提着大刀的胳膊还算完整。

目瞪口呆的端木夜雨看了一眼手中的 M1911 手枪，百思不得其解时，又有一个暗傀被拦腰截断。

这次，他看到空中一闪而逝的白光，炮弹爆炸声，发动机轰鸣声由远及近。

一辆装备三十毫米口径速射炮的斯特赖克装甲车一边射击，一边疾速驶到端木夜雨与艾丽身边。它还没有完全停稳，后门便打开了。

三四名龙骑兵在炮火的掩护下，扛着喷火器扫荡战场，几分钟便消灭了附近的暗傀。

伯爵慢慢悠悠地从斯特赖克装甲车里钻出来。

直到这时，呆立失语的端木夜雨，才大声惊叫："伯爵，怎么是你？"

紧绷的神经突然放松，连他脑中的"打孔者"也像耗尽精力，完全陷入沉默中。疲劳与疼痛像海啸一样席卷而来，紧紧裹住他。他双腿发软跪下去，却被伯爵拽住胳膊。

"谢谢，谢谢！"端木夜雨语无伦次，"伯爵，我——"

"猴子，你拜错庙门了，你得感谢政府。"伯爵笑着指指身旁的龙骑兵，"他们的头儿命令他们，在撤退前寻找伤兵，一个都不能放弃。"

"他——真是好人啊。"端木夜雨哽咽着说。

其实，阿列克谢见到娜娜后，就打算马上离开是非之地。可是，不仅那些穿仿生甲的伊藤们没有出现，连暗傀的攻击力也变弱，原本气势如虹的围攻变成各自为战的狼奔豕突。它们在龙骑兵的轻重火力面前，根本不堪一击，没多久便被消灭殆尽。他这才下达"一个都不能放弃"的命令。

"你可以当面谢他。反正我是不会救你的，现在不会，以后也不会。”伯爵嬉笑着说。

稍稍缓过神来的端木夜雨，轻轻推开伯爵的手，勉强站稳，笑道：“你不是来救我，来这里干吗呢？”

“猴子，我是来通知你，你现在是真正的地狱猎兵了。”伯爵严肃地拍了拍端木夜雨的肩膀。

“啊？”端木夜雨一愣，“我不是早就通过测试，加入地狱猎兵了吗？”

“那种测试，就是用来吓唬残疾和智障的，地狱猎兵没有时间和资源训练菜鸟，只能借助丛林法则，优胜劣汰。”伯爵擦去端木夜雨脸上的血迹，“你还记得《地狱猎兵职业手册》上的第一句话吗？”

“第一句话是——”端木夜雨回忆一会儿，支吾着说，“只有活下来的人，才配称为地狱猎兵？！”

伯爵点点头，沧桑的脸上，挂着一丝无奈与怜惜：“没错，只有活下来的人，才配称为地狱猎兵。”

第二十章　活下来的人

苏醒之后的镰仓二二三，花了整整半分钟，才意识到自己还活着。

首先映入她眼帘的，是雪白的天花板。柔和的阳光穿过玻璃窗，轻轻照在她的脸上，暖洋洋的，似乎还有点儿痒。她的大脑依旧一片混沌，只是隐约记得最后看到的画面，在充满温馨与幸福，仿若天堂的白茫茫视野中，那句声嘶力竭的呼喊："她在这儿！是镰仓二二三！她在这儿！"

天堂应该存在吧？当时镰仓二二三觉得，一定是先她一步的姐妹们，在天堂里深情地呼唤她。她们早已在属于真正战士的瓦尔哈拉神殿里，为了更伟大的征战摩拳擦掌，积蓄力量，直到千女团成员全部重逢后，让彼此激励的声音，响彻黄昏时的天空。

“她醒了，她醒了！”一个护士站在床边，激动得又蹦又跳。

镰仓二二三想扭头循声找人时，却发现嘴上固定着氧气罩，胳膊被紧紧束缚住，动弹不得。

“心跳频率增加！血压升高！”冲进病房的男医生指着床边的监测仪喊道，“稳住病人情绪，我通知龙骑兵！”

镰仓二二三很想问一句什么是“稳住病人情绪”，但干裂的嘴巴刚刚嚅动，强烈的睡意便狠狠袭来。确切地说，是那种被榔头砸中天灵盖似的感觉。她两眼一闭，又失去意识。

再睁开眼时，镰仓二二三发现病床已经折起来，上半身微仰，氧气罩已被拿走，只有右臂上还插着输液管。

病房中没有医生和护士，一个人面朝阳台、背对她站着。那个人穿着红底白边的制服和锃亮马靴，应该是龙骑兵军官。金色的马尾辫，让她一下子认出那个人是蕾姆。

“蕾姆？！”镰仓二二三问道，“是你吗？”

蕾姆转过身，把翼盔放在桌上，微笑着点点头，慢慢走到病床前，握住镰仓二二三的手：“你现在感觉怎么样？”

镰仓二二三注意到蕾姆身边桌上的花篮，笑道：“真看不出来，你还能送花。”

“不是我送的。”蕾姆答道，“应该是什么团结友爱会的朋友送的。”

“万民平等友爱促进会。”镰仓二二三更正道，“他们大概对我挺失望吧？我到处宣扬和平与友爱，最后却走上战场，还被打成这副模样。”

蕾姆上下打量一遍镰仓二二三：“医生把你的情况都跟我说了，你没有性命之忧，就是——”

“你不用说，我知道的。”镰仓二二三摇摇头，“我下半身没有知觉，应该瘫痪了吧。”

蕾姆眼含热泪，哽咽着说：“对不起，都怪我把你扯进来。如果你不去，现在肯定悠然地在余烬城里喝咖啡呢。”

“不，恰恰相反，我还是要谢谢你。”镰仓二二三微微一笑，平静得完全不像死里逃生的病人，“你让我见到了重要的人，也让我的余生有了追求目标。”

蕾姆略做思索，眉头一紧：“什么意思？”

镰仓二二三把目光移向阳台，仿佛刻意回避这个问题：“是你救了我吧？我还能记得你的呼喊。”

蕾姆点点头：“我还以为你挂了呢。看你艰难地挣扎着大口喘气，好像吃了大剂量的迷幻药。”

“实际上也差不多，我实在想不起来那时的感觉。”镰仓二二三摇摇头，“按照原理，应该和吸毒时的状态差不多，或者类似于性高潮？”她耸耸肩，“反正这两种感觉我都没有体验过，表述不一定准确。”

蕾姆笑问：“你实际年龄只有五六岁吧？正常人才上小学。”她伸手抚摸镰仓二二三的额头，“别担心，你这么漂亮，肯定会有好男人疼你的。等你痊愈了，我给你找个多金猛男，成个家，生十个八个娃娃再说。”

镰仓二二三羞涩地说：“你还是省省吧，我可没有那种福分。”

“这里是余烬城，我们连白亡症晚期患者都能治愈的。”蕾姆毫不在乎地说，“你只是脊神经出了问题而已，接上不就好了嘛。你也不用担心费用，有龙骑兵兜底呢。”

“谢谢你的好意。即便我能站起来，也生不了娃娃。”镰仓二二三扭过头，叹口气，“我们在胚胎状态时，卵子就全部失活了，绝对不能生育的。这是千女团的出厂设置，无药可救。”

蕾姆听罢，惊讶得张大嘴巴，但立刻明白了。如果让基因改造过的千女团拥有生育能力，既难以保证后续产品的质量，也不利于制造者的垄断利润。这和伊普西龙研究所贩卖的转基因种子，只限一次性种植一个道理。

“想那么多干吗？有猛男陪伴，总比你单身一人舒服吧？”蕾姆笑道，“你看镰仓六六六，给王子做保镖兼侍寝，活得多滋润。”

“人人有本难念的经，谁都不会把自己生活的B面拿出来让人看。你不是她，怎知她好？”镰仓二二三话锋一转，反问，“我听说你是富二代，标准的貌美腿长胸大，你这种条件，怎么还没成家呢？”

“这是为什么呢？”蕾姆故作不解地挠挠头，“不能啊，为什么呢？对了，我现在是龙骑兵中尉了，尽管没有正式授衔，但也是中尉。”

镰仓二二三微微一笑，慢慢地点点头：“所以说，你也找到了自己的追求目标。”

“算是吧。”蕾姆耸耸肩，“龙骑兵不能全是阿列克谢那种法西斯，总得有心智正常的人杀杀他的威风。”

她们闲聊时，敲门声响起。

一个富态的黑女人走进她们的视野。她虽然穿着白大褂，但看上去不像医生。胸前的纹章，让蕾姆一眼就认出她：“您是龙骑兵研究中心的——”

黑女人率先伸出手：“你好，中尉。我是龙骑兵研究中心莫里斯，我们在会场上见过面。”

“莫里斯主任？”蕾姆假装恍然大悟地点点头，“怪不得我瞅着你眼熟。”

“中尉，能让我与镰仓女士单独谈谈吗？”莫里斯问道。

蕾姆瞥了一眼病床上的镰仓二二三：“我没听说龙骑兵研究中心要接管她呀。”

莫里斯显然不想再与蕾姆争辩，硬生生地说：“抱歉，我的这次谈话与治疗无关。我和镰仓女士谈的事，可能涉及国家机密，希望中尉回避一下。”

“国家机密？挺吓人的。”蕾姆挑衅似的盯着莫里斯，“让我猜一猜，你是想劝她加入你们的实验项目吧？我提醒你，她有公民权，属于A级材料，你们无法直接用一纸合同把她从医院带走，对吧？”

莫里斯眉头一挑，几乎能看到她黝黑皮肤下暴起的青筋：“请问中尉，这关你什么事？你是她亲戚还是监护人？”

蕾姆双手抱胸，声音立刻提高八度：“我是她老公，行吗？”

镰仓二二三一脸惊惶，赶忙冲蕾姆摆手：“行了，你就让她和我谈谈吧。我不愿意的事儿，她也不会强迫我做的。”

蕾姆盯着莫里斯几秒后，转身大步走到病房门口，又转身对镰仓二二三说：“镰仓，无论她要你做什么，给你开出什么条件，都不能答应。”

已经坐到床前椅子上的莫里斯，看都不看蕾姆一眼，幽幽地说道：“相信我，中尉，无论我们要她做什么，我想她都会答应的。别忘了，有一种条件，叫让人无法拒绝。”

幽暗的日光灯闪烁几下，让本来就很昏暗的地下室，时不时置于黑暗之中。

每次光线模糊时，霍尔的心里就变得更紧张。在他准备询问灯光为何如此时，镰仓六六六打开手电筒，把地下室置于耀眼强光之中。

莱昂纳尔站在镰仓六六六与霍尔身后，叼着一根没有点燃的烟。他穿着几乎把全身包裹严实的高领风衣，戴着几乎遮住半张脸的礼帽，甚至还围着一条与季节十分不搭的黑色围巾，就像从20世纪穿越过来的间谍。

他摘下平光眼镜，露出像湖水般清澈的褐色瞳孔，长长地松了一口气。在此之前，他有充足的理由隐藏自己，但现在好像没有必要了。

“殿下，他们在这里。”镰仓六六六用手电筒照照墙角。

空气中始终弥漫着一种令人感到非常不舒服的味道。这对于经常和化学药剂打交道的霍尔来说，还能适应。对于养尊处优的莱昂纳尔就很难忍受了。他忽然意识到，这是他有生以来第一次出城，至少第一次来到这种连隔离区都进不去的难民聚集地——大蜂窝。

出发时，一种既忐忑不安又期待不已的微妙情绪，就始终萦绕在他的心头，让他这位平日冷静淡定的王储莫名地有些焦躁。

莱昂纳尔问道：“在哪儿？我怎么看不见？”

他话音刚落，墙角的一盏应急灯忽然亮了，强度远高于手电筒发出的光，将一张方桌照得清清楚楚。一个妙龄女郎端坐在方桌后面。

她与莱昂纳尔一样，有一头金色秀发。

“请坐，殿下。”她示意莱昂纳尔坐到自己对面。她对面只有一张脏兮兮似乎从废墟扒出来的塑料椅子。

“我叫雪梨，是路西斐尔先生的代言人。”她自我介绍道。

不仅是莱昂纳尔，连镰仓六六六与霍尔都小心地打量着雪梨。她看上去三十出头，衣着打扮非常得体，显然不是大蜂窝居民。对于这里的土著来说，她这种打扮，就是可恶的炫富。

见莱昂纳尔拿下嘴里的香烟，却没有落座，镰仓六六六率先问道：“你是路西斐尔的代言人？我们明明和调律者约好，让路西斐尔亲自与我们洽谈，你们到底有没有诚意？”

“我就是调律者的一分子。调律者是一个组织，不是某个人。”雪梨耸耸肩，满脸不屑，“我提醒你，我们约定的是会面，而非洽谈。实际上，我们暂时也没有什么好谈的，因为你们压根儿就不信任我们。”

“没错，我们确实无法信任你们。”镰仓六六六面无表情，冷冷地说，“但是，我们依然给予你们足够的尊重。我们的王储冒着生命危险来到此处，就足以表示我们的诚意。你最好给出一个让大家都满意的结果，不然今晚恐怕对你来说，会十分短暂的。”

“让我猜猜，你们会把我怎么样。”雪梨抬头指着天花板，

“外面有你们部署的两队雇佣兵，总计十二人。他们都是你花重金私下培养的心腹，看来，只有像今天这样能瞒过所有人的情况下，你才会启用他们，对吧？”

莱昂纳尔右眼微微跳动一下，想揉又不敢揉。手魔事件发生后，他就意识到余烬城里一定有内鬼，没想到这个雪梨竟然连他秘密豢养的卫队都知道，甚至还能说出准确人数，这太出乎他的意料了。

“你——”他冷冷地盯着雪梨，“你是怎么知道的？”

“很简单啊。你认为最坚定的几位支持者中，有调律者的名誉会员。”雪梨嘻嘻笑着，“我这个人实在藏不住秘密，就直说了吧。伊普西龙研究所的执行总监亚瑟·克拉克，应该是我们共同的朋友。”

“亚瑟·克拉克？！”霍尔脑海中立即闪现出金发女强人的模样，情不自禁地反问，“她怎么会是——”

“你想问她怎么会是叛徒吧？”雪梨把目光转向霍尔，“难道你们不知道，她与我们合作的时间，比她加入伊普西龙研究所的时间还长吗？”

“所以说，这是你们早就策划好的。”莱昂纳尔冷冷地说，“就是为了把我引到这里，跟你们谈判？”

“如果为了在谈判中取得优势，我会昧着良心说，没错，这就是我们精心策划的一盘大棋。但我说过，今天我不是来谈判的，所以没有必要虚张声势。”雪梨从椅子下面拽出一个手提箱，小心翼翼地放到桌上。

她的动作引起镰仓六六六警觉，赶紧护在莱昂纳尔身前。

“为了让你看到我们的诚意，我要赠送你一件小礼物。”雪梨慢慢地说。

“慢！”镰仓六六六把右手伸进怀里，做出掏枪的样子，“别动！把手离开箱子！”

正要开箱的雪梨举起双手，坐直身子：“你的谨慎与忠诚令我钦佩。不过，如果我真想杀你们，在你们走进这个地下室之前就可以动手。相信我，十二个雇佣兵我根本没放在眼里。相信殿下一定也听说过我们的实力。”

莱昂纳尔将镰仓六六六轻轻推开，走到桌前，摘下围巾，褪下外套，一并交给镰仓六六六，然后优雅地落座：“亚瑟·克拉克执掌着余烬城最重要的企业。对我而言，她是最有价值的盟友，你却直接说出她的名字，就像对待一件坏玩具随意将其抛弃，说明她对你们调律者而言，只是可有可无的棋子。我说的没错吧？”

“怎么说呢，我并没有出卖她，只是觉得过了今晚，我们会变成朋友，所以事先透露一下合伙人的身份，让殿下心里有底。”

莱昂纳尔点点头，不屑地指指手提箱：“好吧，让我看看你的礼物，值不值得咱们交个朋友。”

雪梨轻轻抚摸一下手提箱的边沿：“这里面是一个已经调

制完毕的胚胎，如果使用你们在镰仓实验室获得的催化技术，两三个月之内就能培育出一个成熟的‘MIKO’，也就是传说中的智能红脸。”

莱昂纳尔心里一惊，扭头与同样瞠目结舌的霍尔交换一下眼神。在他们不知道说什么的时候，雪梨打了个响指，从她背后走出一个娇小孱弱的身影，在桌前站下。

这是一个穿着血红色连衣裙的直立生物，它有小女孩一般小巧可爱的体型，却没有头发，面部没有人脸特征，看起来像猫与猴子的混合体。

霍尔看到此物，倒吸一口凉气。就连心里有些准备的莱昂纳尔，也只能强装镇定，好半天才问道：“这位是你女儿吗？看起来烧伤挺严重啊。”

“哈哈，我喜欢你的幽默。”雪梨抓过怪物的小手，轻轻摩挲着，“说到底，人类只是一种视觉动物，他们的感官太过脆弱，不稳定，只相信看到的事实。”她瞥了一眼怪物的侧脸，“如果它拥有和你情人一样漂亮的脸蛋，曼妙的身材，你们应该就不会如此紧张了吧？”

“莫非——它就是智能红脸？”霍尔问道。

“在我把它送给你之前，首先我希望你使用‘她’这个代词。理论上，智能红脸的智商在一百至一百二十之间，并拥有完整的自我认知，所以，它应该比北美大陆的大部分居民更有资格称之为人。”雪梨面带怜惜，“其次，它还是未成年，等脸部定型之后，做一个并不复杂的整容手术，便可以将它变成天使，就像你们龙骑兵一个月前见到的 MIKO 那样。”

其实与 MIKO 遭遇的龙骑兵 A 排幸存者，并没有看清楚对方的长相。关于那三个怪人的确切描述，基本来自地狱猎兵的奇美拉小队队员。

“一个月前，我们袭击了余烬城的机械化步兵连，就是为了夺回那三个智能红脸。”雪梨说，“对此我表示歉意，那是实在不得已而为之。”她很想痛斥把事情搞复杂的伊藤诗织，最后还是忍住了，“按照原计划，你们既不能见到智能红脸，也不会遇到我们的士兵。”

“既然你们如此大费周章，不惜与一个城邦开战也要保住智能红脸的秘密，现在为什么又把它们当作礼物送过来呢？”对于雪梨的话，莱昂纳尔表示难以置信。

雪梨酝酿了一下早已揣摩多遍的措辞。她可不能让莱昂纳尔猜到伊藤诗织的抓捕计划并没有完全成功。虽然带有“A”和“C”标记的两个 MIKO 被击毙并焚尸灭迹，但碧昂丝下落不明。她被逼到绝路，很有可能狗急跳墙，投靠余烬城、美国或者其他势力。也就是说，无论如何，她都很难隐瞒智能红脸的秘密，被揭露出来，只是时间问题。与其如此，不如抢先主动奉上，让已经领教过她们威力的余烬城，作为智能红脸的第一批优质客户。

当然，这不是能放到谈判桌上明说的事情。

“因为，在这个世界上，只有余烬城的发展理念与我们调律者相同。”雪梨意味深长地说，“我们都相信，秩序崩溃带来的混乱，并非灾难而是契机，是千载难逢让科技摆脱一切束缚大幅跃进的契机。”

莱昂纳尔上身突然前倾，一脸严肃地说：“我不知道你在我身边到底安插了多少眼线，也不知道你对我们的治国理念了解多少。如果你觉得靠几句话，就能在我这里蒙混过关，那就大错特错了。”他站起来，大声说，“我确实是极端唯物主义者，整个余烬城里的人，都是希望让科技摆脱一切束缚的极端唯物主义者。但前提是，我是余烬城的公民，是余烬城的王储与法理继承人，即使要违背我的理想与信念，我也绝对不会做出任何有损余烬城的事。”他皱着眉头摆摆手，“所以，请你不要套近乎，装出我们同舟共济的样子。现在，请你直接告诉我，你为什么要送给我这份大礼，以及你们到底想得到什么。”

在会面之前，亚瑟·克拉克特意提醒雪梨，莱昂纳尔不好对付，她还不太相信。现在看来，莱昂纳尔作为“完人”，即便他从小生活在与世隔离的王宫里，也绝非是温室里的娇花。

“殿下，恰恰相反，正是因为我们对余烬城有所求，所以才会希望它发展得更好，而不是做有损它发展的事。”雪梨轻轻拍了一下身旁小智能红脸的纤腰，小智能红脸不声不响地走到莱昂纳尔面前，微微躬身行礼，害羞似的低下头。

雪梨大声说："卡奥斯城拥有世界上最赚钱的商品微调剂，拥有超能力的红衣骑士，拥有质量甚至超过中美正规部队的监察军。新加坡控制着马六甲水道，掌握所有城邦中强大的航运集团；铁骨城也不差，对未来下大赌注，等他们在人工智能方面获得重大突破，世界都会向他们俯首称臣。余烬城有什么？做了什么？卖一些能做加减法的宠物狗，治疗感冒的特效药？还是用转基因草莓制成的鲜美蛋糕？无论卡奥斯城还是铁骨城，他们的成功将让其他竞争者的产品变得一文不值。如果你们不能掌握先进的科学技术，你热爱的余烬城，也就只能如此了。"

莱昂纳尔坐下，仔细打量眼前的小智能红脸。起初看起来畸形丑陋的面孔，不知为何，现在却变得有些顺眼了："这个半人半兽的怪物，就是你所说的先进科学技术？"

"它只是一个开始，象征'人类可以像上帝一样创造生命'的开始。"雪梨激动地说，"它不只是先进的科学技术，还能带来财富和力量。它可以让世界所有人都知道，你们拥有对抗任何国家的实力，拥有统治世界的资本。"

莱昂纳尔若有所思地点点头："且不说让智能红脸拥有人类的相貌与智慧是否合法，这种生物技术，想要复制，或者说批量复制应该很容易吧？何谈先进呢？"

"制造智能红脸，使用了亚历山大·索契斯教授的'239

触媒’技术，除了余烬城，甚至没有人听说过这种技术。”雪梨耸耸肩，不屑地说，“就算有个国家俘虏了一个智能红脸，甚至拿到完整胚胎，如果没有我们调律者提供的技术和材料，他们绝对不能培育出任何成活的产品。”

莱昂纳尔盯着雪梨，缓声说道：“只要与你们合作，就能让智能红脸变成余烬城的产品，对吧？”

“我建议你回去研究一下我的礼物，然后想一想我刚才的话。至于我们能不能合作，或者怎样合作，都是以后的事情。”雪梨漫不经心地说。

莱昂纳尔犹豫一会儿，说道：“你应该知道，我只是余烬城的一个吉祥物。真正能控制余烬城的部门，其实是议——”

“你们那个议会，就是一群只会纸上谈兵的草包。”雪梨毫不客气地打断莱昂纳尔，“真正统治余烬城的人，是假面女王和几个开疆拓土的元老。”

莱昂纳尔摇摇头，苦笑道：“如果你连这种事都知道，就应该知道我的苦衷。就算我想与你合作，恐怕只是一厢情愿。”

“你——就算是个吉祥物，但毕竟是君主制国家的王储。”雪梨故意拉长语调，说得很慢，“如果假面女王晏驾，王冠会落在谁头上呢？或者说——余烬城的人更愿意拥戴谁呢？”

莱昂纳尔有生以来第一次感到如此强烈不安，几乎失态地猛然起身，回头茫然地看着镰仓六六六与霍尔。他的两个心腹，此时同他一样不知所措。

“雪——雪梨女士，你这是在提醒我，余烬城会发动政变吗？”

“哈哈，哈哈！”雪梨仰头大笑，盯着木然的莱昂纳尔，“不如这样说，比起现在瞻前顾后的你，假面女王更喜欢我的礼物。区别只在于，由谁把这个礼物送给她。”

莱昂纳尔低头看着桌上的手提箱，足足沉默了一分钟，然后转过身，轻声问小智能红脸：“你叫什么名字？”

“我叫戴维丝。”小智能红脸用细若游丝的声音回答，同时像聪明的泰迪犬一样，将小手搭在莱昂纳尔的掌心上。

“从今天起，你叫玛塔。”莱昂纳尔顿了一下，“玛塔·费利克斯。”

玛塔，在梵语中是母亲的意思。

虽然不是第一次在地狱猎兵总指挥官办公室等人，伯爵还是感到有些不自在。他拘谨地并拢双腿，将手插在大腿之间，生怕不小心弄碎什么东西一样正襟危坐。

这里曾经是地狱猎兵缔造者普鲁士人发号施令的地方，位于最高统帅部二楼。透过窗户，就能看到小湖对面的训练营地。屋内的陈设虽然十分讲究，但太多是仿制艺术品，摆放又杂乱无序。

这里的陈设和布局，很像18世纪贵族的书房，或者说，普鲁士人想象中贵族书房的样子。

普鲁士人继任者疤面入主这里后，几乎没有进行任何改进，每个花瓶每幅油画每座奖杯，都放在原来的位置上，书柜上的锁也从未打开过。他只添置了一台办公用的电脑，还是无线上网无线充电那种。

疤面捧着平板电脑推门而入，见到要起身的伯爵，示意他坐下："请坐，放松，不必多礼。"

其实伯爵只是想调整一下坐姿，并没有起身行礼。实际上，地狱猎兵也没有见到长官必须立正行礼的规定，全凭自觉自愿，就算行纳粹举手礼也没有人在乎，只要不让好事者拍照举报就行。

"杰克，那什么，嗯——"伯爵紧握双拳，尽量让自己平静一些，"曹操的事，怪我——怪我没能　　"

疤面走到办公桌前，放下平板电脑："说什么呢？身为地狱猎兵，打仗就会牺牲，生死由命，怎么能怪你呢？"

"我只是想对您说句对不起。"伯爵摆摆手，"不，您也不要拒绝，让我说出来就好了，这不仅是说给您听的。"

疤面点点头："好吧，我接受你的道歉，同时也希望你不要自责。这是曹操自己选择的任务。她知道风险，也愿意承担风险。当风险降临的时候，便怪不得任何人。"

其实要说自责，伯爵还真没有自责。他对生离死别早已司空见惯，知道牺牲就是战场的一部分，只是非此即彼而已。更何况，曹操是奇美拉小队的监督员，压根儿谈不上让被监督的伯爵负责。只不过，伯爵又进一步坐实了他“克死队长”的说法。想到这个问题，他就觉得非常尴尬。

“虽然我也希望派出去的三个小队能找到她的尸体，已经过去一个月了，估计没什么希望了吧。”疤面抬起头，轻轻正了正面具，看向窗外，“看来，只能给她立个衣冠冢了。”

“你应该让我带队去找，至少我还记得大概位置。”伯爵遗憾地摇摇头。

“就别提你的奇美拉小队了。回来时你都快散架了，有出气没进气。”疤面说，“自从他们听说曹操牺牲之后，就没有人愿意当你的队长了。”

“那帮龟孙！”伯爵恼羞成怒，“都啥时代了，还这么迷信！要是法老小队提醒我们前面有黑潮，也不至于害死曹操和阿尔伯特。”他叹口气，用力摆摆手，“算了，也不能怪他们，现在我自己都有点儿迷信了。以后，你就让我做专带菜鸟的队长吧，去周边跑跑圈，混混年限，刷刷贡献点数，偶尔抓几个小混混，也挺好的。”

“带新人这种差事儿，随便找个服役三四年的老兵就可以，让你这个老兵油子带菜鸟，岂不是太屈才了？”疤面双手撑着桌面，盯着伯爵，“由于曹操不幸遇难，导致地狱猎兵的指挥链断裂。鉴于此，最高统帅部希望你能代替她，担任地狱猎兵参谋总长，也就是我的副手。这就是我今天请你过来谈话的目的，也请你当场给予答复。”

伯爵一怔，随后赶紧追问：“我？！当参谋总长？做你的副手？”

疤面郑重地点点头。

伯爵还在追问：“参谋总长应该是地狱猎兵的二把手吧？”

“没错。”疤面指指自己的太阳穴，“只要把我也克死，地狱猎兵就是你的了。”

伯爵的脸“刷”地一下变得煞白：“这句话，一点儿都不幽默！”

“我没有开玩笑，幽默什么？这是征求所有队长的意见，不记名投票选出来的结果。我圈定三个候选人，一个是法老小队的拉美西斯，但他婉言拒绝了；第二个是无头金丝雀小队的花乃子，她的票数为零；第三个是你，想知道你的票数吗？”疤面耸耸肩，“说实话，我都想不到，你的票数居然比曹操当选时还高。看来你的人缘还不错。”

“估计是那些队长害怕我被分配到他们队里吧！”

“他们更希望我死呢！”疤面笑道，“我当然不相信‘队长克星’那种鬼话，不过我也求你收回神通，让我多活几年。”

“你想多活几年，要求太高了。”伯爵嘻嘻笑道，然后挠挠头，“我就是一个文盲，文书工作真做不了的，逼我也没用。”

“曹操在职时，也没帮我做过文书工作。所以，你就别担心了。既然我把你安排到最高统帅部，就不会难为你的。”疤面走到伯爵面前，拍拍他的肩头。

伯爵问：“还能让我考虑一下吗？”

“我知道你会要求考虑一下，然后再答应我，何必费事儿呢？”疤面回到座位上，从抽屉里拿出聘书，扔到伯爵面前，“明天，你就到最高统帅部报到。我们还有好多事要处理呢。第一件事，就是组织曹操的追悼会。”

尾声 地狱猎兵

端木夜雨张开刚刚痊愈的左手掌，抬起头，发现偏偏在这个时候下雨了。

他已经在湖边等了整整三个小时，新队长依旧没有出现。不，应该说，连一个新队员都没有出现。他完全像傻老婆等出轨的汉子一样，痴痴地看着湖面上泛起的涟漪。

从他身边走过的地狱猎兵，有的前往训练场，有些围着营地跑步，有的结束任务后回来休整，都无一例外地看了他几眼，且窃窃私语：

“听说那小子一次任务就拿到一万五千个贡献点数啊。”

“嗯，好像挽救了余烬城的重要资产。”

“什么资产那么值钱？！假面女王的命根子？”

“听说是一个女人，一个龙骑兵研究中心的女人。”

一个月里，端木夜雨听到好多类似这种的闲聊，甚至还有人当面质问他。由于霍尔特意叮嘱他不能泄密，他只能尴尬地敷衍几句。尤其那句“纯属运气好”，既完美地回避关键信息，又照顾了老兵的自尊心，简直无懈可击。

比起受人关注，端木夜雨更在乎娜娜的近况。几天前，霍尔推广“第二代打孔者”，并寻找进行新试验人选时，他曾打听过娜娜。霍尔的答复说不上高深莫测，但还是让他琢磨了好一会儿才明白过来。

“她很好，她感激你为她做的一切。”霍尔几乎贴着他的耳郭轻声说，“至于另一个她，你不需要担心。她遭受的一切，都是罪有应得。不是每个天才少女都能把聪明才智用在杀死亲弟弟和父母身上。”

无聊至极的端木夜雨，蹲在湖边，随手捡起小石头打水漂。他呆呆地望着湖面出神。如果不是大脑中的“女王”提醒，他甚至都不知道有人站在身后很久了。

一袭白衣亭亭玉立的艾丽，完全像他们初次见面时那样，用洁白无瑕的纱巾裹头，只露出连瞳孔颜色都看不清楚的一道小缝。

她背对着端木夜雨，手里拎着一把印着半翼圣母纹章的纯白色 G36S 卡宾枪，就像无视端木夜雨一样，默默无语。

端木夜雨微微一笑，扶正肩上的复合弓，起身走到艾丽身边，相隔两米而立。

好半天，他们就像门口的雕像一样僵立不动。端木夜雨意识到，如果玩“看谁先笑”的游戏，他肯定赢不了艾丽。就算她不用白纱罩面，他也毫无胜算。

端木夜雨挠挠头，支吾着说：“艾丽，还能见到你，真好！”

“嗯。”艾丽仍旧惜字如金，不过她稍稍扭过头，瞥了端木夜雨一眼。

端木夜雨刚要开口说话，耳畔突然响起“女王”的声音：“哎哟，她的‘打孔者’更新过了呀，这就是二代产品吗？改进不多嘛。”

他眨眨眼，打算不理睬“女王”。他呆滞的表情，让艾丽顿生疑窦，又瞥了他一眼，转而盯着他。

“女王”一惊一乍地问道：“你感觉到了吗？她对你有好感啊。”

“你说什么呢，乱七八糟的？！”他意识到自己在自言自语，急忙避开艾丽直视的目光。

“女孩子一旦对某个男人产生好感，就离以身相许不远了。”“女王”继续唠叨，“年轻人，把握住机会，毕竟人生苦短。我在说她，不是你，你还能活几十年，她就不知道还能支撑几天了。”

“闭嘴，闭嘴！”端木夜雨暗自愤愤地说，并拍打脑袋，“你别说了，别说了！”

艾丽终于按捺不住好奇，盯着端木夜雨问：“你——没事儿吧？”

“我没事儿，你——”端木夜雨赶忙转移话题，“上星期我向伯爵打听你的消息，他说你住院养伤。你怎么这么快就恢复了呢？”

“我不是养伤。”艾丽小心翼翼地扯掉眼角下的面纱，露出半张脸。三道抓痕已经完全修复，只留下三道颜色略暗的白线，“我只是做整形手术而已，顺便治疗骨折的小腿。”她莞尔一笑，“借机治疗白亡症并发症。”

“所以嘛，不要轻言来世。来世到底有没有，谁也说不好。”端木夜雨松了口气，点点头，“你的今生还很长呢。”

艾丽嘴唇嚅动，欲言又止，将面纱重新系好，半天才点点头，“嗯”了一声，随后又恢复到呆滞状态。

“女王”的声音又在端木夜雨耳畔响起：“现在，问她今晚有没有空，约她一起吃饭。”

这次，端木夜雨觉得“女王”的建议很有道理，看了看艾丽：“那个，今——今晚，你有——没有空一起——”

“有空。”艾丽看都不看他一眼，像自言自语似的轻声回道。由于隔着面纱，他甚至都不知道她嘴唇动没动。

他一时不知该怎么回应，只觉得心头一紧，手心冒汗，继而浑身无端燥热起来。他抓耳挠腮琢磨一会儿，用力点点头："那——那待会儿见。"

他正要转身离去时，又想起他现在应该在这里等新队长，于是尴尬地干咳几声，站到艾丽身边，也做出十分严肃认真的样子。

他的严肃表情，只维持了一两分钟。

在蒙蒙细雨中，一匹纯黑色的高头骏马缓缓向他们走来。侧坐在马背上的妙龄女子，盘起乌黑长发，穿着纯白色长款旗袍，仪态优雅，身姿曼妙。本应吸引所有路人目光的漂亮脸蛋微微绷着，仿佛像接见群臣朝拜的皇帝一般，面无表情地用眼角余光瞥着匆匆避开她的地狱猎兵。

多萝西·花乃子。想到这个古怪的名字，端木夜雨不禁打了个冷战。

他下意识地用左手遮住眼睛，不看花乃子一眼，同时心里祈祷似的碎碎念："千万别是这货，千万别是这货……"

花乃子胯下的黑马并没有佩戴缰绳，她只是简单地将双手搭在马脖子上。

"停。"她轻声一喝，那匹黑马便在端木夜雨与艾丽面前停下，站得稳如磐石，甚至花乃子下马时，它还微微哈腰侧身，像在帮助她保持平衡。

端木夜雨注意到黑马的前腿根部烙着白色“MIO”字样，代表它是罗塞塔公司生产的一种智能动物，并非是传统意义的马。

花乃子拍拍马背，举手打个响指：“回去找洛羽玩会儿，别吃太多干草。我估计你应该听不懂别吃太多是什么意思，总之，你要按时吃饭。”

黑马默默转过身，像来时一样，慢悠悠地顺着花乃子手指方向走去。

打发走黑马后，花乃子没有立即转身，而是有意停顿几秒，才用标志性的诡异目光看着端木夜雨：“惊不惊喜？意不意外？二位，我就是你们的新队长。只要有缘，人生何处不相逢啊！”

艾丽面无表情，岿然不动。

端木夜雨感觉两条腿不受大脑控制，竭尽全力才保持身体平稳，死死地盯着花乃子的头顶，不敢看别处，更别提回应她的调侃。

“放松，别紧张，反正紧张也没什么用。”花乃子将双手背在身后，“气势不错，比一个月前有进步。我听说了奇美拉小队的光荣战绩，可惜伯爵那个文盲不但不会写字，话也太糙，不然给城里的官老爷们写份精彩报告，说不定你们就鸡犬升天了。城里人闲得无聊，就喜欢听英雄故事。”

端木夜雨依旧面如死灰，艾丽也是默然不语。

端木夜雨偷偷瞄了一眼艾丽，耳畔的声音随即响起，为他打气："别怕，她跟你一样紧张。"

"我的小队里，有三个人攒够贡献点数，已经启动退役流程。"花乃子继续说道，"最高统帅部希望我能挑选一些服役未满一年的菜鸟培养，正好你们所属的奇美拉小队解散了，同时和我也比较熟，所以我就选中你俩。"她顿了顿，收起诡异的笑容，"当然，最重要的原因，是你们很强。我讨厌失败，害怕死亡，所以希望与强者为伍，也希望强者能站在我身边，为了获取胜利与成功而战。"

端木夜雨似懂非懂地点点头："明白。"

花乃子盯着端木夜雨问道："我问你了吗？"

端木夜雨目瞪口呆，摇摇头，不敢作声。

"总之，从现在起，你们就是无头金丝雀小队队员了，也就是我的部下。"花乃子左右打量他们，"可能你们经历过惨烈的战斗，接受过最不合理的命令，看到难以解释的怪事，会杀死好人、坏人、男人、女人，甚至孩子和狗，也会被这些人追杀，但请你们明白，也请你们相信，无论发生什么，我都与你们同生共死，视你们为姐妹兄弟。"她举起一根手指，"死亡也许不可避免，但我绝不会用虚伪的大义与毫无意义的借口掩饰，死亡就是死亡，我会尽全力阻止它们出现，哪怕杀光世界上所有的人。为了保护你们，我在所不惜。你们明白吗？"

端木夜雨现在多少有些明白，为什么所有人说花乃子是疯子时，多少还有点儿敬畏之情。她不是病态的疯狂，只是对自己人生信条太执着而已。

不知为什么，他隐隐觉得，在骨子里，这个貌似疯狂、凶残而傲慢的亚裔女子，和他是同一类人。

“小心一点儿，”“女王”在耳畔提醒，“这个女人脑袋里没有‘打孔者’，可能是过敏人群，我可帮不了你的。”

“明白。”端木夜雨一语双关，冲花乃子点点头。

花乃子满意地“嗯”了一声：“听说你不喜欢‘猕猴’这个代号？你现在是拥有一万五千个贡献点数的老兵，可以给自己取个喜欢的代号。记住，你只有一次机会。”

“‘猕猴’这个代号其实挺好的，只是普通点儿。”端木夜雨略做思索，“就叫‘六耳猕猴’吧。”

“六耳——猕猴？”花乃子打量端木夜雨的耳朵，“这是什么东西？来自非洲的变异动物吗？”

“不是——怎么说呢？”端木夜雨斟酌几秒，决定解释，“我小时候看过的《西游记》里的一个角色。”

“《西游记》啊，我听说过。”花乃子像恍然大悟似的点指端木夜雨，“那本书的主角好像也是猴子，它叫什么来着？我想不起来了，它是不是有六个耳朵？”

“不，它是反派，做不了主角。”端木夜雨轻声说，“但它有一颗不畏天命、想做主角的心。”

全书　完